Theresa Czerny

Mähnen im Wind

Band 1

Theresa Czerny

Mähnen im Wind

Band 1

Schaumflöckchen wirbelten um uns auf, als Liv den Hals streckte und durch die flachen Wellen sauste. Die Sonne glitzerte auf dem Sand und dem Wasser, und als ich die Augen zukniff, kam es mir vor, als würden wir durch goldenes Licht tauchen.

Die Ferien waren vorbei, und abends wurde es jetzt schon viel früher kühl als noch vor zwei Wochen, sodass wir um diese Zeit den Strand längst für uns hatten. Oben am Rand der Steilküste lief ein Jogger mit seinem Hund, aber ansonsten waren wir allein.

Unter mir machte Liv sich lang. Die wollte sich wohl mal wieder mit dem Wind anlegen. Grinsend fasste ich die Zügel kürzer, stellte mich in die Bügel und lehnte mich über ihren schwarz-weißen Hals.

»Heya!«, feuerte ich sie an. Jetzt kannte sie kein Halten mehr. Wir flogen dahin, und auch wenn sie Ausdauer hatte für zwei, war unsere Galoppstrecke irgendwann zu Ende.

Ganz außer Puste setzte ich mich schwer in den Sattel. Wir waren fast an den Klippen der Landspitze, von hier aus brauchten wir beinahe eine halbe Stunde nach Hause. Liv fiel in einen flotten Trab und ich wendete sie ab und folgte dem Flutsaum. Die letzten Sonnenstrahlen wärmten mir das Gesicht, trotzdem fröstelte ich, als mir der Seewind die feuchten Haare zerzauste. Es war mir egal – heute war der letzte Ferientag, und den wollte ich auskosten, solange es ging.

Liv prustete und schüttelte den Kopf, als wüsste sie, dass unsere täglichen Ausritte jetzt vorbei waren. Ich streichelte ihren Hals und atmete tief durch. Die Luft roch nach Algen und Salz und über uns zogen ein paar Sturmmöwen ihre Bahnen. Ihre Rufe vermischten sich mit der Brandung und schienen uns zu verabschieden.

Als wir um die alte Kiefer am Feldweg bogen und die kleine Brücke über den Bach nahmen, hielt ich kurz an. Im Dämmerlicht war es schwer zu sagen, aber brannte da wirklich noch Licht in der Halle? So spät gab Mama sonst nie Unterricht.

Statt nach rechts zum Putzplatz ließ ich Liv Richtung Reithalle gehen. Das Licht war tatsächlich noch an und nach ein paar Schritten wehten mir Stimmen und Hufschläge entgegen. Saß da noch jemand auf dem Pferd?

Ich lenkte Liv zum offenen Türflügel, glitt aus dem Sattel und führte sie hinein.

»… wirklich super Gänge. Aus dem könnte echt was werden, wenn man ordentlich mit ihm arbeitet.«

Links von mir stand Papa mit einer Frau und einem Jungen gegen die Bande gelehnt. Sie sahen Mama dabei zu, wie sie Juniper longierte. Papa winkte, und die fremde Frau lächelte mich an, aber der Junge hatte nur Augen für mein Pferd. Hatte der gerade ernsthaft gesagt, dass aus Juniper was werden *könnte, wenn* man mit ihm arbeitete?

Mama drehte sich mit einem leichten Nicken zu dem Jungen und sagte: »Ja, das glauben wir auch. Frida trainiert fast jeden Tag mit ihm. Ach, hallo, Schatz, gerade sprechen wir von dir.«

Sie parierte Juniper durch und holte ihn heran, dann kam sie mit ihm herüber. Als er brummelte, strich ich über seine Nüstern.

»Eva, Jannis, das ist Frida, unsere Jüngste. Frida, die Maibachs haben den Carlshof übernommen. Diese Woche starten sie mit dem Reitbetrieb.«

»Hallo.« Ich lächelte Eva schwach zu, aber für Jannis blieb allerhöchstens ein Stirnrunzeln übrig.

Immerhin riss der nun seinen Blick von meinem Pferd los, stutzte aber, als er mich mit Liv an der Bande stehen sah. Im nächsten Moment winkte er lässig und meinte: »Hi. Tolles Pferd hast du da. Den würde ich gern mal springen sehen.«

Was ich mit dieser Aussage anfangen sollte, wusste ich nicht recht. Fragend sah ich Mama an.

»Eva und Jannis gucken sich bei den Züchtern in der Gegend um«, erklärte sie. »Jannis geht Turniere und da suchen sie noch ein Pferd mit guten Springanlagen.«

In meinem Kopf schrillten alle Alarmglocken. Das war doch wohl nicht ihr Ernst! Was machte sie denn dann mit Juniper? Der war nicht zu verkaufen und schon gar nicht an einen Turnierreiter! Eher riss ich mit ihm aus und … und schloss mich einem Wanderzirkus an, als dass er so einem in die Hände fiel.

Ich starrte Jannis an, bis sich sein Grinsen in ein Stirnrunzeln verwandelt hatte. Der sollte gleich mal wissen, was ich von solchen wie ihm hielt.

Mama räusperte sich. »Okay, dann bringen wir Juniper mal wieder auf den Paddock.«

»Das erledige ich«, erklärte ich.

Papa, der sich mit Eva schon zum Ausgang gewandt hatte, fragte: »Wie willst du das denn anstellen, zwei Pferde auf einmal?«

»Ich helfe ihr«, warf Jannis schneller ein, als ich den Mund aufmachen konnte, und bevor mir auch nur die fadenscheinigste Ausrede eingefallen war, antwortete ihm Mama schon: »Super, danke, Jannis, das ist lieb von dir.«

Hallo? Wieso fragte mich keiner, ob ich seine Hilfe überhaupt wollte?

Jannis stierte Juniper an wie eine geifernde Hyäne die Antilope, also blieb mir nur Schadensbegrenzung. Ich hielt ihm Livs Zügel hin. »Hier, bitte.«

Mit einem etwas irritierten »Danke« griff er danach. Ich nahm Mama Juniper ab und die Erwachsenen gingen Richtung Haus.

Liv schnaubte und schüttelte den Kopf, als Jannis sie hinter Juniper aus der Halle führte. Kluges Mädchen. Wenigstens eine außer mir durchschaute diesen Typen.

Irgendwie schien er zu glauben, dass ich mich mit ihm unterhalten wollte, denn er schloss zu mir auf und sagte: »Interessante Farbe hat deine Stute. Ich wusste gar nicht, dass beim Deutschen Reitpony Schecken zugelassen sind.«

Über Livs Hals hinweg warf ich ihm einen raschen Blick zu. »Das ist auch kein Reitpony. Liv ist ein Lewitzer.«

»Ein …?«

»Kennst du nicht, was?« Ich grinste, aber er ließ sich davon gar nicht ärgern, sondern grinste einfach zurück. »Lewitzer Schecken sind die einheimischen Ponys hier in der Gegend. Sie waren schon fast verschwunden, aber seit ein paar Jahren werden sie wieder mehr gezüchtet. Sogar auf dem Landesgestüt in Redefin steht ein Deckhengst.«

Wir waren am Putzplatz angekommen. Ich drückte Jannis ein Halfter mit Strick in die Hand und sah unauffällig zu, wie er Liv mit ein paar geübten Griffen das Zaumzeug abnahm, sie anband und dann absattelte. Routine mit Pferden hatte er, das musste ich ihm lassen. Ich wandte mich Juniper zu und streifte ihm den Kappzaum ab.

Jannis schnappte sich Striegel und Bürste aus der Putzbox. »Gehst du auch Turniere?«

Energisch schüttelte ich den Kopf. »Nein. Ist nicht mein Ding.«

Liv handelte sich einen tadelnden Blick ein, weil sie sich mit halb geschlossenen Lidern Jannis' Streicheleinheiten gefallen ließ. Den linken Hinterhuf hatte sie entspannt aufgesetzt.

»Aha. Das heißt … du reitest eher aus oder so?«

»Fuß.« Folgsam hob Juniper seinen Huf und ich kratzte den Sand heraus. »Ja, klar bin ich oft im Gelände. Normalerweise reite ich auch jeden Tag eins von den Schulpferden. Und ich mache viel Bodenarbeit, vor allem mit den Ponys.«

Jannis klopfte Liv auf die Kruppe und blickte sich um. »Ach so. Wie ein Ponyhof sieht das hier eigentlich gar nicht aus.«

In den drei Sekunden, die ich brauchte, um zu kapieren, dass ich richtig gehört hatte, mir zu überlegen, was ich dem Kerl alles um die Ohren hauen wollte, und entsprechend tief Luft zu holen, kamen meine Eltern mit Eva auf uns zu.

»Wir müssen, Jannis. Seid ihr fertig?«

Ich stand immer noch da wie vom Blitz getroffen, aber Papa nahm Jannis den Hufkratzer ab. »Lass mal, mit dem Rest helfe ich Frida.«

Jannis hob die Hand zum Abschied und dann verschwanden er und Eva in der Dunkelheit des Hofs.

»Nett, die beiden«, urteilten meine Eltern einhellig.

Darauf wusste ich wirklich nichts zu sagen.

Nein, ich hab dir gesagt, dass ich in den Herbstferien nicht komme!« Ich war so auf das Gespräch konzentriert, dass ich beinahe an der Bushaltestelle vorbeigelaufen wäre.

»Du solltest dir das noch mal überlegen. Die Sichtung ist wichtig –«

»Die Sichtung interessiert mich nicht. Und der Lehrgang erst recht nicht. Ich will nicht in den Kader. Du weißt haargenau, dass mich das Getue nervt.«

Lautes Kindergeplärr schallte aus dem Telefon und ich zuckte zurück.

»Du verbaust dir damit wirklich Chancen«, tönte Björns Stimme dumpf aus dem Lautsprecher.

»Selbst wenn ich wollte«, versuchte ich, mich bei dem Geschrei verständlich zu machen, »Max fährt weg über die Ferien. Ich wüsste nicht mal, wo ich pennen soll.«

»Du kannst jederzeit hier –«

»Auf keinen Fall. Björn, ich muss los, der Bus ist da.« Bevor er sich verabschieden konnte, beendete ich das Gespräch und schaltete das Handy auf lautlos. Mein Gott, und so was am frühen Morgen. Wie mein Vater auf die Idee kam, ich würde jemals wieder freiwillig einen Fuß auf seinen Hof setzen, war mir schleierhaft.

Ich holte tief Luft und blickte dem heranrollenden Schulbus entgegen. Der Tag konnte ja nur besser werden.

Anscheinend war meine Haltestelle eine der ersten, die der Bus anfuhr, denn er war noch fast leer. Ein Typ mit Kopfhörern checkte mich kurz ab und guckte dann aus dem Fenster, eine Elf- oder Zwölfjährige wurde rot, als sie mich sah, und schaute gleich wieder weg. Nur ein etwas älteres Mädchen musterte mich ziemlich abschätzend. So weit, so normal.

Erst auf den zweiten Blick fiel mir das Ponyhofmädchen von gestern auf. Frida. Sie saß allein im hinteren Drittel und lehnte ihren Kopf ans Fenster. Ihre Wange lag auf ihrer zusammengerollten Jacke.

Langsam ging ich auf sie zu. Ich überlegte, ob ich sie schlafen lassen sollte, kam dann aber zu dem Schluss, dass es am ersten Tag an der neuen Schule immer besser war, in Begleitung aufzutauchen. Also Pech gehabt, Dornröschen. Aufwachen!

Ich ließ mich auf den Sitz neben ihr fallen. Sie schien wirklich zu schlafen, denn sie umfasste nur ihren Rucksack fester und atmete tief weiter. Ich hätte mir wie ein Spanner vorkommen sollen, aber sie hatte so was Friedliches an sich, anders als gestern Abend irgendwie. Da hatte ich den Eindruck gehabt, als wäre sie ständig auf Krawall gebürstet. Jetzt zeichnete die Morgensonne ihr Gesicht ganz weich.

Plötzlich blinzelte sie. Okay, beim Gaffen wollte ich auch nicht ertappt werden, also sagte ich: »Hi.«

Sie schreckte hoch und starrte mich aus großen Augen an. Im nächsten Moment versuchte sie, sich unauffällig über den Mund zu wischen.

»Keine Sorge.« Ich bemühte mich, nicht zu grinsen. »Kein Sabber.«

Damit war das schöne Wetter vorbei. Alles klar, da war jemand definitiv kein Morgenmensch.

»Was machst du hier?«, fragte sie mit einem Gesicht wie Donner.

Ein einfaches »Guten Morgen« hätte es vielleicht auch getan.

»Ich fahre zur Schule. Gehst du auch aufs Humboldt?«

»Ja, aber … ich meine, hier neben mir!«

»Na, du bist die Einzige, die ich kenne. Da dachte ich, ich setze mich zu dir.«

Ihre Miene wurde noch eine Spur düsterer. Vielleicht lag es gar nicht daran, dass sie ein Morgenmuffel war, mittlerweile hätte ich fast behauptet, dass sie mich nicht mochte. Ich hatte das Gefühl, sie wollte mir etwas eher Unangenehmes sagen, aber in dem Moment hielt der Bus an, und sie wandte den Blick zur Tür.

Ein Pulk Schüler strömte herein. Ich sah aus dem Fenster. Diesmal hatten wir in einem Dorf angehalten und nicht direkt an der Landstraße wie am Carlshof.

Vor mir blieb ein zierliches Mädchen mit langen schwarzen Haaren stehen. »Hallo, Fremder. Du sitzt auf meinem Platz.«

Ich schaute Frida an. In ihren Augen blitzte etwas auf wie »Siehst du, das habe ich gemeint«. Gerade wollte ich aufstehen, da drückte mich das andere Mädchen zurück auf den Sitz und kniete sich stattdessen verkehrt herum in die Reihe vor uns.

»Hi, ich bin Linh.«

Sie hielt mir die Hand hin und ich schüttelte sie. »Jannis.«

»Und du kennst Frida von …?«

Frida sah sie scharf an, aber so ganz konnte ich den stummen Austausch zwischen den beiden nicht deuten. Ganz klar beste Freundinnen.

»Ähm … wir haben uns gestern auf dem Gut kennengelernt. Meine Mutter hat den Carlshof gekauft und … na ja, Antrittsbesuch unter Kollegen.«

Linh riss die Augen auf. »Oh Gott, reitest du auch?«

Ich nickte.

Sie ließ ihre Stirn gegen die Lehne knallen. »Noch so ein Verrückter. Warum müsst ihr auf den Viechern durch die Gegend hopsen? Pferde sind zum Essen da.«

Frida schnaubte. Ich musste sie ziemlich verstört ansehen, denn sie erklärte: »Keine Sorge, Linh ist Vegetarierin. Aber sie behauptet steif und fest, Pferdefleisch wäre ein Bestandteil der traditionellen vietnamesischen Küche.«

Linh hob den Kopf und funkelte Frida an. »Das ist keine Behauptung, sondern Tatsache.«

»Die noch bewiesen werden muss.«

Jetzt fing Linh an zu grinsen, und auch Fridas Laune schien sich zu bessern, jedenfalls grinste sie zurück. Um uns herum war es lauter geworden, Gesprächsfetzen zogen an uns vorbei, vereinzelt Musik. Das alles fühlte sich fast wie Alltag an.

Linhs Blick traf meinen. »Und du bist also neu hier oben an der Küste? Woher kommst du?«

»Berlin.«

Ihre Augen wurden wieder groß. »Berliiin. Und dann verschleppen sie dich hierher in die Einöde?«

»Ach, komm, Linh.« Frida ließ sich in ihrem Sitz zurückfallen.

»Was denn? Stimmt doch! Berlin ist Kunst und Mode und Kino und Shoppen und … anständiges vietnamesisches Essen …«

»… aus Pferdefleisch«, warf ich ein.

»Genau!« Linh lachte. »Also?«

»Also was?«

»Na, welches Unglück hat dich hierher verschlagen? Nicht mal Pferdeleute ziehen freiwillig von Berlin in die Provinz.«

Unglück? Na ja, das traf es nicht ganz, doch Tatsache war, dass meine Mutter und ich so weit von Björn wegkommen wollten wie möglich. Aber das musste ich Linh ja nicht gerade am ersten Tag auf die Nase binden.

»Da kennst du meine Mutter nicht«, erwiderte ich deshalb. »Die ist auf der Schwäbischen Alb aufgewachsen. In Berlin hat es sie immer gestört, dass wir auf dem Hof wenig Platz hatten. Der Carlshof kommt ihr vor wie ein Geschenk des Himmels.«

»Und dein Vater? Findet der das auch cool?«

»Linh!«, ging Frida dazwischen, bevor ich antworten konnte.

»Was denn? Ist doch eine ganz normale Frage.«

Ich zuckte nur mit den Schultern. »Mein Vater ist in Berlin auf unserem alten Hof geblieben. Meine Mutter kann grad nicht so mit ihm.«

»Oje«, murmelte Linh betroffen, hatte sich aber schnell wieder im Griff. »So eine Scheiße.«

»Ja«, stimmte ich zu, aber richtig bei der Sache war ich nicht, denn plötzlich prickelte mein linker Arm. Von Frida schien eine Welle der Wärme auszugehen, dass ich das Gefühl hatte, sie müsste gelb und orange leuchten. Ich konnte nicht anders, ich drehte mich zu ihr, aber im selben Moment verschwand die Sonne hinter einer Wolke, und trotz ihrer hellen Locken und der Sommersprossen war Frida wieder ganz die Eiskönigin.

Den Rest der Busfahrt beantwortete ich Linhs Fragen über Berlin, und als sich in der Schule herausstellte, dass wir in dieselbe Klasse gingen, schleppte sie mich zu einem freien Platz und stellte mich Paul vor. Frida sagte in der ganzen Zeit kein Wort.

Frida

Wie ich erwartet hatte, zog Linh mich nach Schulschluss zur Seite. »An der Kastanie. Jetzt.«

Der Rest der Klasse machte sich nach einem nicht übermäßig spannenden Vormittag mit Stundenplanbekanntgabe, Klassensprecherwahl und Abstimmung über das Ziel des Wandertags schon aus dem Staub.

Ich versuchte es mit Protest: »Nee, oder? Muss das sein? Ich will mein Eis.«

Linh schleifte mich am Ärmel mit sich. »Es muss. Die haben garantiert so viel Erdbeereis da, dass es für dich auch noch reicht, wenn wir zehn Minuten später kommen.«

Seufzend gab ich mich geschlagen und tappte hinter Linh durchs Treppenhaus und über den Pausenhof, bis wir unter dem riesigen Kastanienbaum hinter der Schule standen. Sie drückte mich auf die Bank, die rund um den Stamm verlief, baute sich vor mir auf und fragte: »Was ist los mit dir?«

Damit hatte ich jetzt nicht gerechnet. Was sollte mit mir sein? Mal überlegen: Ich war müde, heilfroh, dass der erste Schultag vorbei war, entsetzt, dass wir montags eine Doppelstunde Physik hatten – und in Französisch den Claasen –, aber mein Gefühl sagte mir, dass nichts davon ihre Frage beantwortete. »Geht's auch konkreter?«

Linhs Augen wurden schmal. »So konkret, wie du willst. Groß, dunkelhaarig, grünäugig, nett, witzig, süß. Süß und sexy. Klingelt da was?«

Hatte ich's doch geahnt, dass sie über Jannis reden wollte. Ich stützte die Ellbogen auf die Knie, ließ das Gesicht in die Hände sinken und seufzte. »Du findest den Neuen also süß. Und sexy. Und?«

Linh setzte sich neben mich. Sie schwieg. Und schwieg weiter. Das passte gar nicht zu ihr. Ich sah auf und begegnete ihrem Blick.

Moment. »Du denkst, *ich* finde ihn süß?«

»Und sexy.« Linh nickte.

Darüber konnte ich nur lachen. »Du bist völlig schiefgewickelt. Und jetzt komm, ich will mein Eis.«

Ich stand auf.

»Du willst zu Jannis, gib's zu. Du hast auch gehört, dass Paul ihn eingeladen hat.«

»Was heißt da eingeladen? Wir gehen am ersten Schultag immer gemeinsam zum Eisessen. Alle sind da, nur wir nicht.«

Linh blieb mit verschränkten Armen und hochgezogenen Augenbrauen sitzen. »Nenn mir einen guten Grund, warum du nicht mit ihm redest. Du wirst immer schüchtern, wenn du verknallt bist.«

Ich stöhnte. »Ich bin nicht schüchtern, ich bin wütend! Ich rede nicht mit dem Idioten, weil er Juniper kaufen will!«

Das schien Linh zu verwirren. »Dein Pferd?«

»Wie viele Junipers kennst du?«

»Hat er das gesagt?«

»Na ja …« Ich überlegte. »Das ist aus dem Zusammenhang klar geworden. Mama hat Juniper sogar für ihn longiert.«

»So ein Quatsch. Deine Eltern würden den doch niemals verkaufen.«

»Jedenfalls nur über meine Leiche.« Ich ließ mich wieder neben sie fallen. »Okay, hast wahrscheinlich recht. Aber der ist trotzdem so ein eingebildeter, schnöseliger Vollidiot. Du hättest ihn gestern mal hören sollen: ›Wie ein Ponyhof sieht das hier eigentlich gar nicht aus.‹«

»Das hat er gesagt? Zu Eldenau?«

Ich nickte.

Linh schwieg eine Weile. Dann meinte sie: »Aber süß ist er schon.«

Ich versuchte, mir das Lachen zu verkneifen. »Du bist dermaßen oberflächlich.«

»Wieso?« Sie grinste von einem Ohr zum anderen. »Ich checke nur ab, ob du wirklich nichts von ihm willst.«

Wieder stand ich auf. »Du kannst ihn haben. Ernsthaft, nimm ihn, aber lass mich mit ihm in Ruhe. Und jetzt los, nicht dass er mir mein Erdbeereis wegfrisst.«

Glücklicherweise war noch genug Erdbeereis übrig, und ebenso glücklicherweise waren wir die Letzten, die in der Eisdiele ankamen. Daher saßen wir so weit von Jannis entfernt, dass ein Gespräch nicht mal infrage gekommen wäre, wenn ich mit ihm geredet hätte.

Linh machte permanent Stielaugen und flüsterte mir immer wieder zu: »Wirklich sehr, sehr süß«, bis Elif neben mir irgendwann stöhnte: »Es ist Schoko-Karamell, Linh, was hast du erwartet?«

Wir prusteten so laut los, dass wir den ganzen Tisch aufschreckten, aber als sich die anderen wieder auf ihre eigenen Gespräche konzentrierten, zischte ich: »Er reitet Turniere. Springturniere.«

Linh blinzelte. »Oje.« Sie wusste genau, was ich von solchen Veranstaltungen hielt. »Barren, blistern, Rollkur?«

Obwohl das Thema nicht im Geringsten lustig war, lachte ich auf. »Hat sich eingeprägt, was?«

»Du hast mich ja über jeden Reitsportskandal der letzten Jahre auf dem Laufenden gehalten. Das ist grusliger als ›American Horror Story‹.«

»Linh.« Ich schaute sie streng an. »Guckst du das gerade? Wehe, du rufst mich wieder nachts um halb drei an, wenn du Angst kriegst.«

»Ach was«, wiegelte sie ab und redete leiser. »Ab sofort rufe ich Jannis an. Der ist bestimmt nicht so ein Schisser wie du. Am Ende muss ich ja immer dir gut zureden.«

Ich schnitt ihr eine Grimasse, doch sie grinste nur.

»Meinst du, Jannis macht so was wirklich? Rollkur und das alles?«, fragte sie dann ernster.

Ich zuckte mit den Schultern. »Weiß nicht. Wahrscheinlich nicht.« Unauffällig sah ich zu Jannis. Schon bei der Vorstellung wurde mir schlecht. »Ich finde es trotzdem nicht okay. Wenn jemand Turniere geht, dann ist das, als würde man mitkriegen, dass jemand gemobbt wird, und nichts dagegen unternehmen.«

Linh kam nicht zum Antworten, denn Esther wollte wissen, wann sie sich diese Woche zum Tanztraining trafen.

Ich starrte meinen Erdbeer-Joghurt-Becher an. Jetzt war mir doch die Lust darauf vergangen. Am anderen Ende des Tisches schwirrte die halbe Klasse um Jannis herum und offenbar fanden ihn alle ganz toll. Das war das Schlimme an ihm: Er konnte nett sein. Heute Morgen im Bus hatte er mir ja auch leidgetan, als er von der Trennung seiner Eltern erzählt hatte, aber so durfte ich erst gar nicht von ihm denken. Er war Springreiter und so jemandem traute ich nicht über den Weg. Ich würde einfach überhaupt nicht mehr über ihn nachdenken. Wenn er schon nicht in Berlin bleiben konnte, sollte er sich wenigstens vom Gut und meinen Pferden fernhalten und mir ansonsten nicht auf die Nerven gehen.

»Das sah richtig gut aus«, meinte Mama, als ich vom Trockenreiten zurück auf den Hof kam.

Ich klopfte Dari den Hals und saß ab. »Ja. Es wird jeden Tag besser mit ihr.« Mama begleitete mich zum Anbindebalken. »Du, ich denke da schon eine Weile drüber nach. Ich glaube, ich nehme sie mit nach Langendorf.«

»Diesen Samstag?« Stirnrunzelnd schaute Mama mich über Daris Rücken an, während sie den Steigbügel hochschob und den Gurt über den Sattel legte. »Willst du nicht lieber bis zum Frühjahr warten? Wie lange reitest du sie jetzt? Zwei Monate?«

»Neun Wochen.« Ich zuckte mit den Schultern. »Ja klar, die letzte Routine haben wir noch nicht. Aber je früher wir ein Springen gehen, desto schneller kommt die.« Ich hängte den Sattel über den Balken. »Sie ist einfach heiß auf jeden Sprung. Hast du sie beim blauen Oxer gesehen?«

»Auf den Punkt, ja.« Mama rieb sich die Stirn und lief um Dari herum. Sie lehnte sich gegen den Balken und sah mir zu, wie ich Daris Sattellage ausbürstete. »Trotzdem. Es wäre euer erstes Turnier und dann noch so ein großes. Mir wäre wohler, wenn du sie hier bei uns an den Trubel gewöhnst oder wenigstens in einer kleinen Konkurrenz in der Gegend.«

Mit Daris Vorderhuf auf dem Knie warf ich ihr unter dem Arm hindurch einen Blick zu. »Bei so einem Wald- und Wiesenverein? Drüben auf Gut Eldenau vielleicht?«

Mama schmunzelte. »Bist du immer noch nicht drüber weg, dass – wie heißt sie? – keine Turniere geht?«

Ich richtete mich auf und grinste. Gestern Abend auf dem Heimweg vom Gut hatte ich Mama von dem Gespräch beim Absatteln erzählt. »Frida. Nee, nicht so richtig. Dieses Rumgeschaukel im Gelände immer, echt. Da können sie doch gleich zu Hause bleiben und … was weiß ich … Kuchen essen.«

Sie lachte. »Von mir hast du diese Arroganz nicht.«

Schlagartig verging uns beiden das Grinsen. Ich bückte mich nach der Putzbox.

»Er hat übrigens angerufen.«

Ich spürte ihren Blick auf mir, kramte aber weiter in der Box, als würde ich den Sinn des Lebens darin vermuten. Andererseits half es auch nichts, mich dumm zu stellen. Ich wusste ja genau, von wem sie sprach. »Aha.«

»Interessiert es dich, was er wollte?«

»Mäßig.« Ich zog ein Tuch aus der Putzkiste und begann, Daris Gesicht abzureiben.

Nach einer kleinen Pause sagte sie: »Er wollte wissen, ob ich etwas damit zu tun habe, dass du ihn neuerdings Björn nennst.«

Ach, das. War ja klar gewesen, dass er sich gleich bei seiner Fast-Exfrau beschweren würde. »Und was hast du gesagt?«

»Ich habe ihm gesagt, dass du ihn nennen kannst, wie du willst. Und wenn du Arsch mit Ohren zu ihm sagen würdest, hättest du auch deine Gründe.«

Ich biss mir auf die Unterlippe, ließ das Tuch in die Box fallen und drehte mich zu ihr um. »Echt, Mama? Arsch mit Ohren? Das ist dermaßen oldschool.«

Sie gluckste, und das war ein Geräusch, das ich lange nicht mehr von ihr gehört hatte. Wir grinsten uns an, und während ich den Deckel der Putzkiste zuklickte und Dari losband, schnappte sich Mama Sattel und Zaumzeug. Gemeinsam gingen wir zum Stall.

»Sie ist übrigens in meiner Klasse.«

»Wer?« Mama sah mich an.

»Na, Frida. Das Ponymädchen vom Gut.«

»Ach, das ist ja schön.«

»Ich weiß nicht«, meinte ich, während ich Dari in ihre Box führte. »Irgendwas hat die. Als hätte ich sie gestern beleidigt oder so. Aber der Rest der Klasse scheint echt in Ordnung zu sein«, sagte ich, als ich Mamas Gesichtsausdruck bemerkte, und nahm ihr den Sattel ab. »Eigentlich war das heute ein ganz guter Tag in der Schule.«

Einen Moment lang guckte sie mich noch prüfend an, dann lächelte sie. »Klar. Es waren ja auch nur drei Stunden.«

Da hatte sie auch wieder recht.

Frida

Ich spielte wirklich mit dem Gedanken, die Franzbrötchen in meinem Fahrradkorb in der Ostsee zu versenken. Außerdem hatte ich mir schon überlegt, sie am Strand zu vergraben, an Heinrichs Schweine zu verfüttern oder im Stall als Fliegenfänger aufzuhängen. Ich war sogar fast bereit, alle acht Stück selber zu essen, auch wenn das wahrscheinlich drei Tage Zuckerkoma bedeutete. Aber ich wusste, dass ich garantiert auffliegen würde, wenn ich die Dinger nicht ablieferte. Und so stolz, wie Luise auf ihre Backkünste war, käme ich mit drei Tagen Koma wahrscheinlich nicht davon.

Also fuhr ich mit Todesverachtung Richtung Carlshof. Warum mussten sie mir das antun? Warum nur? Bloß weil ich die Jüngste war, mussten sie mich unbedingt vor den neuen Nachbarn demütigen? Ich würde auf ewig das Mädchen mit den Franzbrötchen sein! Und überhaupt: Ich verstand gar nicht, warum der Rest der Familie es für eine gute Idee hielt, Freundschaft mit den Maibachs zu schließen. Die waren, was Pferde anging, auf einem ganz anderen Planeten unterwegs. Und sie waren Konkurrenz! Vorhin beim Eisessen hatte Jannis erzählt, dass Eva einen Verein gründen wollte, und Annika war gleich darauf angesprungen. Ich wusste, dass sie seit Jahren Turniere reiten wollte, aber ohne Vereinsmitgliedschaft ging das ja nicht. Die Gelegenheit würde sie sich bestimmt nicht entgehen lassen.

Ich umkurvte ein Schlagloch. Da vorne war die Abzweigung zum Carlshof. Wenn ich noch langsamer fuhr, kippte ich um. Es half nichts. Mit einem letzten Blick auf diese idiotischen Franzbrötchen holte ich tief Luft, bog nach rechts ab und strampelte zwischen Hecken mit knallroten Hagebutten auf das Tor zu.

Verdammt idyllisch für die Höhle des Löwen.

Ich erkannte sofort, dass Eva eine ganze Menge Geld in die Hand genommen hatte, um den Carlshof auf Vordermann zu bringen. Nichts verriet, dass die Anlage fünf Jahre lang leer gestanden hatte. Die Reithalle rechts und der Stall links strahlten mir in frischem Schwedenrot und blendendem Weiß entgegen. Ich ließ das Rad an einer Buchsbaumhecke liegen, griff mir die Tüte mit den Franzbrötchen und betrat den Innenhof durch ein weißes Tor.

Das durfte echt nicht wahr sein. Der Stall und die Reithalle waren durch einen überdachten Gang verbunden. Klar, man musste ja auch verhindern, dass diese überspannten Springpferde einen Tropfen Regen abbekamen.

Oder Jannis hatte Angst um seine Lederstiefel.

Der Innenhof war so sauber gefegt, dass ich, ohne zu zögern, vom Boden gegessen hätte. Rechts und links führten Wege an vier weiß umzäunten Paddocks vorbei. Dahinter erkannte ich den Springplatz, der direkt an die Reithalle angrenzte, und einen von Bäumen beschatteten Wall mit Tribünen auf beiden Seiten. Links davon lag das Dressurviereck. Und nirgends ein Pferd zu sehen. Es war die Hölle.

Unschlüssig blieb ich stehen. Es wirkte nicht so, als würden hier Pferde leben, aber Menschen konnte ich auch keine entdecken. Die Tür zur Reithalle war trotz des schönen Wetters geschlossen, also vermutete ich, dass gerade niemand drin war. Einen Moment spielte ich mit dem Gedanken, die Tüte einfach vor den Eingang des Wohnhauses zu legen, das hinter der Reithalle stand. Ich hatte mich schon umgedreht, aber dann gab ich mir einen Ruck, wandte mich nach links und ging den gepflasterten Weg zwischen Stall und Paddocks entlang. Die Rasenflächen daneben waren so perfekt grün, dass sie fast künstlich wirkten.

»Hallo?«, fragte ich vorsichtig, als ich um die Ecke des Stalls lugte.

Niemand da. Wo waren die denn alle? Hier musste eine ganze Armee Pferdepfleger, Gärtner und sonst was arbeiten, anders konnten Eva und Jannis so eine Anlage gar nicht am Laufen halten. Oder hatten die einfach noch keine Pferde hier? Dann war dem Pfleger vielleicht langweilig und er fegte stattdessen die Wege. Ich beschloss nachzusehen.

Mit Schwung zog ich die Tür zur Stallgasse auf – und guckte in Evas und Jannis' verdutzte Gesichter.

»Frida!«, schallte es mir zweistimmig entgegen, während mir nur ein intelligentes »Äh« einfiel.

Einen Augenblick lang herrschte Schweigen, dann schwenkte ich die Papiertüte und blubberte: »Ja, hallo, gut, dass ich euch treffe … das heißt … ich soll die hier vorbeibringen. Also, als Willkommensgeschenk. Auf gute Nachbarschaft.«

Ich biss mir auf die Zunge, bevor ich mich weiter um Kopf und Kragen redete und Jannis' Grinsen noch breiter wurde, und drückte Eva die Tüte in die Hand.

»Das ist ja nett.« Vorsichtig linste sie hinein. Im nächsten Moment fing sie an zu strahlen. »Franzbrötchen! Frida! Und die hast du für uns gebacken?«

Gerade hatte ich noch fieberhaft nach einem Mauseloch gesucht, in das ich mich verkriechen konnte, jetzt schnellte mein Blick zu Eva.

»Iich?«, quiekte ich, weil ich gar nicht daran gedacht hatte, dass man das so auffassen konnte. »Nein. Nein, ganz bestimmt nicht, ich kann nicht backen. Die sind von meiner Schwester Luise.«

Aus dem Augenwinkel bekam ich mit, dass Jannis nur mit größter Mühe verhinderte, sich vor Lachen auf dem Boden zu wälzen. Hätte er bestimmt gemacht, wenn seine Mutter nicht dabei gewesen wäre.

Die hielt ihm jetzt die Papiertüte unter die Nase. »Willst du? Eins kannst du haben, der Rest ist für mich.« Sie grinste. Bevor er zugreifen konnte, zog sie die Tüte wieder weg und streckte sie mir hin. »Oh, entschuldige, Frida, das war unhöflich. Möchtest du?«

Ich schüttelte den Kopf. Schweigend wehrte ich auch eine zweite Aufforderung ab – auf keinen Fall würde ich mich noch mehr blamieren, indem ich mir das Gesicht mit Zucker, Zimt und Butter vollkleisterte –, aber Eva und Jannis hatten, was das betraf, keine Hemmungen und mampften sich begeistert durch ihre Brötchen. Na ja, ich hatte in Sachen Sich-lächerlich-Machen auch einen satten Vorsprung.

»Die sind der Hammer«, lobte Jannis zwischen zwei Bissen. »Und die hat echt deine Schwester gemacht?«

Ich nickte. »Ja, die kann das. Sie backt auch Torten und Brot und all so was. Ihr macht das Spaß.« Was ich davon hielt, stundenlang in der Küche zu stehen, konnte man, glaube ich, hören.

Eva angelte sich noch ein Brötchen, drückte Jannis die Tüte in den Arm und wandte sich zu mir: »Sag ihr bitte vielen Dank, Frida. Ich kann mich nicht erinnern, dass ich jemals ein besseres Franzbrötchen gegessen hätte.«

Ich zuckte mit den Schultern. »Ist ein Familienrezept aus Hamburg.«

»Ach wirklich? Trotzdem bin ich immer wieder beeindruckt, wie gut manche Leute backen. Ich kriege nicht mal Marmorkuchen hin, oder, Jannis? Aber wie wär's, wenn ihr alle demnächst mal zum Essen zu uns kommt? Wir würden uns freuen.«

»Das wäre … nett?« Ich warf Jannis einen Blick zu, aber der starrte seine Mutter nur mit vollen Backen an.

»Schön, dann rufe ich einfach Kristin an und vereinbare einen Termin, ja? Frida, ich muss los, ich habe ein Vorstellungsgespräch, aber wie wäre es, wenn Jannis dir den Hof zeigt? Du willst doch bestimmt die Pferde sehen.«

Immer noch ungläubiges Hamsterstarren bei Jannis, und auch mir fiel auf die Schnelle keine Ausrede ein, deswegen nickte ich unbestimmt und versuchte zu lächeln.

Eva winkte uns zu. »Dann lasse ich euch mal …« Sie machte eine winzige Pause und grinste breit. »… Kuchen essen. Viel Spaß.«

Jannis

Unglaublich, wie witzig meine Mutter sein konnte. Und jetzt stand ich hier auch noch wie ein Idiot vor Frida, eine Papiertüte in der Hand und wahrscheinlich mit Zuckerguss von einem Ohr bis zum anderen.

Überraschenderweise wollte Frida auch kein Franzbrötchen, als ich ihr zum dritten Mal eines anbot, also ließ ich sie kurz warten, rannte meiner Mutter hinterher, die die Tüte immer noch grinsend entgegennahm, und wusch mir am Wasserhahn beim Putzplatz das klebrige Zeug aus dem Gesicht.

Ich beeilte mich, weil ich dafür kein Publikum brauchte, doch Frida war mir nicht gefolgt. Allerdings konnte ich sie weder auf dem Hof noch bei den Reitplätzen sehen. Frida war bestimmt nicht der Typ, der brav in der Stallgasse stehen geblieben wäre, aber vorsichtshalber warf ich einen Blick durch die offene Tür.

Nein, stehen geblieben war sie nicht. Sie tat einfach das, was jedes Pferdemädchen gemacht hätte: Sie sah sich die Pferde an.

Mein Pferd.

Sie hatte Daris Boxentür aufgeschoben, murmelte irgendetwas und kraulte ihr den Hals. Mit geschlossenen Augen lehnte Dari ihren Kopf an Fridas Brust.

Dari lehnte ihren Kopf nie an Fremde.

Wenigstens spitzte sie die Ohren und sah mir entgegen, als ich näher kam. Dann geschah etwas, was mich fast noch mehr irritierte: Frida lächelte mich an.

»Sie ist toll.«

Mehr sagte sie nicht, doch es war trotzdem klar, dass sie Dari das höchste Kompliment aussprach.

Ich stellte mich auf Daris andere Seite und begann ebenfalls, ihren Hals zu kraulen. Sie schnaubte wohlig und wir mussten beide lachen.

»Ja«, sagte ich und schaute Frida an. »Sie ist total motiviert und aufmerksam. Und sie hat so viel Talent. Ich glaube, in zwei Jahren kann ich mit ihr S-Springen gehen.«

Ich konnte beinahe fühlen, wie es zehn Grad kälter wurde. Die Eiskönigin war zurück. Frida machte ein grimmiges Gesicht, schob Dari in die Box und zog die Tür zu. Ich schaffte es gerade noch nach draußen auf die Stallgasse.

Sie wandte sich ab. »Welche Pferde habt ihr noch?«, fragte sie und konnte gar nicht schnell genug von mir wegkommen.

Ich zeigte ihr Tino, meinen Holsteiner Apfelschimmel, die beiden Hannoveraner meiner Mutter, die drei Berittpferde, die seit letzter Woche hier standen, und in der inneren Stallgasse die fünf Schulpferde, die wir aus Berlin mitgebracht hatten.

»Je nachdem, wie gut der Reitunterricht anläuft, wollen wir uns noch ein paar zulegen«, laberte ich.

Frida hörte sich alle Erklärungen schweigend an, strich hier und da einem Pferd über die Nase, grüßte Tadeusz, der gerade mit dem Füttern begonnen hatte, und blieb immer ein bisschen auf Abstand zu mir. Was war los mit dem Mädchen? Vorhin war alles noch völlig normal gewesen, und jetzt behandelte sie mich mit einer Abneigung, dass ich trotz der Wärme hier im Stall beinahe fröstelte.

Mir war das heute Morgen im Bus schon aufgefallen. Bei Frida konnte man immer genau sagen, woran man war. Das war ja eine lobenswerte Eigenschaft, nur hätte ich gern verstanden, was für ein Problem sie mit mir hatte.

Als wir uns die Außenanlagen ansahen, taute sie allmählich wieder auf. Wir gingen im Schatten der Ahornbäume am Dressurplatz entlang auf die Koppeln zu, und ich merkte, wie sie sich neben mir entspannte.

»Glaubst du, dass ihr euch hier wohlfühlen werdet?«, fragte sie. Ich sah sie an, aber sie guckte geradeaus. »So weit weg von Berlin, meine ich. Von der Stadt.«

Einen Moment lang antwortete ich nicht. »Ich glaube schon. Klar, Umziehen ist immer scheiße. Neue Schule, neue Leute und die alten Jungs weit weg.« Ich stockte. Irgendwie schien Fridas Ehrlichkeit abzufärben. Ich ließ den Blick über die Koppeln vor uns schweifen. »Aber die Pferde sind hier. Die haben's jetzt besser. Und ich kann sogar vor der Schule reiten, wenn ich will. In Berlin musste ich in den Stall immer eine Stunde fahren.«

Endlich sah Frida mich wieder an – und wie. Ihr ganzes Gesicht strahlte über alle Sommersprossen, als wäre die Sonne aufgegangen.

»Reitest du Dari dann gleich noch?«, fragte sie.

»Hab ich vorhin schon. Mit Tino wollte ich aber noch ein paar Sprünge machen.«

»Warum bringst du sie dann nicht auf die Koppel?«

»Auf die Koppel kommen nur die Schulpferde. Die Sportpferde stellt Tadeusz morgens in die Paddocks und nachmittags trainieren wir sie.«

Frida blieb stehen und deutete auf die Grasfläche links von uns. »Aber ihr habt doch genug Platz. Die könnten doch locker Tag und Nacht draußen sein.«

Ungläubig sah ich sie an. »Tag und Nacht? Weißt du, wie viel die Pferde dadrin wert sind? Was ist, wenn die sich auf der Koppel das Sprunggelenk vertreten oder sich gegenseitig verletzen?«

Stille. Frida machte ein Gesicht, als hätte sie auf etwas Ekliges gebissen. »Aber …«, sagte sie langsam, »… sie müssen sich doch mal in der Gruppe bewegen können.«

Ich hörte ja wohl nicht richtig. »Wo hast du das denn her? Aus der ›Wendy‹?« Das war doch nicht zu fassen, dass mir dieses Ponymädchen erzählen wollte, wie wir unsere Pferde zu halten hatten.

Die Botschaft kam offenbar an. Jedenfalls blinzelte Frida einmal, dann sagte sie: »Sorry, ich muss los. Wir sehen uns morgen. Danke für die Führung.«

Als sie an mir vorbeistürmte, fühlte es sich an, als würde ich gegen eine Gletscherwand prallen. War die jetzt beleidigt? Im Ernst?

Ich holte tief Luft, dann machte ich mich an die Verfolgung. Doch Frida hatte verdammt lange Beine und sie konnte verdammt schnell gehen. Bevor ich sie eingeholt hatte und das klären konnte, war sie Mama in die Arme gelaufen. Die sah erst Frida, dann mich fragend an, aber ich zuckte nur mit den Schultern. Wenigstens musste Frida jetzt stehen bleiben.

Mama deutete auf den Typen neben ihr. »Jannis, gut, dass ihr kommt. Ich wollte dir Marcel vorstellen. Er arbeitet ab sofort als Bereiter bei uns. Marcel, das ist mein Sohn Jannis, und das ist Frida, eine Freundin.«

Marcel hielt mir die Hand hin, aber bevor er etwas sagen konnte, winkte Frida uns zu und rief: »Hallo, Marcel. Tut mir leid, Eva, ich muss los. Tschüs!«

Und weg war sie. Ich stand da und hörte mir mit halbem Ohr

an, wo Marcel seine Ausbildung gemacht, mit welchen Trainern er gearbeitet und welche Turniere er gewonnen hatte, und die ganze Zeit fragte ich mich, warum zum Teufel ich unbedingt wissen musste, was mit Frida los war, statt sie einfach so launisch sein zu lassen, wie sie wollte.

Frida

Zur Beruhigung nahm ich Liv mit an den Strand. Nach dem sonnigen Nachmittag kam Wind auf und trieb Wolken von der Ostsee her. Grau wie Blei lagen das Wasser und der Sand vor uns.

Es war das perfekte Wetter für meine Stimmung.

Beinahe hätte ich mich von Jannis' Gerede einlullen lassen. Die Pferde hatten es jetzt besser, klar! Er war einfach wie alle anderen Turnierreiter. Ihm ging es um den Sport und nicht darum, was den Pferden guttat. Arme Dari. Da musste sie sich den ganzen Tag über einsperren lassen, nur um ein paar Stunden auf diesem trostlosen Paddock zu stehen – allein wahrscheinlich noch! – und nachmittags über irgendwelche Hindernisse zu springen. Kein Wunder, dass sie so angespannt wirkte. Und trotzdem war sie zutraulich und aufmerksam. Wusste Jannis überhaupt, was für ein Pferd er da hatte? Wahrscheinlich nicht. Den interessierten ja nur Leistungsklassen und Platzierungen.

Der Wind frischte auf und sprühte mir ein paar Tropfen Regen ins Gesicht. Liv merkte natürlich, dass ich nicht bei der Sache war, und schüttelte den Kopf, also atmete ich tief durch und konzentrierte mich auf ihren Rhythmus.

Wir trabten eine Weile durch die Dünung, dann galoppierten wir an und zogen den Möwen davon. Es half – bald hatte ich nichts weiter im Kopf als die Wellen und den Sand und Livs geschmeidige Sprünge. Der Wind peitschte mir ihre lange Mähne ins Gesicht, doch wir hatten heute beide nicht vor, klein beizugeben.

In einem weiten Bogen wendete ich Liv, aber wir hielten das Tempo bis kurz vor dem Strandaufgang. Als ich sie zum Schritt durchparierte, war mir ziemlich warm geworden, und Livs Hals war feucht, aber ich konnte spüren, dass sie am liebsten gleich noch mal losgeprescht wäre.

Ich kraulte ihren Mähnenkamm. »Für heute reicht es, Mädchen. Das war toll.«

Nach und nach wurde ihr Schritt entspannter, sie dehnte den Hals und schnaubte zufrieden ab. Mit dem Wind im Rücken machten wir uns auf den Heimweg.

Der Tisch war schon halb gedeckt, als ich in die Küche kam.

»Hallo, Küken«, begrüßte mich Theo, den ich heute noch gar nicht gesehen hatte. Keine Ahnung, was der während seiner Semesterferien tagsüber machte.

»Hallo«, sagte ich, zu ausgepowert, um mir eine schlagfertige Antwort einfallen zu lassen. Ich griff über die Kücheninsel und stibitzte Papa einen Käsewürfel vom Schneidebrett.

Mama sah von irgendwelchen Unterlagen auf. »Hallo, Schatz. Wie war's am Strand?«

»Windig.« Ich nahm die Teller, die auf der Anrichte standen, und verteilte sie auf dem Tisch, während Theo Wassergläser füllte.

Mama stellte sich neben mich und legte mir den Arm um die Schultern. »Schlechten Tag gehabt?«

Ich lehnte mich kurz an sie. »Ging so. Bis auf den Montag ist der Stundenplan okay. Aber wir haben den Claasen in Französisch, das macht mich jetzt schon fertig.«

»Der ist HSV-Fan«, teilte Theo sein unerschöpfliches Wissen

über seine ehemalige und meine aktuelle Schule. »Frag ihn, wie das Spiel am Wochenende war, dann kommt er erst mal nicht zum Unterrichten.«

Ratlos guckte ich ihn an. »Und ein HSV ist …?«

Aus dem Augenwinkel sah ich, dass Mama und Papa schmunzelten.

»… ein Fußballverein.« Theo schüttelte den Kopf. »Mal ehrlich, passt in dein Hirn noch was anderes als Pferde?«

Ich streckte ihm die Zunge heraus. »Sagt einem ja keiner, dass man in Französisch nur gute Noten kriegt, wenn man sich mit Fußball auskennt.«

»Seit wann interessierst du dich für Fußball?« Luise stieß die Tür auf und kam mit einer Schüssel und einem Eimer Äpfel herein.

»Tut sie nicht. Sie will nur in Französisch keinen Stress«, klärte Theo sie auf.

»Oje, habt ihr den Claasen?«, fragte sie mich. Als ich nickte, sagte sie: »Mach dich mal ein bisschen über den HSV schlau. Uwe Seeler, Volksparkstadion und so. Wenn er nervt, kannst du ihn damit ködern. Und danach hast du nie wieder Ärger mit ihm.«

Papa lachte, aber Mama stemmte die Arme in die Seite und starrte uns ungläubig an. »Sagt mal, was wird das denn? Wie wär's, wenn du in Französisch einfach mehr lernst, Frida? Dann müsstest du dir keine Schwachsinnstipps von deinen Geschwistern holen.«

Luise und Theo grinsten sie breit an, aber Papa kam herüber und zog sie an sich. Sie machte eine komische Grimasse, wie immer, wenn sie ernst bleiben wollte, es aber nicht schaffte.

»Keine Sorge, Mama, ich habe nicht vor, die Bundesligatabelle auswendig zu lernen«, versicherte ich ihr. »Höchstens, wenn ich zwischen Vier und Fünf stehe.«

Luise deutete auf mich. »Klingt vernünftig.«

Mama schüttelte den Kopf, wand sich aus Papas Umarmung und warf die letzten Schafskäsestücke in eine Schüssel. Als sie den Salat auf den Tisch stellte, schmunzelte sie. »Alle hinsetzen und essen. Jetzt ist Schluss mit diesen zweifelhaften Ratschlägen für Frida.«

»Für heute Abend wenigstens«, raunte Theo und fing sich damit einen scharfen Blick ein.

»Und, wie ist es da drüben?«, wollte Luise wissen, als sie sich Salat auf den Teller häufte.

Oh nein. Jetzt hatte ich den Carlshof so schön verdrängt gehabt. Hello again, schlechte Laune.

»Fahr doch das nächste Mal deinen Kuchen selber rüber, wenn dich das so interessiert«, pampte ich sie an.

Luise hob abwehrend die Hände. »Da ist ja heute jemand gut drauf. Stell dich nicht so an, wir haben die Schule alle überstanden.«

»Um die Schule geht's doch gar nicht«, erklärte ich. »Die da drüben sind voll die Tierquäler.«

Es folgte ein Moment ratlosen Schweigens. Meine Familie neigte dazu, mich nicht ernst zu nehmen, deswegen versuchte sie wahrscheinlich gerade, die Bedeutung meines Satzes durch den Ach-sie-ist-in-der-Pubertät-Filter zu entziffern.

Ich seufzte. »Nee, echt jetzt. Die lassen die Pferde zweiundzwanzig Stunden am Tag in der Box stehen. Hat mir Jannis selber gesagt. Dass solche Leute überhaupt Pferde halten dürfen!«

Mama hielt mir die Salatschüssel unter die Nase, aber ich reagierte nicht, also fing sie an, mir Gurken und Tomaten auf den Teller zu schaufeln.

Theo grinste, während er sich dick Butter aufs Brot strich. »Das Dramaküken wieder.«

Wenigstens handelte er sich damit den nächsten scharfen Blick von Mama ein. »Die würden doch sicher nichts tun, was den Pferden schadet, Frida. Eva hat einen sehr vernünftigen Eindruck gemacht. Und Jannis auch.«

Echt, manchmal war meine Familie dermaßen naiv.

»Hab ich das von euch gelernt, dass Pferde regelmäßig Kontakt mit Artgenossen und ausreichend Bewegung brauchen, oder was? Das ist doch völlig unnatürlich, was die da drüben treiben!«

»Jetzt iss erst mal«, schaltete sich Papa ein. Was Salat an den Praktiken der Maibachs ändern sollte, verstand ich zwar nicht, aber ich hatte wirklich Hunger, also biss ich in ein Stück Gurke. »Du kannst von Eldenau nicht auf den Carlshof schließen. Das ist ein Turnierstall, natürlich arbeiten die anders als wir.«

»Aber das meine ich doch! Für ihren Sport müssen die Pferde leiden. Ich verstehe wirklich nicht, wie ihr sie da verteidigen könnt.« Herausfordernd sah ich in die Runde.

Der Protest setzte aus drei Richtungen ein – Theo hielt sich wie immer raus –, aber Luise war am lautesten: »Jetzt warte doch erst mal ab, wie das am Carlshof anläuft. Die kommen aus Berlin, da hatten sie bestimmt keine Möglichkeit, die Pferde auf die Koppel zu stellen. Vielleicht wird das hier ganz anders. Für uns ist es jedenfalls gut, dass sie da sind.«

»Hä?«, machte ich. »Wieso das? Weil sie unsere Einsteller abwerben?«

»Quatsch. Weil sie mit ihren Lehrgängen Feriengäste bringen. Und weil sie ihr Futter bei uns beziehen.«

Ich sah Papa an, der zustimmend nickte. »Ja, darüber haben wir gestern gesprochen. Eva sucht einen Lieferanten, und das, was sie braucht, kann ich ihr verkaufen.«

Luise griff über den Tisch nach dem Brotkorb. »Siehst du, ist doch toll, dass sie den Carlshof gekauft haben. Da springt vielleicht sogar der zweite Offenstall raus.«

Ich starrte sie an. »Boah, seid ihr opportunistisch.«

Irritierenderweise brachte das alle zum Lachen.

Theo klopfte mir auf die Schulter. »Du telefonierst eindeutig zu viel mit Omi.«

Bevor ich darauf antworten konnte, sagte Mama: »Frida, jetzt lass mal. Wir behalten das im Auge, in Ordnung?« Ihre Mundwinkel bogen sich ein Stück nach oben. »Übrigens hat Eva vorhin angerufen und wollte uns zum Essen einladen.«

Ich schnaufte. Die Frau ließ ja nichts anbrennen.

»Ich habe gemeint, sie soll mit Jannis zu uns kommen, dann können Robert und sie gleich das mit den Futterlieferungen klären.« Ihre Mundwinkel bogen sich weiter. Das verhieß nichts Gutes. »Und du zeigst Jannis mal, wie glückliche Pferde leben.«

Luise und Theo grinsten. Wenigstens Papa deutete meinen Gesichtsausdruck richtig, denn er wechselte das Thema und erzählte etwas über einen Bauantrag und Pachterhöhungen für irgendwelche Äcker.

Ich hörte kaum hin. Vielleicht war etwas dran an dem, was Mama sagte. Vielleicht mussten Jannis und Eva erst sehen, wie gut es unseren Pferden ging, bevor sie erkannten, was sie mit Dari und den anderen falsch machten.

War das ein Weg, Dari zu helfen? Der Gedanke, dass so ein sensibles Pferd auf Turnieren starten sollte, war furchtbar. Ich kaute auf meinem Brot herum und überlegte. Eigentlich hatte ich Jannis links liegen lassen wollen, aber diesen Luxus konnte ich mir nicht leisten.

Ich musste ein Pferd retten.

Morgens im Bus wusste ich immer noch nicht genau, wie ich mit Frida umgehen sollte. Klar, ihren Vortrag über Pferdehaltung hätte sie sich sparen können, aber auf meinen »Wendy«-Spruch war ich auch nicht gerade stolz. Vorsichtshalber suchte ich mir einen Platz weit von ihr entfernt. In der Schule stellte sich das Problem dann gar nicht, weil ich den ganzen Tag nicht in ihre Nähe kam.

Nachdem gestern noch die Aufregung über den Stundenplan und die Lehrer vorgeherrscht hatte, bekam ich als Neuer heute die volle Aufmerksamkeit. Ich war Linh dankbar, dass sie mich neben Paul gesetzt hatte, denn er wehrte ziemlich geschickt die schlimmsten Neugierattacken ab. Am Ende der Mittagspause schwirrte mir trotzdem der Kopf von den vielen Namen. Die Mädchen fanden es alle superspannend, dass ich reiten konnte, und wollten schon immer mal Unterricht nehmen. Ohne dumme Sprüche von den Jungs ging es natürlich auch nicht ab, aber Paul platzierte ein paar Fragen nach meinen Turniererfolgen, und ab da war Reiten offenbar ein ganz ordentlicher Sport.

Alles in allem lief es besser, als ich es mir an der neuen Schule vorgestellt hatte. Das änderte nichts daran, dass ich froh war, als ich endlich im Bus nach Hause saß. Linh, von der ich genauso wie von Frida den ganzen Tag nichts gesehen hatte, deichselte es so, dass wir zu dritt auf der hintersten Bank landeten, und begann, superentspannt zu plaudern. Frida dagegen sagte kaum was.

Mich mit Linh zu unterhalten, war, als würden wir uns schon

ewig kennen. Von Pferden hatte sie keine Ahnung, das stellte sie gleich klar, auch wenn sie mit Frida seit dem Kindergarten befreundet war. Aber sie kannte sich ziemlich gut mit Filmen und Serien aus, auch mit Sachen, die Mädchen sonst nicht so guckten, und sie hatte echt schon einiges von der Welt gesehen.

»Was machen deine Eltern?«, fragte ich, weil es klang, als wäre sie viel mit ihnen verreist.

»Meine Mutter hat einen Massagesalon.«

»Ach so … Und dein Vater?«

»Der ist Pferdefleischer.«

Erst als sie und Frida laut auflachten, merkte ich, dass ich ihr auf den Leim gegangen war. Ich musste ein ziemlich bescheuertes Gesicht machen, doch dann lachte ich mit, und das änderte irgendwie die Stimmung, sodass Frida sich am Gespräch beteiligte und wir quatschten, bis erst Linh ausstieg und dann ich.

»Bis später!«, rief Frida mir zu, und ich drehte mich noch mal um und winkte.

Als ich zwischen den Hagebuttensträuchern zum Hof hinunterlief, hatte ich das Gefühl, dass wir vielleicht doch Freunde werden konnten. Jedenfalls solange sie ihre Ponyhofansichten für sich behielt.

Am Nachmittag kamen zwei neue Einstellpferde an, die einem Zahnarztpaar aus Buddenwalde gehörten, ein dunkelbrauner Hannoveraner Wallach und eine Holsteiner Schimmelstute. Die beiden konnten ganz ordentliche Turniererfolge vorweisen, aber ihre Besitzer hatten neuerdings wohl nicht mehr so viel Zeit, weswegen sie die Pferde bei Mama in Beritt gaben.

Mittlerweile waren zwei Drittel der Boxen belegt. Mama war froh, dass Marcel schon diese Woche anfangen konnte, denn allein hätte sie den Unterricht und die Berittpferde gar nicht mehr bewältigt. Sie schien mit ihm klarzukommen, mit den Pferden stellte er sich gut an, und falls morgen Abend die Probestunde ordentlich lief, hatte Mama ihr drängendstes Problem gelöst.

Während ich Tinos Sattelzeug wegräumte, fiel mir auf, dass sich das alles fast schon nach Routine anfühlte – als wären wir seit Monaten auf dem Hof und nicht erst seit Wochen. Wir hatten ganz schön was geschafft über den Sommer.

»Ah, da bist du.«

Ich drehte mich zu Mama um, die mit Marcel im Schlepptau in der Tür zur Sattelkammer stand.

»Kommst du mal mit ins Büro, Jannis? Ich würde mit euch beiden gern die Pferdeverteilung und Platzbelegung besprechen.«

Marcel hob grüßend die Hand, ich nickte ihm zu.

»Klar, bin gleich da. Ich hole mir nur schnell was zu trinken. Wollt ihr auch was?«

»Eine Cola wäre super«, meinte Marcel, und Mama sagte: »Ich glaube, da ist noch Kaffee in der Thermoskanne. Bringst du mir den bitte mit?«

Ich nickte und nahm die Treppe zum Reiterstübchen, schenkte Mama Kaffee und Milch ein, schnappte mir Cola und Wasser und lief wieder hinüber in den Stall. Schon am Eingang hörte ich Marcels Stimme.

»… im Oktober noch vier neue Pferde. Das müsste klappen. Was ist mit Jannis' Pferden? Mit dem Wallach kommt er klar, oder? Vorhin hab ich ihn auf der Rappstute gesehen – die hat richtig Potenzial.«

Da hatte ja mal einer Ahnung. Als wäre es nicht offensichtlich, dass Dari das vielversprechendste Pferd im Stall war. Ich blieb vor der Tür zum Büro stehen. Irgendwas an seinem Ton irritierte mich. Der hatte wieder so was Süßliches, das war mir schon gestern aufgefallen.

Mama sagte: »Ja, Jannis und Dari haben von Anfang an super harmoniert. Die beiden werden es bestimmt weit bringen.«

Ein kleines Grinsen konnte ich mir nicht verkneifen, aber bei Marcels nächstem Satz verging es mir gleich wieder.

»Würde sie von einem erwachsenen Reiter vielleicht mehr profitieren? Ich könnte sie diese und nächste Saison auf Turnieren vorstellen, damit sie Erfahrungen sammelt. Jannis kommt das sicher auch zugute.«

Es war Zeit einzugreifen. Mit dem Ellbogen stieß ich die Tür auf. Die Köpfe der beiden fuhren herum.

»Hier, bitte schön.« Ich stellte die Tasse vor Mama auf den Schreibtisch und drückte Marcel die Cola in die Hand, dann setzte ich mich auf die Tischkante und grinste ihn breit an. »Du, lass mal. Mit den anderen Pferden hast du ja sicher genug zu tun. Erfahrungen sammelt Dari mit mir.«

Mama griff nach ihrem Kaffee und tat unbeteiligt. Einen Moment lang erwiderte Marcel meinen Blick, dann nickte er.

»Ist klar, kein Problem. Ein paar von den Berittpferden sind völlig abtrainiert. Wenn die erfolgreich gehen sollen, wird das genug Arbeit, da hast du absolut recht.«

Hervorragend, das hatten wir ja schnell geklärt.

Dachte ich jedenfalls.

Er strich sich mit Schwung die Haare aus dem Gesicht. Lächelnd wandte er sich an Mama.

»Unter der Woche ist die Platzverteilung sicher kein Problem, da ist Jannis ja in der Schule.« Er machte eine winzige Pause, aber lang genug, um die paar Jahre Altersunterschied raushängen zu lassen. So ein Arsch. »Montag, Mittwoch, Donnerstag und Freitag sind von vier bis sieben Reitstunden, davor bei Bedarf Einzelstunden, ja?«

Mama warf mir einen schnellen Blick zu und nickte. »Genau. Den Dienstag haben wir dann noch für Einzelstunden. Wenn du am Wochenende kein Turnier gehst, kannst du natürlich auch für Samstag Stunden vereinbaren. Trag deine Platz- und Hallenreservierungen bitte immer rechtzeitig auf dem Plan vorn in der Stallgasse ein, auch die für den Vormittag. Wir haben das über den Sommer mit den Einstellern schon eingeübt, klappt eigentlich ganz gut. Feste Unterrichtsstunden haben Vorrang, aber ansonsten gilt: Wer zuerst kommt, mahlt zuerst.«

Marcels rechter Mundwinkel zuckte, und ich fragte mich, ob er das so aus seinem alten Stall gewohnt war. Mir wäre es manchmal auch ganz recht gewesen, wenn ich mir Sonderrechte hätte rausnehmen dürfen, aber den Zahn hatte Mama mir schon vor Jahren gezogen. Keine Privilegien für Teammitglieder, so war das bei ihr.

Mama gab Marcel noch ein paar Hinweise zum Tagesablauf auf dem Hof, dann besprachen wir den Turnierplan bis zum Saisonende. Marcel ignorierte mich die meiste Zeit, dafür kapierte er relativ schnell, dass sein schleimiges Getue bei Mama nicht zog, und fiel in einen geschäftsmäßigen Ton, der die ganze Situation entspannte. Dicke Freunde würden wir eher nicht werden, aber was Bereiter anging, hatte ich auch schon schlimmere Blender erlebt.

Als wir fertig waren und Marcel die Tür hinter sich zugezogen hatte, lehnte sich Mama zurück und grinste mich an.

»Was?«

Sie spitzte die Lippen. »Hast du dein Revier abgesteckt?«

Ich verschränkte die Arme. »Bitte? Was hab ich denn gemacht?«

Sie lachte. »Den Sohn rausgekehrt?«

»Also echt.« Ich ließ mich auf den Stuhl ihr gegenüber fallen. »Ich war ja wohl extrem höflich zu dem Schleimer.«

»Mhm.« Ihre linke Augenbraue wanderte nach oben. »Vor allem, als er vorgeschlagen hat, Dari zu trainieren.« Bevor ich etwas einwenden konnte, hob sie die Hand. »Jannis, es ist sonnenklar, dass du Dari reitest, aber bitte bemüh dich, mit Marcel auszukommen, ja?«

Seufzend verschränkte ich die Hände im Nacken. »Ich weiß gar nicht, was du hast, das Gespräch lief doch gut.« Möglichst unschuldig sah ich sie an, aber natürlich ließ sie sich so leicht nicht einwickeln.

»Ja, das Gespräch lief gut, und ich will, dass das so bleibt. Wir können froh sein, dass wir jemanden gefunden haben, der so schnell einsteigt. Noch dazu jemanden mit Marcels Qualifikation. Leg dich nicht mit ihm an, in Ordnung?«

»Hatte ich nicht vor.« Das war die Wahrheit, auch wenn er mir vermutlich nicht ans Herz wachsen würde. Von Pferden verstand er was, das stellte ich gar nicht infrage. Aber sein Getue nervte mich, er hatte so was Aufgesetztes an sich. Wie beiläufig sagte ich deswegen: »Ich hoffe nur, dass uns der Typ die Mädels nicht vergrault.«

Ich spürte Mamas Blick, zippelte aber konzentriert am Nagel meines rechten Zeigefingers herum.

Als Mama nach einer sehr langen Pause immer noch nichts gesagt hatte, sah ich auf und guckte in ihr grinsendes Gesicht. »Ich glaube eher, er kommt bei den Mädchen ziemlich gut an«, meinte sie.

Ich schnaufte. »Na, du musst ja wissen, ob du ihn auf deine Reitschülerinnen loslassen willst.«

Sie setzte einen fast übertrieben ernsten Gesichtsausdruck auf und lehnte sich auf die Tischplatte. »Jannis, ich bin mir sicher, ihr werdet euch bei den Mädchen nicht in die Quere kommen. Es gibt bestimmt auch hier oben genug, die auf deinen robusten Charme stehen.«

»Wa…?« Mir klappte wirklich die Kinnlade herunter.

Mama lachte schallend los, stemmte sich hoch, kam um den Tisch herum, und bevor ich sie davon abhalten konnte, fing sie an, mich zu kitzeln.

Irgendwann schaffte ich es, mich aus ihrer Umarmung zu winden. Ich sprang auf und rettete mich hinter die Stuhllehne. »Geht's noch? Robuster Charme? Was soll das denn sein? Und außerdem sehe ich bei Marcel überhaupt keine –«

»Na klar, Schatz«, unterbrach sie mich, und irgendwie schaffte sie es, mir durch die Haare zu wuscheln. »Und jetzt komm, wir sind zum Essen verabredet. Nach dem, was du erzählst, ist Frida gegen dich ziemlich immun. Das ist zur Abwechslung mal ganz gut für dich.«

Glücklicherweise verkniff sich Mama auf dem Weg zum Gut weitere Sticheleien und wollte stattdessen wissen, wie es in der Schule gelaufen war. Ein ganz normales Mutter-Sohn-Gespräch, halleluja. Manchmal fragte ich mich wirklich, ob es nicht doch gut gewesen wäre, Geschwister zu haben, solchen Attacken war man da doch bestimmt nicht ausgesetzt. Vielleicht konnte ich Frida das bei Gelegenheit mal fragen.

Wobei: vielleicht lieber doch nicht.

Zwischen dem Carlshof und dem Gut gab es einen Schleichweg, von dem Robert am Sonntag erzählt hatte. Er führte hinter unserem Haus am Bach entlang zu einer kleinen Brücke und von dort über die Allee aufs Haupttor zu. Da Mama und Fridas Vater noch Geschäftliches zu besprechen hatten, waren wir schon gegen sechs am Gut. Ich hatte nachkommen wollen, aber Mama fand das albern, und, na ja, ein bisschen neugierig auf Fridas Pferde war ich auch. Tatsächlich schickte uns Kristin gleich auf Entdeckungstour.

Nach zwei Minuten hatte ich kapiert, dass Eldenau mindestens dreimal so groß war, wie ich am Sonntag gedacht hatte. Bei den Gebäuden hielt Frida sich gar nicht lang auf – Gutshaus, Nebengebäude mit Ferienwohnungen, Paddockboxen für die Schulpferde, eine ziemlich ordentliche Reithalle, die ich ja schon kannte, Scheune und Maschinenhalle, zwei Reitplätze, eine kleinere Reithalle, Offenstall. Und dann natürlich die Weide. In der Nähe des Offenstalls gab es ein paar kleinere Koppeln, alle besetzt von drei oder vier Pferden, aber dahinter erstreckte sich eine riesige Wiese, bei der ich gar nicht sagen konnte, wo sie endete. Über die ganze Fläche war eine richtige Herde verteilt, meist in Gruppen von zwei oder drei Pferden.

»Die Wallache haben hinter der Halle noch mal ihre eigenen Koppeln …«

Ach.

»… hier stehen nur die Stuten und die Jungpferde.«

Ich lehnte mich gegen den Zaun. Es waren ein paar Warmblüter dabei, Mecklenburger hauptsächlich, jedenfalls hatte Kristin das am Sonntag gesagt, aber ansonsten war die Herde bunt zusammengewürfelt: ein Fjordpferd und mindestens vier Shetlandponys, ein Dunkelfuchs mit heller Mähne – ein Schwarzwälder Kaltblut? –, ein paar Reitponys oder vielleicht Welshponys, außerdem noch fünf oder sechs Schecken wie Fridas Liv. Wie hieß die Rasse noch mal? Lewinzer?

Ich deutete auf ein weißes Pferd mit dunklen Flecken und einem ziemlich ausgeprägten Ramskopf, das ganz in unserer Nähe stand. »Die Tigerscheckstute da. Ist das ein Knabstrupper?«

»Ja, das ist Filomena. Sie gehört Mama. Sie mag Barockpferde. Früher ist sie sogar auf Shows geritten, aber jetzt ist Filo in Rente. Sie ist schon dreiundzwanzig.«

»Und du?«

»Hm?« Frida sah mich an.

»Welche Pferde magst du?«

Sie lächelte kurz. »Na, Lewitzer. Aber eigentlich ist mir die Rasse egal.« Nach einer kleinen Pause sagte sie: »Bei mir muss der Funke überspringen.«

Weich wie Wachs, unsere Eiskönigin, wenn es um ihre Pferde ging. Ich versuchte, das Grinsen aus meiner Stimme rauszuhalten. »Und bei welchem ist der Funke übergesprungen?«

Sie warf mir einen schnellen Seitenblick zu, aber anscheinend schlug ich mich ganz gut. »Bei Liv natürlich. Und bei Juniper.«

Ein bisschen schämte ich mich ja. Es gab absolut keinen Grund, mich über Frida lustig zu machen. Als ich neun war, musste mein erstes Pony eingeschläfert werden. Ich war längst zu groß für Scotty gewesen, aber er hatte mich jeden Tag zum Training auf den Platz begleitet. Wenn ich Ärger hatte mit Mama oder … Björn, hatte ich mich mit Scotty und meinem Nintendo auf das Stück Rasen hinter der Reithalle verzogen. Und da stand er dann und schaute mir über die Schulter, als würde er am liebsten mitspielen, schnoberte an meinem Ohr und nahm hin und wieder ein Leckerli, das ich ihm hinhielt. Eher hätte ich mir die Zehennägel einzeln ausrupfen lassen, als laut zuzugeben, dass ich mir seinetwegen vier Tage die Augen ausgeheult hatte, aber nicht erst seit Dari kapierte ich, was Frida mit Liv verband. Oder Juniper.

»Wo steht der eigentlich?«, fragte ich, um mich auf andere Gedanken zu bringen. »Bei den Wallachen?«

»Wieso?« Frida wirkte plötzlich misstrauisch.

»Ich meine nur. Du siehst das ja anders, aber bei seinen Topanlagen wär's mir zu gefährlich, den in der Herde zu halten.«

Fridas Augen waren immer noch schmal. »Dem geht's gut mit den anderen Jungs. Am Anfang hat er zwar die ganze Gruppe aufgemischt, aber das ist geklärt. Und in der ›Wendy‹ stand nichts, was dagegensprechen würde.«

Bei ihrem ätzenden Ton guckte ich weg und nickte. »Hast ja recht. Der Spruch war echt nicht nötig.«

Der Spruch war sogar richtig bescheuert gewesen. Sie machten hier auf dem Gut zwar so ziemlich alles anders als wir, aber trotzdem war klar, dass Frida quasi im Pferdestall aufgewachsen war.

Ich überlegte, was als Entschuldigung wohl noch nötig war, aber da sagte sie: »Sehe ich auch so.«

Sie klang ganz entspannt, also drehte ich den Kopf und erwischte sie gerade noch dabei, wie sie ein Grinsen verstecken wollte. Damit war die Sache offenbar aus der Welt. Ich konnte mich wirklich nicht entscheiden, ob Frida das anstrengendste oder das unkomplizierteste Mädchen war, das ich je getroffen hatte.

»Wieso willst du eigentlich noch ein Pferd, wenn du Dari und Tino hast?«, fragte sie plötzlich.

Kurz überlegte ich, woher sie das wusste. »Im letzten halben Jahr bin ich ziemlich gewachsen. Tino ist fast schon zu klein für mich.«

»Ach so.« Sie lehnte sich über den Zaun, sodass ich ihr Gesicht nicht mehr sehen konnte. »Aber dann suchst du doch ein ausgebildetes Springpferd, oder?«

Im ersten Moment verstand ich nicht, worauf sie hinauswollte. Doch dann machte es klick. Unser Besuch am Sonntagabend. Als Kristin Juniper für uns longiert hatte.

Schöne Scheiße. Daher wehte der Wind.

Ich grinste. »Dachtest du, dass ich Juniper kaufen will?«

Frida antwortete nicht, aber ihr rechtes Ohr wurde ziemlich rosa.

Ich beugte mich nach vorn und sah ihr ins Gesicht. »Eine Überlegung ist es wert«, sagte ich, und als sie sich mit Funken sprühenden Augen zu mir umwandte, fügte ich hinzu: »Aber meinen nächsten Geburtstag würde ich ganz gern erleben.«

Fridas Mund zuckte, dann nickte sie knapp.

Ich richtete den Blick wieder auf die Pferde vor uns. »Trotzdem, sag Bescheid, wenn dem armen Kerl im Gelände langweilig wird.«

»Es ist nicht zu fassen.« Frida stieß sich vom Zaun hab. »Du hast echt keine Ahnung, oder?« Ich lachte, aber sie ließ sich gar nicht stören. »Du kennst einfach die besten Strecken noch nicht. Wie soll es einem Pferd denn bei uns langweilig werden?«

Das war nicht ganz, was ich hatte sagen wollen, aber ich antwortete: »Ich war hier noch gar nicht ausreiten.«

Es war extrem interessant, Frida sprachlos zu erleben. Sie blinzelte ein paarmal, und dann, als sie sich gefangen hatte, fragte sie: »Wie lange wohnst du noch mal hier oben?«

»Seit sechs Wochen.«

Ich konnte richtig sehen, dass Frida plötzlich eine Mission hatte. Sie drehte sich um und stiefelte über den Hof. Weil ich nicht wusste, was ich sonst tun sollte, folgte ich ihr langsam. Uns kam ein Typ entgegen, ungefähr zwanzig, dunkle Haare, meine Größe.

»Theo!«, rief Frida. »Jannis braucht eine Reithose.«

Der Typ blieb stehen, deutete an sich herunter und sagte grinsend: »Kann mir kaum vorstellen, dass Jannis auf körperwarm steht.«

»Sehr witzig. Hast du drüben in der Wäschekammer noch eine?«

Theo nickte, dann hielt er mir die Hand hin. »Hi, ich bin der große Bruder.«

Ich griff nach der Hand. »Hallo. Jannis. Wir haben den Carlshof gekauft.«

»Hmhm, hab ich schon gehört.« Theos Blick wanderte zu Frida, und es sah aus, als wollte er noch etwas hinzufügen, aber Frida griff nach meinem Arm und zog mich weiter. Es war das erste Mal, dass sie mich anfasste.

»Wir sehen uns beim Essen, Theo. Jannis und ich sind noch 'ne Stunde unterwegs«, rief sie.

»Wo gehen wir denn hin?«, fragte ich und nickte Theo zu, der uns hinterhergrinste.

»Reiten kannst du ja vielleicht«, ihr Blick sagte klar und deutlich, dass es das noch zu beweisen galt, »aber besonders schlau bist du nicht, oder?«

Frida

Während sich Jannis zwischen Waschmaschine und feuchten Schabracken umzog, überlegte ich, welches Pferd ich ihm geben sollte. Eins der Großpferde wäre ihm wahrscheinlich am liebsten gewesen, aber heute war ja nicht Weihnachten. Deswegen holte ich Liv und Tilda vom Paddock und band sie am Putzplatz an.

»Welche Putzboxen?«, hörte ich Jannis aus der Sattelkammer rufen.

Der war ja doch praktisch begabt.

»Die von Liv reicht!«, antwortete ich, und nur Sekunden später stand Jannis neben mir.

Er stutzte. »Ist die nicht ein bisschen klein?«

»Tilda? Na, eins fünfundvierzig wird wohl genügen für dich.«

Jannis holte schon Luft, aber anscheinend wollte er mich heute lieber nicht darüber belehren, dass er es sonst unter eins fünfundsechzig nicht machte. Stattdessen stellte er mir wortlos die Putzbox hin und ging um Tilda herum. Er fasste ihr ein bisschen forsch an den Kopf, aber dann gab er ihr Zeit, an seiner Hand zu schnuppern. Sieh an. Vielleicht war er ja doch kein hoffnungsloser Fall.

»Hier.« Ich gab ihm den Hufkratzer. »Du brauchst ihr dann nur noch die Sattellage auszubürsten. Vorhin waren ihre Putzpatinnen da.«

Jannis lachte. »Putzpatinnen?«

In einem langen Strich zog ich die Kardätsche über Livs Rücken.

»Na ja, Tilda ist halt ihr Pflegepferd. Für fünfzehnmal Putzen kriegen sie eine Reitstunde.«

Jannis warf mir einen Blick zu. »Und darauf lassen sich die Mädels ein?«

»Ist doch ein gutes Geschäft für alle. In anderen Ställen machen sie das umsonst.«

Jannis musste nicht antworten, sein Gesichtsausdruck sagte deutlich, was er über solche Pferdemädchen dachte.

»Brauchst dich gar nicht so lustig zu machen. Es hat ja nicht jeder reiche Eltern, die einem die Pferde in den Stall stellen.«

Jannis sah mich mit hochgezogenen Augenbrauen an, während er mir den Hufkratzer unter Livs Hals hindurchreichte. »So wie du?«

»Und du.«

»Mhm. Bloß dass ich das durch die Preisgelder bald wieder reinhole.«

Was? Niemals. Die konnten doch in seiner Leistungsklasse keine so hohen Gewinnsummen zahlen.

Anscheinend guckte ich ziemlich entgeistert, denn Jannis' Mundwinkel zuckten, als er sagte: »Na ja, ein bisschen was kommt schon zusammen über die Jahre. Und anders, als du denkst, reite ich ein Pferd nicht innerhalb einer Saison zuschanden.«

Aber in zwei, wollte ich schon antworten, doch das wäre kindisch gewesen. Außerdem wollte ich es nicht schon wieder auf einen Streit ankommen lassen. Halb scherzhaft meinte ich also: »Das behauptest du jetzt. Auf Tilda werde ich trotzdem ein Auge haben.«

Jannis grinste, aber als wir nebeneinander in die Sattelkammer gingen, schwor ich mir, dass ich ihn nach Hause laufen lassen würde, wenn er Tilda auch nur ein Mal zu fest anpackte.

Wir hatten eine gute Stunde Zeit bis zum Abendessen, und ich wollte Jannis eine möglichst abwechslungsreiche Strecke zeigen, also machten wir einen Schlenker nach Osten über die Riedwiesen zum Wald.

Spätestens da war mir klar, dass Jannis wusste, was er tat. Anfangs hatte er die Zügel zu stark aufgenommen, aber als Tilda immer unwilliger ging, gab er in der Hand nach, und seitdem kamen die beiden ganz ordentlich miteinander klar.

Gesagt hätte ich es natürlich nicht, aber es war schön, mal jemanden beim Ausreiten dabeizuhaben, an dem ich nicht ständig rumkorrigieren musste. Meistens war ich zwar allein unterwegs, weil Mama, Papa, Luise und Theo höchstens einmal in der Woche Zeit für einen Ausritt hatten, aber manchmal übernahm ich auch die Reitschüler, vor allem in den Ferien. Und weil die mit ihren Pferden alle Hände voll zu tun hatten, war da an entspanntes Quatschen nicht zu denken. Nicht so wie jetzt.

Es war ziemlich komisch: Mit Jannis konnte man nämlich quatschen. Mit Jungs hatte ich nicht so viel zu tun, es ritt ja keiner, und ich war meistens im Stall. Und wenn sie im Rudel auftraten, brachte man sowieso kein vernünftiges Wort aus ihnen heraus. Aber jetzt, so isoliert von der Meute, war es ganz leicht, mit Jannis zu reden. Er hatte schon ziemlich gut kapiert, wer in der Klasse das Sagen hatte und wo er den Rest einsortieren musste. Und er war sich auch nicht zu schade, nach Tipps zu fragen, wie man am besten mit den Lehrern umging. Ein paar Dinge ließ er sogar von Berlin durchblicken, dass er seinen besten Freund vermisste und gerade nicht gut mit seinem Vater klarkam.

Wir trabten dahin und immer wieder sah er sich rechts und links um. Es hätte nicht besser laufen können: Der Himmel war blau und weit, die Schwalben jagten hoch über uns dahin und unter den Hufen der Ponys verströmten Strand-Aster und Tausendgüldenkraut einen frischen, würzigen Duft. Die Luft war golden von den Strahlen der Herbstsonne, die Ponys prusteten und schritten fleißig aus, und es war wieder einer dieser Momente, in denen ich an keinem anderen Ort der Welt hätte sein wollen.

Als ich Jannis anguckte, leuchteten seine Augen. Aber es war nicht mehr dieses sarkastische, kühle Blitzen, mit dem er alles bedachte, was er lächerlich oder komisch fand. Mit seiner Coolness war es vorbei – er hatte richtig Spaß.

Vor uns markierten ein paar wilde Rosenbüsche und niedrige Birken die Grenze zum Wald. Ich hob den Arm und parierte zum Schritt durch. Der Pfad zwischen den ersten Kiefern war schmal und machte enge Wendungen, aber als wir den breiten, sandigen Hauptweg erreichten, sah ich Jannis an.

»Bereit?«

»Zum Galoppieren?«

Ich nickte.

»Immer.«

Liv wusste, was kam, und sie preschte los, fast bevor ich ihr die Hilfen gegeben hatte. Sand stob um uns herum auf und keine fünf Sprünge später hatten Jannis und Tilda zu uns aufgeschlossen. Wir grinsten uns an.

Die Kiefern standen hier im Westwald licht, und der Pfad verlief schnurgerade bis zu den Klippen, also bestand keine Gefahr, Spaziergänger zu überraschen, die vom Strand kamen. Wir konnten Vollgas geben.

Und das taten wir. Liv war sowieso ein Galoppmonster, aber jetzt, wo sie ihre beste Freundin dabeihatte, brannte sie vor Eifer.

Und Tilda ließ sich nicht lange bitten. Mal lagen sie und Jannis einen Kopf vorne, mal zogen wir wieder eine Pferdelänge davon. Dafür, dass er »nur« ein Pony ritt, legte Jannis einen ordentlichen Ehrgeiz an den Tag und schenkte uns nichts.

Wir hatten fast schon den Waldrand erreicht, als die Ponys ihren Rhythmus fanden. Schulter an Schulter liefen die beiden nun dahin, und wir versuchten nur noch, sie so wenig wie möglich zu stören. Ich hörte laut und deutlich, dass Jannis auflachte.

Ganz klar: Eins zu null für mich.

Ich hob die Hand, um Jannis zu zeigen, dass wir zum Trab durchparieren mussten, und er ließ Liv und mir den Vortritt. Den Abgang zum Strand und den schmalen Pfad an dem felsigen Abschnitt unterhalb der Klippen nahmen wir gesittet im Schritt. Aber kaum hatten wir wieder Sand unter den Hufen, frischte der Wind auf und ließ die Wellen glitzern, als wären tausend Diamanten explodiert. So einen Abend durfte man nicht verschwenden.

Ich sah Jannis an, aber der brauchte einen Moment, um seine Augen vom Wasser loszureißen. Dann erwiderte er meinen Blick und nickte leicht.

Die Stuten hatten bloß auf den Gedanken gewartet. Sie galoppierten los, und es dauerte nur Sekunden, bis wir die Wasserlinie erreicht hatten und johlend durch die Wellen sausten.

Regenbogentropfen hingen um uns in der Luft und alles blieb zurück hinter diesem Vorhang aus Licht und Wasser. Es gab nur noch das Platschen der Hufe und den Wind in unseren Ohren. Keiner von uns versuchte, einen Vorsprung herauszureiten, wir liefen kein Rennen. Nicht mal Jannis ging es ums Gewinnen. Diesen Moment zu erleben, reichte schon.

Irgendwann merkte ich, dass Tilda müde wurde, und diesmal

musste ich Jannis gar kein Signal geben. Wir parierten gleichzeitig durch, erst zum Trab, dann zu einem zufriedenen Schritt. Die Ponys schnaubten ab und dehnten den Hals.

Eine Weile sagten wir nichts. Ich streichelte Liv und fragte mich, warum es mir nicht seltsam vorkam, hier schweigend neben Jannis zu reiten, doch die Wut auf ihn war verschwunden. Klar, er hatte noch viel zu lernen, zum Beispiel, dass Tilda es nicht leiden konnte, wenn man ihr zur Belohnung den Hals klopfte. Aber heute hatte er endlich auch mal gezeigt, dass er verstand, was Reiten wirklich bedeutete: Vertrauen und Freude und Freiheit. Vielleicht war er ja doch ein Pferdemensch. Und vielleicht konnte ich ihn sogar leiden.

Arrogant, wie er war.

An unserem Strandaufgang wendete ich Liv ab, aber Jannis drehte Tilda Richtung Meer. Ich sah mich nach ihm um. Er holte tief Luft und legte einen Moment den Kopf in den Nacken. Dann machte er kehrt und schloss zu uns auf. Er lächelte.

»Und das willst du dir wirklich entgehen lassen?«, fragte ich ihn. »Auf deinem staubigen Springplatz?«

Er lachte. »Geht ja beides.«

»Ach ja? Das heißt, deine Pferde haben demnächst auch das Vergnügen?«

»Wenn du mich wieder mitnimmst.«

Streng genommen brauchte er mich ja nun nicht für einen Ausritt, aber ich tat großzügig. »Ich werde mal sehen, wann ich es einrichten kann.«

Er grinste, dann sah er weg. »Diese Lewitzer sind gar nicht mal so übel«, sagte er in einem sachlichen Ton und klopfte wieder Tildas Hals. Ihr Ohr zuckte nach hinten.

Ich schnaufte. »Ja, erstaunlich, nicht?«

»Das war ein Kompliment! Mann, Frida, war doch wohl klar, dass ich Spaß hatte. Ist nur schon 'ne Weile her, dass ich auf einem Pony gesessen hab.« Er schmunzelte. »Könnte ich mich glatt wieder dran gewöhnen.«

»Ich hab dich gar nicht für einen Schleimer gehalten.«

Wir sahen uns an, und als er lachte, grinste ich zurück.

»Nee, hast recht«, meinte er. »Die Großen sind mir schon lieber. Beim nächsten Mal gebe ich dir Tino und ich nehme Dari.«

Ich konnte es mir nicht verkneifen: »Und du meinst echt, das Ponymädchen kommt mit deinem edlen Springpferd zurecht?«

Einen Moment lang guckte er ziemlich erschrocken, dann fing er sich wieder. »Hast ja ganz gut mitgehalten heute.«

»Zu viel der Ehre«, sagte ich trocken. »Aber jetzt ab nach Hause, sonst verpassen wir das Abendessen.«

Jannis

Verdammt. Hinter uns schepperte die oberste Stange des Ricks zu Boden. Das war der dritte Fehler heute, fast schon Rekord, und wir waren wieder zu spät am Absprung gewesen. Dari schüttelte den Kopf, als ich die Zügel aufnahm.

So wurde das nichts. Irgendwie musste ich Ruhe reinbringen. Ich parierte sie durch und ließ sie am langen Zügel eine Runde Schritt gehen, dann trabte ich sie locker an. Dauernd zuckten ihre Ohren zu den beiden Wallachen auf dem unteren Teil des Springplatzes, die auch für das Turnier am Wochenende trainierten. Ich schaffte es einfach nicht, ihre Aufmerksamkeit bei mir zu behalten.

Mama guckte ziemlich kritisch, als sie die Stange zurück in die Halterung gelegt hatte und sich zu mir umdrehte. Ich hielt Dari neben ihr an.

»Kein guter Tag heute, hm?«

Ich zuckte mit den Schultern. »Morgen ist es bestimmt wieder besser. Ich gehe die Zweifache noch mal und dann den Steilsprung. Da will ich nicht mit zwei Fehlern aufhören.«

Mama nickte. »Dann los.«

Der Durchgang wurde besser, immerhin blieben alle Stangen liegen, auch wenn mindestens eine ziemlich laut klapperte. Dari war einfach nicht hundertprozentig bei der Sache, obwohl ich sie sonst in einem Parcours kaum bremsen konnte. Aber auch Pferde hatten eben ihre Null-Bock-Phasen.

Für heute machte ich Schluss, morgen war ja auch noch ein

Tag. Ich klopfte ihr den Hals und ließ die Zügel aus der Hand kauen.

Als ich neben Mama anhielt, merkte ich gleich, dass sie die Sache anders sah. »Bist du sicher, dass ihr für Langendorf schon so weit seid?«, fing sie an.

»Absolut.« Ich strich über Daris Mähne. Wir hatten den ganzen Sommer auf dieses Turnier hingearbeitet, die paar Fehler heute änderten nichts daran, dass wir ein super Team geworden waren.

»Mir wäre wohler, wenn du sie am Samstag nicht mitnimmst, Jannis. Mit Tino kannst du dich bestimmt super platzieren –«

»Wegen einem schlechten Training? Ach, komm, Mama, das ist doch Quatsch. Morgen läuft es bestimmt wieder. Ich –«

Daris Kopf schnellte hoch und ihre Ohren richteten sich auf den Zaun. Mama und ich drehten uns um. Als Dari merkte, wie wir uns anspannten, machte sie einen hastigen Schritt zur Seite.

Björn sah zu uns herüber und hob die Hand. Mama seufzte.

»Nee, ne?« Ich saß ab.

»Reiß dich bitte zusammen«, murmelte Mama, als wir auf Björn zugingen, ich mit Dari am Zügel.

Das konnte ich ihr wirklich nicht versprechen.

»Hallo«, begrüßte er uns.

Ich nickte. Mama sagte: »Hallo. Was machst du denn hier?«

»Ach, ich war in der Gegend, und da dachte ich, ich komme vorbei. Schön habt ihr's hier«, meinte er gönnerhaft.

»Ja, wissen wir, Björn. Möchtest du was trinken?« Wirklich groß von Mama, dass sie versuchte, ihn von mir wegzulotsen.

»Nein, danke dir. Ich wollte hören, ob Jannis über die Sichtung nachgedacht hat.« Er schaute mich an.

»Nicht mehr, seit wir telefoniert haben.«

Björn ignorierte meinen Ton. »Du machst zwar einen Fehler, aber ich kann dich schlecht zwingen …«

»… wäre ja noch schöner …«, warf ich ein.

»… und vielleicht ist es sowieso besser, noch ein Jahr zu warten«, redete er unbeeindruckt weiter. »Dann ist Darina auch so weit.« Er zeigte auf Dari. »Sie sieht gut aus. Hast tolle Arbeit mit ihr geleistet.«

Falls er darauf eine Antwort erwartete, musste ich ihn enttäuschen.

»Nur ziemlich unkonzentriert ist sie. Der Abwurf vorhin hätte nicht sein müssen. Schade, ich dachte, ich sehe sie am Wochenende in Langendorf.«

»Was machst du denn in Langendorf?«, rutschte es mir raus.

»Wir haben ein paar Pferde am Start.« Er deutete auf den Springplatz. »Geh doch noch mal die Dreifache mit ihr.«

Ich klopfte Dari den Hals. »Weißt du, ich glaube, wir haben heute genug. Ich will sie nicht müde machen fürs Wochenende.«

»Wie? Nimmst du sie doch mit?« Er runzelte die Stirn und wandte sich an Mama: »Hältst du das für eine gute Idee?«

»Ich kann allein entscheiden, wann mein Pferd fit ist für ein Springen«, fuhr ich dazwischen.

»Jannis«, sagte Björn mit einem deutlich gereizten Unterton, »die Stute gehört immer noch deiner Mutter und mir. Mit deinem kindischen Ehrgeiz überforderst du sie.«

»Björn!«, unterbrach Mama ihn scharf.

»Nein, lass mal, Eva, das geht so nicht. Ihr habt doch da diesen ganz ordentlichen Bereiter. Meinetwegen lasst ihn am Samstag mit ihr antreten. Ich habe gehört, der hat Erfahrung mit komplizierten Pferden.«

Einen Moment lang herrschte Ruhe. Ich glaube, Mama hatte es die Sprache verschlagen. Selbst Dari stand stocksteif neben mir. Mir war einfach nur heiß vor Wut. »Die *Stute* ist nicht kompliziert. Und wenn du nur herkommst, um mich anzukacken, kannst du in Zukunft bei deiner Zweitfamilie in Berlin bleiben.«

Mit einem Ruck drehte ich mich vom Zaun weg und zog Dari hinter mir her. Ich konnte hören, wie Mama auf Björn einredete, dass das wohl nicht der geeignetste Weg wäre, unser Verhältnis zu verbessern, aber was interessierte mich unser Verhältnis? Der Typ war so zum Kotzen – führte zwei Jahre ein Doppelleben und hatte ein Kind mit seiner Freundin, und dann kam er hierher, selbstgefällig wie immer, und erzählte mir, dass ich nicht in der Lage war, mein Pferd zu reiten? Scheiße, ich hatte nicht gewusst, wie wütend man werden konnte.

Am Putzplatz sattelte und trenste ich Dari ab, streifte ihr das Halfter über und führte sie Richtung Dressurplatz. Sie hatte gar nicht so viel geschwitzt, aber ich musste mich dringend abregen. Dari ging es anscheinend auch nicht besser, denn ständig überholte sie mich.

Allmählich wurde ich ruhiger und auch Daris Schritt war nicht mehr so eilig. Ich atmete tief durch. Mein Blick schweifte über das Gras zu den Bäumen dahinter, und plötzlich hatte ich Lust, mich noch mal auf Daris Rücken zu ziehen und Frida zu einem Ausflug an den Strand abzuholen.

Ich klopfte Dari den Hals. »Demnächst machen wir das mal, ja, Mädchen?«

Sie sah mich an, als wüsste sie genau, was ich meinte, dabei hatte sie in ihrem Leben wahrscheinlich noch nie einen Huf ins Wasser gesetzt, geschweige denn ins Meer.

»Aber es macht dir bestimmt Spaß.«

Was war denn jetzt los? Färbte Frida schon ab, und ich fing an, mich mit meinem Pferd zu unterhalten? Frida machte das die ganze Zeit, ich hatte das Gefühl gehabt, dass es ihr gar nicht mehr auffiel.

Frida. Verrückt war sie schon, aber auch verdammt witzig. Und reiten konnte sie wie der Teufel. Keine Ahnung, warum das Mädchen so eine Abneigung gegen Turniere hatte. Wie sie ritt, hätte sie mit ein bisschen Training locker vorne mitgemischt. Und möglicherweise hätte sie mich sogar geschlagen.

»Da können wir ja mal froh sein, dass Juniper noch so ein Baby ist, was, Mädchen?«

Dari sah mich an und schnaubte und ich musste lachen.

Auf dem Rückweg zum Hof kam uns Mama entgegen.

»Ist er weg?«, fragte ich.

Sie nickte, kam an meine Seite und drückte mich. »Tut mir leid, Schatz, so wollte ich das nie. Es reicht, dass dein Vater und ich Ärger haben. Deswegen müsst ihr euch nicht streiten.«

»Deswegen? Echt jetzt, Mama, damit hat das nicht das Geringste zu tun! Er will mir verbieten, mein Pferd zu reiten!« Da war sie ja wieder, die gute alte Wut. »Als wäre ich irgend so ein Anfänger! Und jetzt sag bloß nicht, dass Dari auf dem Papier euch gehört.«

Mama atmete tief ein. »Na ja, das tut sie. Aber natürlich ist sie dein Pferd«, wiegelte sie meinen Protest ab. »Du sollst mit ihr Turniere gehen, so war das von Anfang an geplant.«

Wir liefen ein paar Schritte schweigend nebeneinanderher.

»Mir hat sie heute auch nicht gefallen, Jannis«, fing Mama wieder an. »Und lass mich ausreden. Nimm sie am Samstag meinetwegen für die Springpferdeprüfung mit, aber zieh die Nennung für das L-Springen zurück, okay?«

Ich drehte mich zu ihr um und wollte schon losschimpfen. Doch manchmal ist es komisch: Man ist eine Familie und sitzt sich beim Frühstück und Mittagessen und Abendbrot gegenüber und erzählt, wie der Tag war, und dann braucht es doch so einen Moment wie jetzt, um den anderen wieder richtig zu sehen. In diesem Moment sah Mama müde aus und traurig, aber irgendwie auch ein bisschen … stolz? Und da dachte ich daran, dass sie sich richtig was getraut hatte, mit mir und unseren Pferden hierherzuziehen, den Carlshof zu kaufen und jeden Tag wieder um Einsteller und Berittpferde zu werben, damit wir uns ein neues Leben aufbauen konnten, weit weg von dem Arschloch, das uns das letzte halbe Jahr zur Hölle gemacht hatte.

»Okay«, sagte ich also, und keine Ahnung, was mich dann ritt, jedenfalls legte ich ihr den Arm um die Schulter und drückte sie. Aber weil sie irgendwie erstickt auflachte und mich nicht ansehen konnte, ließ ich gleich wieder los.

Meine Lider wurden schwer, während meine Wange der Tischplatte gefährlich nahe kam. Ruckartig setzte ich mich auf. Noch fünf Zentimeter und ich hätte den Kopf abgelegt und wäre eingeschlafen. Und das in der ersten Woche! Tja, Mathe konnte ich für dieses Schuljahr jetzt schon knicken.

Neben mir rutschte Linh auf ihrem Stuhl hin und her. Sie war seit den Ferien unter die Kaffeetrinker gegangen und sehnte die Pause anscheinend genauso herbei wie ich, wenn auch aus anderen Gründen. Ich grinste.

»Kein Wort, Klugscheißerin«, raunzte sie mich an, aber da klingelte es endlich, und sie war so schnell aus der Tür, dass ihre Gummisohlen Streifen auf dem Linoleum hinterließen.

Ich grinste immer noch, als ich mein Matheheft ganz unten in meinem Rucksack vergrub und nach meinem Käsebrot kramte.

»Äh«, hüstelte jemand, »du, Frida?«

Ich sah auf. Jannis stand vor mir.

»Hey«, sagte ich.

»Äh, ja, hey.«

Ich runzelte die Stirn.

»Also, ähm, du … was ich … also …«

Ich runzelte die Stirn noch tiefer.

»Ich meine … du kennst doch Annika?«

»Jaa?« Ich musste echt aufpassen, dass mir diese Falten nicht für immer blieben.

»Genau … also … ich … sie hat gestern bei uns angerufen, und sie meint, sie würde doch gern Turniere reiten, und das geht ja bei euch nicht, so ohne Verein, und deswegen überlegt sie, zu uns zu wechseln … und außerdem kann sie bei uns jede Woche Springstunden nehmen … uuuund ich wollte … also, ich meine, ich wollte nicht, dass du es von jemand anders hörst … obwohl Annika es dir ja sicher noch selber …« Jannis' Stimme tröpfelte ins mittlerweile leere Klassenzimmer, und bei der Geschwindigkeit, in der er geredet hatte, brauchte mein Hirn eine Weile, um erstens zu verarbeiten, was er gerade gesagt hatte, und zweitens zu bemerken, dass das Klassenzimmer gar nicht leer war. Auf ihrem Stammplatz in der letzten Reihe wühlte Annika in ihrer Tasche.

Ich versuchte, sie auszublenden. Es war nett von Jannis, mir das zu sagen, redete ich mir ein, und außerdem war es ihm unangenehm, dass wir durch ihn und Eva eine Reitschülerin verloren. Trotzdem brauchte ich wohl ziemlich lange, um die Neuigkeit zu verkraften, denn sein Gesichtsausdruck wurde immer panischer.

»Okay«, rang ich mich schließlich zu einer Antwort durch. »Ja, ich hatte mir so was schon gedacht. Danke … ich meine, ist fair von dir, es mir zu …«

In diesem Moment stellte sich Annika neben ihn und legte ihren Ellbogen auf seine Schulter. Es war nicht ganz klar, wer die Situation irritierender fand, Jannis oder ich. Ich wünschte, ich wäre vorhin aufgestanden, dann hätte ich jetzt nicht aus Nabelhöhe zu ihnen hochglotzen müssen.

»Frida«, säuselte Annika, »meine Mutter hat schon mit deiner telefoniert und ihr alles erklärt. Jetzt, wo es einen Reitverein gibt, muss ich einfach Turniere gehen. Marcel meint, ich könnte nächstes Jahr vielleicht schon A-Springen nennen und …«

Bei »Marcel« zuckte Jannis zusammen, und ich stieß meinen Stuhl zurück, sprang auf und sagte: »Annika, du musst da reiten, wo du dich wohlfühlst. Ist doch völlig –«

»Ah, das finde ich super, dass du das so siehst«, flötete sie weiter, während Jannis sie immer noch aus großen Augen anstarrte und nicht wagte, sich zu rühren. »Ich dachte ja, du wärst sauer oder so. Ich bin schon ziemlich aufgeregt. Morgen fahre ich auch gleich mit nach Langendorf, irgendjemand muss Jannis ja anfeuern, oder?«

Endlich nahm sie ihren Arm weg, und Jannis war anscheinend so dankbar, dass er sie anlächelte. Für meinen eigenen Gesichtsausdruck konnte ich gerade nicht garantieren.

»Na dann«, krächzte ich und winkte ihnen auf dem Weg zur Tür zu, »toi, toi, toi für morgen und viel Spaß euch, ne?«

Ich flüchtete mich aufs Klo, wo ich hinter mir zusperrte und mich fragte, ob ich jetzt wütend oder traurig sein sollte.

Nach ein paar Minuten kam mir die Erkenntnis, dass ich weder das eine noch das andere war. Ich fühlte mich wie eine Versagerin. Wofür hatte ich mich am Dienstag denn ins Zeug gelegt? Ich wollte verhindern, dass Dari, die wunderschöne, süße, zutrauliche Dari, weiter Turniere gehen musste, und was passierte? Jannis scheuchte sie gleich am nächsten Wochenende wieder über die Hindernisse. Wir hatten Spaß gehabt am Strand, und trotzdem hatte es nicht gereicht, um Dari diese Quälerei zu ersparen.

Vielleicht war es idiotisch gewesen zu hoffen, dass Jannis so schnell erkennen würde, worauf es beim Reiten wirklich ankam, aber ganz konnte ich mich nicht gegen dieses ätzende nagende Gefühl wehren, dass er mich und unseren Nachmittag am Strand verraten hatte.

Am Ende des Schultags war aus meinen Schuldgefühlen eine gesunde Wut auf Jannis geworden. Wie hatte ich mich von dem Kerl nur einwickeln lassen können? Einem Springreiter durfte man einfach nicht trauen!

Vielleicht sprach mein Gesicht eine deutliche Sprache, jedenfalls kam ich drum herum, bis zu seiner Haltestelle noch einmal mit ihm reden zu müssen. Am Carlshof winkte er mir zu und stieg aus, aber ich starrte aus dem Fenster und tat so, als würde ich Musik hören und ihn nicht bemerken.

Eigentlich hatte ich gehofft, dass ich endlich Wochenende hätte und alle unerfreulichen Gedanken an Mathe, Annika, gequälte Pferde und Jannis hinter mir lassen könnte, aber Fehlanzeige.

»… gesagt, sie will so gerne Turniere reiten und bei uns geht das ja nicht und deswegen muss sie jetzt die Chance nutzen und bei Eva trainieren – hallo, Frida. Na, alles klar bei dir?«

In der Küchentür blieb ich stehen, guckte Luise müde an und fragte: »Annika?«

Theo sah vom Kochtopf auf, in dem irgendetwas wie … hm … Chili? … brodelte, und meinte: »Ach, hast du's schon gehört?«

Ich brummte, ging zur Spüle und wusch mir die Hände, während Luise weiterplapperte. »Da hast du dann ja mal dein Alleinstellungsmerkmal verloren, was?« Sie grinste Theo an.

Der zog eine Augenbraue hoch. »Sieht fast so aus. Nicht dass das Küken noch recht behält.«

»Hä?«, machte ich und lehnte mich gegen die Arbeitsplatte. »Geht das auch für Dumme?«

Luise hängte ihren Arm über meine Schulter. »Ist ja ganz niedlich, dein Jannis, oder?«

»*Mein* Jannis? Was hast du denn genommen?«

Luise grinste großschwesterlich und allein das brachte mich fast zum Schreien. Plötzlich war die Schultagerschöpfung wie weggeblasen.

»Der bleibt eh nicht lang deiner, dem werden die Mädels scharenweise hinterherlaufen. Und dann ist unser lieber Bruder plötzlich nicht mehr die Nummer eins auf dem Reitplatz.«

Theo schnaubte. So hatte ich das zwar nicht gemeint, als ich den Carlshof als Konkurrenz bezeichnet hatte, aber ich stieg drauf ein. Ich griff hinter mich in die Obstschale und warf Theo einen Apfel zu. »Hier, die rote Hälfte für Jannis. Hat sich bewährt, hab ich gehört.«

Theo lachte, aber Luise fragte: »Und du küsst ihn dann wach, oder wie?«

»Ganz sicher nicht. Ich besorg den Sarg.«

Eine Stunde später kämpfte meine Vernunft mit meiner Faulheit, während ich überlegte, ob ich meine Hausaufgaben jetzt oder am Sonntagabend erledigen sollte, als Linhs Bild auf meinem Handydisplay erschien. Dankbar nahm ich den Anruf an.

»Ich hab mir da was überlegt«, verkündete sie ohne Begrüßung.

»Aha. Und was?«

»Ich finde, Freundinnen sollten sich bei ihren Hobbys unterstützen. Und deswegen habe ich beschlossen, dich dieses Wochenende auf das Turnier nach Langendorf zu begleiten.«

Es folgte eine kleine ungläubige Pause auf meiner Seite. »Wann war es jemals Teil meines Hobbys, auf ein Turnier zu gehen?«

»Ach, nicht? Hm, aber jetzt hab ich mich schon durchgerungen. Ich finde, das sollten wir ausnutzen und zusammen hinfahren.«

Ich fühlte das Unheil wie eine Welle auf mich zurollen. »Wieso noch mal?«

»Weil … Freundinnen sich unterstützen?«

»Du willst mich im Ernst dazu zwingen, dir dabei zuzugucken, wie du Jannis anhimmelst, während er sein Pferd quält?«

»So dramatisch musst du es nicht ausdrücken. Aber ja … hm … ich könnte deine Unterstützung schon gebrauchen.«

»Du brauchst mich gar nicht. Wer quatscht denn im Bus immer mit ihm, als ob's kein Morgen gäbe?«

»Ach, im Bus. Das ist ja sozusagen ein Heimspiel. Aber ein Pferdeturnier ist …«

»… feindliches Territorium?«

Linh kicherte. »Für dich vielleicht, ich würde Neuland sagen.« Ihr Ton wurde flehend. »Bitte, Frida. Bitte, bitte, bitte.«

Ich konnte Linhs Wimpern quasi flattern hören. Als ob ihr Augenaufschlag bei mir je etwas bewirkt hätte. »Vergiss es.«

»Frida!«

»Das wird doch eh nichts mit euch.«

Das schien sie aus der Fassung zu bringen. »Wieso? Hat er was gesagt? Auf wen steht er? Auf Annika, die Nervkuh? Oh Mann, muss ich jetzt doch reiten lernen? Scheiße, und ich hab doch –«

»Er hat nichts gesagt, und keine Ahnung, ob da was mit Annika läuft, aber er ist doch gar nicht dein Typ.«

Einen Moment lang war Linh sprachlos. »So ein Quatsch! Woher willst du das denn wissen?«

»Linh, ich kenne dich seit zehn Jahren. Ich war dabei, als du Nils im Sandkasten geküsst hast.«

»Ja und?«

»Der war blond.«

»Findest du das jetzt nicht ein bisschen oberflächlich? Als würde ich nur nach der Haarfarbe gehen!«

Ich ließ mich aufs Bett fallen und zählte auf: »Finn – blond. Alex – blond. Manuel – blond. Ach, warte, Manuel Neuer – blond. Du fandst sogar Justin Bieber nur gut, als er blond war.«

»Es ist ja eher ein Verbrechen, dass ich den überhaupt mal … aber das ist überhaupt nicht der Punkt! Ich finde, man kann sich mit Jannis super unterhalten. Und süß ist er auch.«

»Jaja, und sexy. Wissen wir. Aber er ist trotzdem nicht dein Typ.«

Einen Moment herrschte Stille. »*Du* findest ihn gut«, platzte es aus Linh heraus.

Jetzt fing sie auch noch mit dem Quatsch an, ich würde was von Jannis wollen. Das Einzige, was ich von dem wollte, war, dass er seine Pferde anständig behandelte.

»Ach, komm, Linh, hör auf mit dem Mist. Du weißt genau, was ich von Jannis halte.«

»Glaub ich dir nicht. Und wenn ich dir glauben soll, dann musst du mich morgen begleiten.«

Ich schnaubte. »Das ist Erpressung.«

»Nö, wieso?« Linh klang triumphierend. »Du könntest auch einfach mit meinen permanenten Unterstellungen leben.«

Jannis

Am Samstagmorgen auf dem Parkplatz in Langendorf hatte ich alle Hände voll zu tun, mich von meiner Laune abzulenken. Ich schaffte mir Arbeit, wo es keine gab, weil Mama und ich seit Jahren ein eingespieltes Turnierteam waren und auch Marcel wusste, was er zu tun hatte. Obwohl meine Stiefel schon glänzten, polierte ich sie, dann kontrollierte ich zum dritten Mal Daris, Tinos und Dorados Mähnen, Schweife und Hufe. Ich checkte meine Startnummern, obwohl ich sie für alle drei Springen auswendig wusste, und ordnete das Zaumzeug. Fehlte nur noch, dass ich die Einflechtgummis sortierte.

Gestern hatte noch mal ein ziemlich unschönes Telefonat zwischen Mama und meinem Erzeuger stattgefunden. Björn hatte darauf beharrt, dass ich Dari heute nicht reiten sollte, und es dauerte eine geschlagene halbe Stunde, bis Mama ihm den Kompromiss mit der Springpferdeprüfung schmackhaft gemacht hatte. Ich war gerade mit Tino auf dem Platz und sowieso schon genervt, weil die Mädchen aus der Sechzehn-Uhr-Stunde noch auf der Tribüne zusammensaßen und immer wieder laut lachten. Ich hatte ja nichts dagegen, wenn sie mir beim Training zuguckten, aber für meine Turniervorbereitung hätte ich mir einfach ein bisschen Ruhe gewünscht. Und dann war ich auch noch mit dem halben Ohr bei Mamas Telefonat – wenn Tino nicht so extrem routiniert gewesen wäre, hätten wir es wahrscheinlich nicht über ein einziges Hindernis geschafft.

Jedenfalls hatte Björn irgendwann nachgegeben, unter der Bedingung, dass Dari bis zum Ende der Saison mindestens drei Platzierungen bringen musste. Dari und ich waren jetzt also auf Bewährung – mir platzte fast der Kragen, wenn ich daran dachte, dass Björn die Frechheit hatte, sich monatelang nicht um sie zu kümmern und uns dann so ein Ultimatum zu stellen, nachdem er sie an genau einem schlechten Tag gesehen hatte. Dass ich mich mit Dari in den nächsten Wochen ein paarmal platzieren würde, bezweifelte ich ja nicht, aber Björns Selbstgefälligkeit ging mir dermaßen auf den Senkel, dass ich heute noch Mühe hatte, mich auf die bevorstehenden Springen zu konzentrieren. Und ich musste mich immer noch eine Stunde beschäftigen, bevor ich auf den Abreitplatz konnte.

Fast tat es mir leid, dass Annika heute Morgen abgesagt hatte. Sie war so froh, bei uns reiten zu können, dass sie aus dem Grinsen gar nicht mehr rauskam. Ein bisschen positive Stimmung hätte mir jetzt nicht geschadet.

Ich ließ den Blick über mein Jackett gleiten, aber leider sah es tipptopp aus. Trotzdem bürstete ich über das Revers und hängte die Jacke zurück in den Sattelschrank. Gerte da, Sporen da, Helm da … und nichts mehr zu tun.

Seufzend drehte ich mich um und erstarrte mitten in der Bewegung.

Max grinste mich an. »Wusste gar nicht, dass du so eitel bist. Soll ich dir noch 'ne Dose Haarspray besorgen?«

Schlagartig besserte sich meine Laune. »Lass mal. Die Frisur hält unter der Kappe eh nie.« Wir umarmten uns und ich klopfte Max auf die Schulter. »Gut, dich zu sehen, Mann. Was machst du hier?«

Max lehnte sich mit verschränkten Armen gegen den Hänger.

»Du, ich wollte mal die Mädels hier an der Küste abchecken. Geht ja nirgends besser als auf diesen … Dings … Pferdeturnieren.« Er boxte mir mit der Faust gegen den Arm und wurde ernst. »Was mache ich wohl hier, Alter, hm? Wollte sehen, was du treibst. Da ist an ’nem Wochenende so ’ne Hüpfveranstaltung doch immer noch die sicherste Wette. Alles klar bei dir?«

Ich hatte Max in den letzten Tagen per WhatsApp immer wieder von Björns Auftritten berichtet, aber anscheinend war ich ihm dann doch so wortkarg vorgekommen, dass er sich ein eigenes Bild der Lage machen wollte. Dafür hatte er drei Stunden in Zug und Bus in Kauf genommen. Wir hatten uns im Juli zum letzten Mal gesehen und seit der ersten Klasse war das so ziemlich die längste Zeit ohne Max gewesen. Mit ein paar Sätzen ergänzte ich, was er nicht sowieso schon von Björns neuesten Schikanen wusste.

»Und du meinst, ihr kriegt das hin? Du und Dari?«, fragte er.

Ich zuckte mit den Schultern. »Kann eigentlich nichts schiefgehen.«

Max’ Blick wanderte über meine Schulter und plötzlich hatte er einen sehr merkwürdigen Ausdruck im Gesicht. Ich befürchtete schon fast, Björn würde hinter mir stehen, aber dann hätte Max keine roten Ohren bekommen. Eigentlich hatte ich noch nie erlebt, dass Max rot geworden war.

Ich drehte mich um. Linh lächelte an mir vorbei, und hinter ihr, ein wenig abseits, stand Frida. Sie hob grüßend die Hand und schob sie dann schnell in ihre Jackentasche. Besonders wohl schien sie sich nicht zu fühlen, so wie sie von einem Bein auf das andere trat.

Viel seltsamer war aber Linhs und Max’ extrem untypische Schweigsamkeit. Frida schien sie auch aufzufallen, denn ihr Blick flog zwischen den beiden hin und her. Irgendwann sah sie mich auffordernd an.

»Ähm, ja …« Ich räusperte mich. »Linh, Frida, das ist Max. Max, das sind Linh und Frida. Wir gehen in dieselbe Klasse.«

Endlich kam Leben in Max. Er stieß sich vom Hänger ab und machte ein paar Schritte auf uns zu. »Hi, Linh. Hi …« Nur mit Mühe riss er sich von Linhs Gesicht los und schaute Frida flüchtig an. »… Frida. Alles klar?«

Ich konnte fast sehen, wie er sich innerlich schüttelte, weil ihm nichts Besseres eingefallen war. »Alles klar?« war wirklich keines seiner rhetorischen Glanzstücke.

Aber auf Linh war Verlass. »Hi, Max. Kommst du aus Berlin? Jannis hat noch gar nichts von dir erzählt. Kennt ihr euch schon lange?«

Das genügte als Stichwort. In aller Breite erzählte er die Story vom Beginn unserer Freundschaft, als unsere Mütter am ersten Schultag die unfassbare Peinlichkeit gebracht hatten, ihn im Bagger-Shirt und mich im Pferde-Pulli loszuschicken. Wochenlang war unser Coolness-Faktor minus zehn gewesen und wir eine Schicksalsgemeinschaft, die sich auch nicht auflöste, als wir im sozialen Ranking langsam, aber stetig aufstiegen. Linh lachte an den passenden Stellen, was Max jetzt doch zu einer komödiantischen Meisterleistung anstachelte. Frida grinste nur in sich hinein und warf mir hin und wieder einen amüsierten Blick zu.

Als sich abzeichnete, dass Linh und Max uns in den kommenden Stunden nicht brauchen würden, stellte sie sich näher zu mir. »Und? Bist du aufgeregt?«

Ich wollte schon gereizt abwinken, aber dann merkte ich, dass das bei ihr keine Floskel war. Lag es daran? Ging sie deswegen keine

Turniere, weil sie Schiss hatte? Das konnte ich mir bei ihr irgendwie nicht vorstellen – was Pferde anging, hatte Frida bestimmt vor nichts Angst.

Dafür schien sie mein dämliches Glotzen verlegen zu machen, deswegen sagte ich schnell: »Ein bisschen Lampenfieber gehört dazu. Aber ich bin ja schon seit sieben Jahren dabei.« Einen kurzen Augenblick musste ich überlegen. »Nee, seit acht.«

»Du gehst auf Turniere, seit du *fünf* warst?«

Falls ich gedacht hatte, das würde sie beeindrucken, hatte ich wohl vergessen, mit wem ich da redete. Fridas Gesicht verzog sich in einer Mischung aus Entsetzen und etwas, was verdächtig nach Abscheu aussah. Schnell lenkte ich ab.

»Mhm. Aber was machst du denn hier? Ich hätte ehrlich gesagt nicht mit dir gerechnet.«

Sie blies die Backen auf. »Ich auch nicht. Aber Linh dachte, sie müsste sich pferdetechnisch fortbilden.«

Synchron drehten wir die Köpfe. Max hatte sich mittlerweile so weit zu Linh hinübergebeugt, dass er fast umkippte, und Linh war nur noch am Giggeln.

»Ja, das kann nie schaden«, meinte ich trocken.

Frida kicherte. Das hatte ich bei ihr noch nie gehört, aber es klang süß, ganz zart irgendwie. Sie blickte wieder zu mir und machte gerade den Mund auf, um etwas zu sagen, als irgendwo ein Pferd wieherte. Frida zuckte zusammen.

Erschrocken schaute sie sich um und fragte: »Was war das?«

Ich merkte, wie sich meine Stirn kräuselte. »Äh ... ein Pferd vermutlich?«

Sie fasste nach meinem Arm und suchte immer noch das Gelände ab. »Aber was passiert denn da? Warum klingt es so panisch?«

»Wieso panisch?« Was meinte sie? Da war das Wiehern noch mal. Fridas Griff wurde härter. »Hier sind eine Menge Pferde und alles ist fremd für sie. Da wird eines schon mal nervös und wiehert.«

Langsam drehte sie sich um. »Aber hast du denn nicht gehört, dass das völlig anders …« Ihre Augen waren ganz dunkel, als sie mich ansah. »Wahrscheinlich nicht.« Sie ließ meinen Ärmel los.

Plötzlich hatte ich den Eindruck, sie würde schrumpfen. Fast hätte ich die Hand nach ihr ausgestreckt, weil sie mir plötzlich so weit weg schien, aber im selben Moment ging ein Beben durch sie, und sie sah auf.

»Wann bist du heute dran?«, fragte sie forsch.

Ich glaube, zwei, drei Sekunden starrte ich sie nur an, dann antwortete ich: »Um halb eins starte ich mit Tino im L-Springen und dann noch mal um vier im Zeitspringen. Mit Dari gehe ich die Springpferdeprüfung um elf.«

Ihr Blick schweifte ab, als sie nickte. »Aha.«

»Guckst du zu?«, fragte ich wie irgend so ein lebensmüder Penner, der sich nachts in einer schwarzen Jacke auf den Berliner Stadtring stellt.

Sie lächelte kurz und kühl. »Ich denke schon.« Im Weggehen winkte sie mir zu. »Viel Glück!«

Frida

Es war ein Fehler gewesen, Linh hierherzubegleiten. Klar, sie würde mir die nächsten Tage wegen Max in den Ohren liegen, und er machte ja wirklich einen netten Eindruck. Für sie hatte sich das Ganze also schon gelohnt. Aber mir zeigte diese Veranstaltung wieder, warum Reitturniere die Vorstufe zur Hölle waren.

Und dann Jannis … So taub konnte man doch gar nicht sein. Andererseits – wenn ich mich hier so umsah, konnte man das eben doch. Überall Sporen, Gerten und verbissene Gesichter. Bei den Menschen genau wie bei den Pferden.

Ich wandte mich in die Richtung, aus der das Wiehern gekommen war. So etwas Durchdringendes, Panisches hatte ich schon lange nicht mehr gehört – irgendwie musste dieses Pferd Aufmerksamkeit erregt haben. Es gab doch hier bestimmt jemanden, der aufpasste, dass die Pferde gut behandelt wurden.

Auf dem Weg musste ich ständig Hängern und Autos und Transportern ausweichen, sodass ich nicht mehr sicher sagen konnte, ob die Richtung noch stimmte, aber irgendwann stand ich an einem umzäunten Reitplatz, auf dem elf oder zwölf Pferde aufgewärmt wurden. Die Stimmung war längst nicht so aufgeregt, wie ich erwartet hatte, doch dann entdeckte ich am anderen Ende des Platzes ein Mädchen auf einem gestiefelten Fuchs. Ich hätte geschworen, dass er das Pferd war, das so schrill gewiehert hatte. Das Pony drehte den Kopf verkrampft nach links und wehrte sich gegen die harte Zügelhand seiner Reiterin, obwohl sie ihm das Maul sowieso schon bis fast auf die Brust gezogen hatte. Es war mir schleierhaft, wie der Fuchs es so über die Hindernisse schaffen sollte, er hatte nicht die geringste Bewegungsfreiheit im Hals. Doch das Mädchen trieb ihn gnadenlos auf den Steilsprung zu. Wie durch ein Wunder erwischten sie den richtigen Moment zum Absprung und landeten hart auf der anderen Seite. Statt ihr Pony zu loben, riss das Mädchen es in einer viel zu engen Wendung herum und lenkte es zu dem Oxer. Wie sie den hinter sich brachten, sah ich schon nicht mehr, denn ich drehte mich um und machte, dass ich wegkam. Mir war schlecht.

Ich passte gar nicht auf, wohin ich ging, sondern ließ mich irgendwo abseits des Trubels auf eine Bank fallen und zog die Beine an. Es war sagenhaft, wie hilflos man sich fühlen konnte. Eine Weile saß ich einfach nur da und versuchte, meinen Atem zu beruhigen. Ich dachte an Liv und Tilda, wie sie sich auf dem Paddock gegenseitig das Fell kraulten und mit dem Kopf auf der Kruppe der anderen dösten. Ich dachte an Juniper, wie sein Kopf hochflog und er mich brummelnd begrüßte, wenn ich ihn von der Koppel holen kam. An meinen Ponytrupp nach dem Training, wenn sie sich um mich drängten und zufrieden ihre Leckerlis abholten, weil sie wussten, dass sie es gut gemacht hatten. Aber es half nichts – die Bilder von eben ließen sich nicht einfach überschreiben. Immer wieder tauchten die angstgeweiteten Augen des Ponys in meinem Gedächtnis auf, sauste die Gerte auf seine Schulter nieder, und irgendwann saß nicht mehr das Mädchen in seinem Sattel, sondern Jannis.

Stöhnend schüttelte ich den Kopf. Klar, Jannis war ein viel besserer Reiter und bei unserem Ausritt hatte er Tilda nie grob behandelt. Aber dass er hier mitmachte, obwohl es bei diesem Irrsinn zuletzt um die Pferde ging, schockierte mich, heute vielleicht noch mehr als am Sonntag, als ich ihn noch gar nicht gekannt und zum ersten Mal davon gehört hatte, dass er Turniere ritt. Hätte ich mich bloß gleich auf mein Bauchgefühl verlassen! Ein Springreiter konnte ja nicht ganz dicht sein. Aber weil alle anderen ihn so nett fanden, hatte ich jetzt den Salat und konnte ihn sogar einigermaßen leiden.

Eine Frau führte einen nervösen Schimmel vorbei, den sie fast bis zu den Ellbogen bandagiert hatte. Er kam mit dem Lärm und den Gerüchen nicht gut klar und fiel immer wieder in Trab. Jedes Mal riss sie an seiner Führkette, die sie ihm durchs Maul gezogen hatte. Ich warf ihr einen finsteren Blick zu, aber sie beachtete mich gar nicht. Als sie um die Kurve verschwunden waren, sprang ich auf und nahm den Weg zurück zum Turniergelände. Ich brauchte dringend tierischen Trost.

Vorsichtig lugte ich um die Ecke. In der Stallgasse des Boxenzelts waren jede Menge Leute, aber in der Nähe der Pferde vom Carlshof konnte ich niemanden entdecken. Ich stellte mich aufrecht hin und hoffte, dass ich so wirkte, als würde ich hierhergehören. Möglichst lässig schlenderte ich zu Dari.

Als sie mich bemerkte, drehte sie sich zum Gitter um. Ich zwängte mich durch die Tür, hielt ihr die Hand hin und streichelte ihren Hals, bis sie tief ausatmete.

Eine Weile blieb ich bei ihr stehen, kraulte sie zwischen den Ohren und an der Unterlippe und redete mit ihr. Langsam ebbte meine Aufregung ab, aber das änderte nichts daran, dass ich es einfach nicht verstand. Die Leute hier machten alles für ihre Pferde und es gab auch genügend gute Reiter. Aber warum schauten sie nicht hin? Warum fragten sie die Pferde nicht, wie es ihnen ging? So schwierig war das doch nicht zu erkennen, ob ein Pferd mit Freude dabei war. Und wenn nicht, musste man es eben besser machen. Lernten sie das denn nicht, bevor sie sich aufs Pferd setzen durften?

»Jannis hat es auch nicht gelernt, oder?«, flüsterte ich Dari zu.

Ich schreckte zusammen, als sich eine Stimme Daris Box näherte. »… weißt genau, wie ich die Sache sehe. Mir gefällt deine ganze Einstellung in der letzten Zeit nicht.« Irgendwie klang es, als würde der Mann durch zusammengebissene Zähne reden.

»Meine Einstellung? Geht's noch?«

Jannis' Stimme erkannte ich. Na toll. Was machte ich denn jetzt? Verschwinden konnte ich nicht mehr, dafür waren die beiden schon zu nah. Instinktiv ging ich in die Hocke und hoffte, dass Jannis und dieser Mann mich nicht entdeckten.

»Du wirst mir doch nicht erzählen, dass du am Donnerstag mit vollem Einsatz trainiert hast.« Wieder der Mann, wieder so komisch gedämpft.

War das Jannis' Vater? Wenn ja, hatte er nicht damit übertrieben, dass sie gerade nicht gut miteinander klarkamen.

Vielleicht gingen sie ja einfach vorbei. Auf blöde Fragen, was ich hier machte, hatte ich keine Lust. Nur Augenblicke später wären mir blöde Fragen allerdings fast lieber gewesen.

»Du hast Nerven«, zischte Jannis. »Ich gehe mit Dari fast jeden Tag auf den Platz. Sie springt wie eine Eins und sie macht mit und will jedes Hindernis schaffen. Das kommt ja wohl nicht daher, dass was mit meiner Einstellung nicht stimmt.«

»Dass die Stute ein Topspringpferd ist, brauchst du dir nicht anzurechnen. Jedes Ponymädchen könnte sich von ihr über den

Parcours tragen lassen. Aber von dir erwarte ich mehr. Ich will, dass du diesem Pferd gerecht wirst. Und wenn ich das heute nicht sehe, dann müssen wir uns ernsthaft über eine andere Lösung Gedanken machen.«

Was in den nächsten Sekunden passierte, weiß ich nicht, es war nichts mehr zu hören. Nur an Daris alarmierter Kopfhaltung konnte ich sehen, dass Jannis wohl noch nicht klein beigegeben hatte.

Irgendwann sagte er: »Keine Sorge, das wird nicht nötig sein.«

»Gut.« Jannis' Vater wandte sich ab. »Und jetzt mach Dari fertig. Du musst auf den Platz.«

Erst entfernten sich Schritte, dann merkte ich, wie sich über mir Hände um die Gitterstäbe der Box schlossen.

»Arschloch«, murmelte Jannis, und ich sah nicht den geringsten Anlass, ihm zu widersprechen. Er atmete ein paarmal durch.

Es gab noch eine Chance, unbemerkt zu verschwinden. Er würde bestimmt gleich Daris Sattelzeug holen und in der Zwischenzeit konnte ich mich aus ihrer Box schleichen und durch den anderen Zelteingang abhauen. Doch noch während ich mir den Plan zurechtlegte, ging neben mir die Tür auf.

»Na, Mäd…«

Ich schnellte aus der Hocke hoch und hob leicht dümmlich die Hand. »Hallo.«

Jannis starrte mich an, als wäre ich gerade aus einer Torte gesprungen. Bevor er sich überlegen konnte, ob er wütend werden sollte, drückte ich mich an ihm vorbei auf die Stallgasse.

»Viel Erfolg nachher, ne?«, nuschelte ich noch, dann machte ich, dass ich wegkam.

Jannis

Kurz gesagt: Es war ein Desaster.

Die beiden Steilsprünge am Anfang schafften wir noch ganz ordentlich. Aber dann ging es auf die Dreifache zu, und plötzlich war Dari irgendwo, nur nicht bei mir, und wir machten Kleinholz aus jedem einzelnen Hindernis. Beim Aussprung raunten die Zuschauer schon nicht mal mehr, sondern schienen kollektiv die Luft anzuhalten.

Wir waren wahrscheinlich beide so überrascht von diesem Totalausfall, dass der Anreitwinkel für die Mauer nicht stimmte und Dari im letzten Moment davor stehen blieb. Ich wendete sie ab, und immerhin war sie sofort wieder da, sodass sie die Mauer beim zweiten Anlauf ohne Schwierigkeiten nahm. Dafür verweigerte sie dann auch den grün-gelben Steilsprung und machte beim zweiten Versuch noch einen Fehler.

Die Wendung auf den nächsten Oxer zu ritt ich besonders weit, um Ruhe reinzukriegen, doch stattdessen ging die Abstimmung komplett flöten. Beim Hindernis waren wir hoffnungslos zu spät, aber Dari wollte scheinbar was gutmachen. Sie ließ sich nicht abwenden, sondern stemmte sich gegen meine Hilfen, geriet aus dem Gleichgewicht und räumte mit der Vorhand ab.

Und das war's. Ich parierte sie zum Trab durch und gab auf.

Verhaltener Applaus und aufgeregte Satzfetzen drangen gedämpft an meine Ohren, als ich vom Platz ritt und in meinem Kopf die Gedanken Karussell fuhren. Mama wartete mit Daris

Decke auf uns, sagte aber nichts, sondern strich Dari nur immer wieder über den Hals. Die Arme keuchte wie eine Dampflok.

An unserem Hänger ließ ich Mama absatteln, während ich Daris Bandagen abwickelte und ihre Beine abtastete.

Tief einatmend stand ich auf, sah Mama an und sagte: »Alles in Ordnung.«

Plötzlich war Frida da, noch bevor Mama antworten konnte oder vielleicht doch mit den Vorwürfen rausrückte, die ich verdiente. Sie hatte einen Eimer Wasser dabei und fing an, Daris Beine abzuschwammen. Und, klar, statt sich noch mehr aufzuregen, entspannte sich Dari ein wenig. Sie schien Fridas Singsang zu lauschen und mit jedem Schwall Wasser, der ihre Fesseln hinunterlief, ruhiger zu werden. Ich stand nur da, sah zu und fuhr mir durch die Haare. Mama beschäftigte sich irgendwo hinter mir mit dem Sattelzeug und redete gedämpft mit jemandem.

Schließlich stellte Frida den Eimer ab, band Dari los, hielt mir den Strick hin und sagte: »Wir führen sie jetzt trocken.«

Das hatte sie bitter nötig. Zwar atmete sie nicht mehr so schwer, aber ihr Hals und ihre Sattellage waren immer noch klatschnass. Ich nahm Frida den Strick aus der Hand und führte Dari auf den Sandweg, der um die Reitplätze herumführte.

Neben mir plapperte Frida vor sich hin. »Rede mit ihr. Streichle sie. Du darfst ihr nicht das Gefühl geben, dass sie etwas falsch gemacht hat. Schau, sie ist ganz unsicher, sie wartet auf ein Zeichen von dir.«

Es war unerträglich. Ich fuhr zu ihr herum. »Halt einfach die Klappe, Frida, ich mach das schon.«

Sie presste die Lippen aufeinander, nickte und drehte um. Trotzdem hatte ich das Gefühl, ihren Blick im Nacken zu spüren, als ich mit Dari weiterging. Sie war so aufgedreht, dass sie sich dauernd an mir vorbeidrängte. Immer wieder warf sie den Kopf hoch, fiel in einen hektischen Trab und tänzelte um mich herum. Am schlimmsten daran war, dass ich es mir selbst eingebrockt hatte. Wie sollte man sich auch auf ein Springen konzentrieren, wenn einem ständig jemand reinquatschte, Björn, Frida …

»Hoooo«, machte ich, so ruhig ich konnte.

Dari hatte mich schon wieder überholt.

Es dauerte bestimmt zehn Minuten, bis Dari wieder normal atmete. Jetzt wirkte sie nur noch erschöpft und ließ den Kopf hängen, aber wenigstens war ihr Fell trocken. Was für ein elender Mist.

Als wir zurückgingen, wartete Frida auf der obersten Latte des Koppelzauns auf uns.

»Was willst du?«, fragte ich.

Den eisigen Ton überhörte sie. »Wissen, wie's euch geht.«

»Wonach sieht's denn aus?«

»Willst du eine ehrliche Antwort?« Sie sprang so fröhlich vom Zaun, dass ich am liebsten ausgerastet wäre.

Egal, was sie aus meinem Gesichtsausdruck las, sie deutete es richtig. Bedröppelt sagte sie: »Tut mir leid.«

Ich war in keiner versöhnlichen Stimmung. »Was?«

»Na ja … alles.« Sie machte eine ausschweifende Handbewegung. »Wie der Tag gelaufen ist. Dass ihr aufgeben musstet. Das vorhin mit deinem Vater.«

»Dass du gelauscht hast?«

Sie verdrehte die Augen. »Nicht absichtlich. Ja, tut mir leid. Ich wollte einfach nur –«

»… überprüfen, wie schlecht ich mein Pferd behandle?«

»Was? Nein!« Ihr Ton wurde scharf. »Spinnst du jetzt?«

»Was hattest du dann bei Dari verloren?«

Zuerst fiel Frida das Blut aus dem Kopf, dann schoss es ihr zurück in die Ohren. Im Dunkeln hätten die garantiert geleuchtet. »Ich weiß echt nicht, was dein Problem ist, aber ich will Dari ganz sicher nichts tun. Das schaffst du schon ganz gut allein.«

Super, dann war die Katze ja aus dem Sack.

»Ach ja?« Ich machte drei schnelle Schritte auf sie zu, sie zuckte nicht zurück. Das machte mich irgendwie noch fuchsiger. »Spar dir deine Klugscheißerei. Du hast Dari genau ein Mal in der Box gesehen. Was willst du mir denn erzählen? Ich brauche deine Hilfe nicht.«

»Hab ich auch nie behauptet.« Fridas Stimme klang ganz heiser, so sehr musste sie sich anscheinend zusammenreißen, um nicht zu schreien. Gut so. Dann hatte sie ja eine Vorstellung davon, wie es mir ging. »Dass sie noch nicht turnierreif ist, weißt du ja sicher s[illegible].«

Ich konnte meine Zähne knirschen hören. »Ist das so?«

Die Genugtuung troff ihr aus allen Poren. Ich war so ein Idiot.

»Ach, doch nicht?« Ihre Augen wurden schmal. »Nein, sie war noch nicht so weit. Du solltest es langsam angehen und Bodenarbeit mit ihr machen.«

Wow.

»Danke für deine Einschätzung. Aber ich weiß schon, wie ich meine Pferde zu reiten habe.« Ging doch. Kühle Herablassung konnte ich auch.

»Sah nicht so aus.«

Jetzt ging der Gaul doch mit mir durch. »Frida, halt dich einfach raus. Es gibt nichts, was du mir übers Reiten erzählen könntest. Das hier ist ernsthafter Sport, und ich brauche echt keine Tipps von einer Freizeitreiterin, die zu feig ist, sich dem Wettkampf zu stellen. Also geh zurück zu deinen dämlichen Ponys und lass mich in Ruhe.«

Das hatte gesessen. Für einen Moment kniff sie die Lippen zusammen. »Du bist genau wie dein Vater«, sagte sie, dann drehte sie sich mit einem kurzen Blick auf Dari um.

Das Letzte, was ich von ihr sah, war, dass sie die Schultern straffte. Ich musste schlucken.

Frida

»Frida!« Linh kam mit weit aufgerissenen Augen durch das Gedränge am Würstchenstand auf mich zu. Sie fasste nach meinem Arm. »Alles in Ordnung mit dir? Hast du dir wehgetan? Du bist ganz blass.«

Neben ihr tauchte Max auf. Auch er wirkte ziemlich alarmiert.

Ich schüttelte den Kopf. »Nein, mir ist nichts passiert. Aber können wir bitte deine Mutter anrufen? Ich muss hier weg. Bitte.«

Linh zog mich durch die Leute zu einer Bierbank auf der anderen Seite des Imbisses. Max folgte uns.

»Mit mir ist wirklich alles okay«, wehrte ich eine neue Nachfrage ab, als Linh mich auf die Bank gedrückt und schon den Mund geöffnet hatte. »Ich halte es hier nur nicht mehr aus.«

Während sich Max neben mich setzte, sah Linh mich fragend an. »Hast du dich mit Jannis gestritten?«

Ich musterte Max aus den Augenwinkeln, aber er machte keine Anstalten zu verschwinden. Also nickte ich. »Streiten ist vielleicht nicht das richtige Wort. Es war nur … es war einfach schlimm und der Tag ist sowieso schon so furchtbar.«

»Wieso?« Linh ließ sich neben mich fallen.

»Ach, schau dich doch mal um! Die ganzen Pferde hier, denen es nicht gut geht. Wer will denn so sein Wochenende verbringen? Und dann Jannis auch noch …« Jetzt stand Max doch auf und verzog sich. Ich drückte mir die Hand gegen die Stirn. »Es macht mich einfach fertig, das alles hier zu sehen.«

Gesprächsfetzen vom Imbiss wehten zu uns herüber, Gelächter, es roch nach Gebratenem vermischt mit zertrampeltem Gras und frischem Mist. Ein paar Meter neben uns wuselte ein Jack-Russell-Terrier zwischen den Leuten herum und bettelte um einen Bissen. Trotzdem fühlte ich mich fremd und verloren wie auf einem unbewohnten Planeten.

Linh strich mir über den Rücken. »Meinst du, dass Jannis seine Pferde schlecht behandelt?«, fragte sie leise.

»Nein!« Ich sah sie an. »Nein. Nicht schlecht. Jedenfalls nicht absichtlich. Aber er merkt auch nicht, was er besser machen könnte.«

Ich wandte den Kopf, als neben mir die Bank nachgab. Max hielt mir eine Flasche Wasser und ein Stück Kuchen hin. Gegen meinen Willen musste ich lächeln.

»Danke.« Das Wasser nahm ich, aber den Kuchen reichte ich an Linh weiter.

»Du, Frida«, fing Max an. Seine Stimme klang ernst, doch ich hatte nicht den Eindruck, dass er wütend auf mich war. »Ich weiß, dass Jannis manchmal übers Ziel hinausschießt. Aber er meint es meistens nicht böse. Es ist nur gerade eine echt schlimme Zeit für ihn.«

Das erwischte mich kalt. Im ersten Moment wusste ich gar nicht, was ich sagen sollte. Jannis konnte ganz schön froh sein, so einen Freund zu haben. Trotzdem hatte Max mich falsch verstanden.

Ich schüttelte den Kopf. »Das ist … das ist voll in Ordnung von dir, dass du ihn in Schutz nimmst, aber ich bin gar nicht beleidigt. Vielleicht kann das jemand, der mit Pferden nichts am Hut hat, nicht verstehen, aber Jannis und ich ticken völlig anders, was das betrifft. Ist eben so.«

»Ach, darum geht's.« Max hob die Hände. »Okay, ich bin raus. Das müsst ihr unter euch ausmachen, weltanschauliche Differenzen zwischen Reitern überschreiten meine Fähigkeiten.«

Linh lachte, aber mehr als ein schwaches Lächeln war bei mir nicht drin. Meine Fähigkeiten überschritt das wohl auch.

Einen Moment später klatschte sich Linh auf die Oberschenkel. »Pass auf, ich versuche, meine Mutter zu erreichen. Ich weiß nicht, ob Papas Flugzeug schon gelandet ist, aber ich schreibe ihr, dass sie uns so schnell wie möglich abholen soll. Okay?«

Der bedauernde Blick Richtung Max entging mir nicht. Sofort hatte ich Gewissensbisse. Klar, ich versaute ihr gerade einen Nachmittag mit einem Jungen, den sie ziemlich mochte.

Noch bevor sie das Handy zücken konnte, nahm ich sie in den Arm und flüsterte: »Danke. Du hast was gut bei mir.«

»Schon in Ordnung«, flüsterte sie zurück. »Meine Oma sagt immer, eine Frau muss sich rarmachen.«

Das brachte mich jetzt doch zum Lachen. »Ich glaube, Tricks sind da nicht mehr nötig.«

Sie löste sich aus meiner Umarmung und grinste Max an. »Das wird sich zeigen.«

Jannis

War ich froh, als ich sechs Stunden später endlich im Auto saß und wir auf dem Weg nach Hause waren. Vorher hatte ich noch zusehen müssen, wie Marcel auf Dorado das M**-Springen gewann. Da hatte es auch nicht viel geholfen, dass Max da gewesen war. Es war offiziell der beschissenste Tag meines Lebens.

Okay, der Freitag kurz vor Ostern, als Mama mich zu Ikea mitgeschleppt hatte und wir im Restaurant Björn dabei überraschten, wie er ein Kleinkind mit Köttbullar fütterte, war wahrscheinlich noch schlimmer gewesen. Den Ausdruck auf Mamas Gesicht wollte ich nie wieder sehen. Und, klar, der Tag, als sie Scotty mitnahmen, war auch nicht schön. Und als Opa …

Na, unter die Top Ten der beschissenen Tage schaffte es dieser Samstag jedenfalls mit links. Dass wir aufgeben mussten, wurmte mich gar nicht so. Ja, es war ein Reinfall gewesen, aber das kam vor. Doch dann Fridas Sprüche und gleich im Anschluss Björns Vortrag über meine Verantwortungslosigkeit, meine Dummheit, mein mangelndes Talent und meine nicht vorhandene Erfahrung – das war mehr, als ein einzelner Tag an Tiefpunkten verkraftete. Ich hatte keine Ahnung gehabt, wie viele Varianten von »Ich hab's dir gesagt« es gab.

Verfluchter Mist. Mit der ganzen Aktion hatte ich mir so viel Ärger eingehandelt, dass er für ein halbes Jahr reichte.

Neben mir schwieg Mama – bestimmt erholte sie sich von dem Wortgefecht mit Björn, bei dem sie mich in Schutz genommen hatte, obwohl sie sich wahrscheinlich fragte, wieso. Und das war noch nicht mal das Schlimmste: Hinter mir im Hänger stand Dari und ließ den Kopf hängen. Sie hatte nicht den Eindruck gemacht, als würde sie sich allzu schnell von der Pleite heute erholen.

»Na, Süße?« Linhs Stimme klang vorsichtig fröhlich.

Es war Sonntagabend, und ich versuchte immer noch, das Kapitel Dari abzuschließen. Warum ich geglaubt hatte, Jannis klarmachen zu können, was Pferde wirklich brauchten, wusste ich nicht mehr. Wie es aussah, musste ich mich einfach damit abfinden, dass ich nicht jedem Pferd helfen konnte.

Jedenfalls war ich jetzt wieder an der Reihe, eine gute Freundin zu sein. »Hi, Linh. Wie läuft's mit Max?«

Ich konnte fast hören, wie sie zu grinsen begann und das Grinsen immer breiter wurde. »Meine Oma ist eine sehr, sehr weise Frau. Seit wir gestern verschwunden sind, hat er mir siebenundvierzig Nachrichten geschrieben. Und zwar keine Einzeiler.«

»Siebenundvierzig? Hat der zwischendurch auch geschlafen?«

»Ach, zeitlich kommt das schon hin. Er hat ja gestern lang im Bus gesessen. Aber überleg mal, Frida! Welcher Junge schreibt an einem Tag siebenundvierzig Nachrichten? Die meisten haben schon Angst, ihnen fällt ein Zacken aus der Krone, wenn sie eine zweite schreiben. Hach.«

Sie seufzte so tief, dass ich sie wahrscheinlich auch ohne Telefon gehört hätte.

»Also trefft ihr euch wieder?«

»Tja.« Linhs Ton wurde auf einen Schlag nüchtern. »Das hängt davon ab, wie diese Sache zwischen dir und Jannis weitergeht.«

»Ach, komm.« Ich warf mich auf mein Bett. »Häng das doch

nicht so hoch. Ich dachte, ich könnte seinem Pferd was Gutes tun, ich hab mich geirrt, Ende der Geschichte.«

»Mal abgesehen davon, dass du das ja wohl selber nicht glaubst – lass mich ausreden! Also, abgesehen davon … hättest du denn was dagegen, wenn ich Max wiedersehe?«

»Linh! Spinnst du?« Ich war so geschockt, dass ich senkrecht im Bett saß. »Logisch hab ich nichts dagegen! Max ist voll nett, der kann doch nichts dafür, dass Jannis und ich uns zoffen. Natürlich triffst du ihn wieder.«

»Okay. Dann mach ich das.« Das Grinsen war zurück. »Ich finde auch, dass man den armen Jungen nicht bestrafen darf, nur weil sein bester Freund offensichtlich beschränkt ist.«

»Mhm. Kein Einspruch. Aber«, jetzt grinste ich, »ich möchte doch daran erinnern, dass dieser beste Freund letzte Woche noch süß und sexy war.«

»Och, Frida. Das ist geschmacklos. Heute bin ich so viel reifer.«

»Nö. Max ist einfach so viel blonder.«

»Du Kuh!« Linh lachte laut. »Das konntest du dir jetzt nicht verkneifen, oder?«

Ich lachte mit. »Nein, unmöglich. Aber ich verspreche dir, dass ich es ab jetzt nicht komplizierter mache als nötig. Wer ist schon Jannis?«

»Eben. Das heißt … eine Sache ist da noch.« Linhs Stimme war unsicher geworden. Was kam denn jetzt?

»Hm?«

»Ich hab Max versprochen, dass wir uns bei euch raushalten.«

»Bei uns? Jannis und mir? Was soll das heißen?«

»Na, bei diesem Pferdekram.«

»Weltanschauliche Differenzen, oder was?«

»Genau.«

Einen Moment lang stellte ich mir vor, was das bedeutete: keine Linh mehr, wenn ich mich dringend darüber aufregen musste, wie schlecht Dari dran war. Aber ich konnte sie ja auch nicht dazu zwingen, eine Meinung zu haben.

»Verstehe ich. Ich halte dich da raus, versprochen.« Nach einer kleinen Pause schob ich hinterher: »Aber da gibt es sowieso nichts, wo ich dich raushalten könnte. Die Sache ist gegessen.«

Wie meist hatte Linh ihre eigene Sicht der Dinge. »Rede dir das nur ein. Du und Jannis wohnt fünf Minuten voneinander entfernt. Wie soll diese Sache gegessen sein?«

»Hallo, Frida.«

Ich war so darin vertieft gewesen, vor mich hin zu summen und Junipers glänzendes kupferfarbenes Fell zu bürsten, dass ich sein nach hinten gerichtetes Ohr gar nicht bemerkt hatte. Überrascht grinste ich Emma an.

»Hallo. Was machst du denn hier?«

Emma hatte mit Pferden nicht viel am Hut und nahm keinen Reitunterricht. Deswegen sah ich sie normalerweise nur am Wochenende, wenn sie und der Rest ihrer Familie bei uns zu Besuch waren.

»Basti hat eine Stunde bei Kristin, und Mama macht einen Hausbesuch, also bin ich mitgekommen. Kann ich dir helfen?«

»Klar.« Ich zeigte auf die Putzbox und Emma schnappte sich die Kardätsche.

Eine Weile arbeiteten wir friedlich vor uns hin. Emma konnte gut mit Tieren umgehen, klar, immerhin führten ihre Eltern eine

Tierarztpraxis, und das ganze Jahr über wimmelte es bei den Grevenhorsts von Hunden, Katzen, Eseln und allen möglichen anderen Viechern, die sie aufpäppelten. Basti konnte das wegen seiner Spastik nicht, aber Emma half jeden Tag mit. Wie man ein Pferd putzte, wusste sie natürlich auch.

Juniper genoss seine Streicheleinheiten mit schlappen Ohren und hängender Unterlippe. Er hatte sie sich aber auch verdient. Für das Training mit den Ponys hatte ich heute einen kleinen Geschicklichkeitsparcours aufgebaut, und da er schon mal stand, war Juniper eben auch Slalom gelaufen und durch das Luftballonbecken gewatet. Er war dermaßen motiviert gewesen, dass er gar nicht mehr aufhören wollte.

Bei dem Gedanken musste ich ihn einfach knuddeln. Emma schob den Kopf unter seinem Hals durch und grinste mich an.

»Ist 'ne schlimme Krankheit, das mit den Pferden, was?«

Ich konnte nur lächelnd nicken. Emma war manchmal ein bisschen erwachsen für ihr Alter, aber vielleicht hatte ich deswegen einen besseren Draht zu ihr als zu den meisten unserer zehnjährigen Reitschülerinnen. Wahrscheinlich war es auch nicht leicht, einen spastisch gelähmten Zwillingsbruder zu haben. Basti war superwitzig, und er und Emma verstanden sich gut, aber wegen seiner Krämpfe musste sie eben viel Rücksicht nehmen auf ihn, und ich glaube, manchmal blieb ein bisschen wenig Aufmerksamkeit für Emma übrig.

»Hilda hat uns Kuchen vorbeigebracht. Magst du ein Stück mitessen, wenn wir Juniper auf die Koppel geführt haben?«

Sie schüttelte den Kopf. »Geht nicht. Nach der Stunde müssen wir gleich nach Hause, Papa hat nachher nämlich noch Patienten. Ich glaube, wir machen sowieso einen Umweg über diesen anderen

Pferdehof.« Emma runzelte die Stirn, was total niedlich aussah. »Wie heißt der? Gleich bei euch um die Ecke?«

»Der Carlshof?« Erschrocken horchte ich auf. Wieso brauchten sie denn da den Tierarzt? Hatte Dari das Wochenende nicht gut überstanden? War sie verletzt?

Im nächsten Moment zeigte ich mir innerlich den Vogel. Es war ein Reiterhof! Und wo Pferde lebten, brauchte man manchmal einen Tierarzt, dazu musste sich keines verletzt haben.

»Genau, Carlshof«, redete Emma weiter, ohne etwas von meinem Schreck mitzubekommen. »Da passe ich dann auf Basti auf, wenn Papa nach dem Pferd guckt.«

Ich lächelte sie an. Hinter mir wurden Gummireifen über Schotter geschoben und ich drehte mich um. Basti winkte uns entgegen. Den rechten Arm hielt er wie immer ein bisschen angewinkelt.

»Da bist du ja, Emma. Kommst du bitte?«, sagte Florian. »Hallo, Frida. Wie geht's dir?«

»Gut, danke. Hallo, Basti. Wie war deine Stunde?«

Er strahlte mich an. »Suuuper. Iona ist das liebste Pferd von der Welt.«

Ich lachte. »Das kann sein. Kommst du nächste Woche wieder?«

Basti nickte energisch. »Auf jeden Fall.«

»Super. Iona freut sich bestimmt.« Ich sah Florian an. »Emma hat erzählt, du musst noch auf den Carlshof. Hat sich ein Pferd verletzt?«

Verdutzt sah er mich an. »Nicht dass ich wüsste. Wieso fragst du?«

Ich zögerte. Mit der Wahrheit wollte ich lieber nicht rausrücken. »Ich dachte nur ... Jannis war am Wochenende mit Darina auf einem Turnier und es lief nicht so gut … Hätte ja sein können, dass ihr was passiert ist.«

»Ach so.« Er schüttelte den Kopf. »Nein, mit Darina ist nichts. Aber geht ihr beiden nicht in eine Klasse? Warum –«

Weiter kam er zum Glück nicht, weil Mama über den Hof auf uns zulief. »Florian! Emma, Basti!« Sie hielt einen kleinen weißen Karton in der Hand. »Ich habe euch ein paar Stücke von Hildas Apfelkuchen eingepackt. Lasst ihn euch schmecken.«

Bei der Aussicht auf Kuchen leuchteten drei Gesichter auf. Basti griff nach der Box, und Mama half ihm, sie gut auf dem Rollstuhl zu verstauen.

»Nächste Woche könnten wir ja vielleicht mal probieren zu traben«, sagte sie und zwinkerte ihm zu.

Basti bekam ganz große Augen. »Ehrlich? Auf Iona?«

Mama lachte. »Na klar auf Iona. Du bist doch ihr liebster Reiter.«

»Wow.« Bastis Blick wurde glasig. In Gedanken sah er sich wahrscheinlich schon wieder auf Ionas Rücken.

Mama strich ihm über die Schulter, legte dann einen Arm um Emma und holte ein Buch aus ihrer Jackentasche. »Guck mal, was ich im Regal gefunden habe.«

»›Das Geheimnis von Holbrooke Castle‹«, las Emma mit etwas holpriger englischer Aussprache vor. »Darf ich mir das ausleihen?«

Mama drückte sie. »Du darfst es sogar behalten. Das Buch ist noch von mir, als ich so alt war wie du.« Sie seufzte übertrieben. »Meine Kinder lesen ja keine Krimis.«

»Die haben halt keine Ahnung.« Emma grinste mich an.

»Von Mördern und Dieben und so?« Ich zuckte mit den Schultern. »Nein, eher nicht.«

Florian lachte. »Du hältst es mehr wie ich und liest Pferdebücher, oder, Frida? Komm gern mal vorbei und schau, ob du bei mir im Schrank was findest.«

»Echt?« Ich war mir nicht ganz sicher, ob er auch meinte, was er sagte. Erwachsene kapierten ja nicht immer, was sie auslösten, wenn sie einem so was versprachen. »Ich mache das wirklich.«

»Einverstanden.« Er grinste, dann schaute er Mama an. »Danke dir, Kristin. Wir sehen uns nächste Woche, ja?«

»Schöne Grüße an Annelie«, rief sie, als die drei Richtung Auto rollten.

Sie winkten und ich drehte mich zu Mama. »So viel Kuchen war es doch gar nicht, oder? Hast du ihnen alles mitgegeben?«

Sie zog mich an sich und drückte mir einen Kuss auf die Haare. »So ist es, mein Schatz. Für die vier backt nicht oft jemand Kuchen.«

»Warum musst du immer so nett sein zu allen, nur zu deinen Kindern nicht?«, jammerte ich.

Mama lachte. »Ihr habt dafür ja Hilda.«

Ich schüttelte den Kopf. Wieso wurde ich eigentlich immer mit solchen Sprüchen abgespeist, wenn andere Apfelkuchen bekamen?

Jannis

Den Sonnenschein am Freitagnachmittag wollten Mama und ich nutzen, um endlich das Reiterstübchen zu streichen. Ich war schon dabei, den Holzboden mit Malervlies und Folie abzudecken, als sie meinen Namen rief.

Vom Absatz der Außentreppe sah ich zu ihr in den Hof hinunter. »Was ist?«

Sie hatte sich aufgestylt und hielt ihren Autoschlüssel in der Hand. »Tut mir leid, ich muss noch mal weg. Der Anwalt hat eben angerufen, offenbar hat es nicht bis Montag Zeit. Willst du schon mal anfangen oder wartest du auf mich?«

Die Aussicht auf gefühlte fünftausend Quadratmeter Wandfläche war nicht gerade verlockend, noch dazu allein, aber es half ja nichts.

»Nein, kein Problem, ich lege dann schon mal los. Bis später!«

Sie warf mir eine Kusshand zu und winkte, dann verschwand sie im Laufschritt um die Ecke. Hinter ihr verabschiedeten sich ein paar Reitschülerinnen aus der Springstunde voneinander. Ich wollte schon zurück ins Stübchen gehen, als Annika die ersten Stufen heraufkam.

»Hey.«

»Hi«, sagte ich. »Wie war die Stunde?«

Annika grinste. »Genial wie immer. Marcel ist der Wahnsinn. Ich hatte keine Ahnung, wie viel Spaß Springunterricht machen kann.«

»Cool.« Ich deutete auf die Tür. »Du, ich muss dann. Bis Montag!«

»Ähm, Jannis … soll ich dir helfen?« Annika war auf halber Höhe stehen geblieben.

Verblüfft drehte ich mich wieder zu ihr um. »Wie jetzt? Beim Streichen?«

Sie zuckte mit den Schultern. »Ja. Hab eben mitbekommen, dass Eva noch mal wegmusste. Allein ist das doch doof.«

»Tja, also … Kannst du das denn?« Kaum war es heraus, hätte ich mir am liebsten auf die Zunge gebissen. Ganz toll. So machte man sich beliebt.

Wie erwartet wanderte Annikas Augenbraue nach oben. »Ich denke schon, dass ich deinen hohen Ansprüchen genüge.« Dann lachte sie. »Meine Mutter ist Heimwerkerin, die würde das Haus am liebsten jedes Jahr neu streichen. Und wenn jemand mit anpacken muss, dann meistens ich. Also ja, ich kann das.«

»Okay. Na dann … gern.« Ich stellte mir Annika mit einer Farbrolle in den Händen vor und musste grinsen. Wie Bob der Baumeister sah sie in ihrem Poloshirt und der karierten Hose nicht gerade aus. »Brauchst du vielleicht was anderes zum Anziehen? Weiße Spritzer machen sich wahrscheinlich nicht so gut auf deiner Reithose.«

»Oh.« Annika blickte an sich hinunter. »Stimmt. Aber wenn ich jetzt zum Umziehen nach Hause fahre, ist es dunkel, bevor wir anfangen können.«

Ich zog die Tür zu und kam ihr auf der Treppe entgegen. »Dann lass uns mal sehen, was mein Schrank hergibt.«

Eine Viertelstunde später stürzte sich Annika in einer dreifach gekrempelten alten Jeans, einem eng geschnallten Gürtel und einem in der Taille geknoteten T-Shirt auf Pinsel und Farbeimer und nahm sich die Ecken der Längsseite vor. Sie war mit Feuereifer dabei. Ehrlich gesagt hatte sie ein paar Tipps auf Lager, die ich noch nicht kannte – und ich hatte in den letzten Monaten viele Wände gestrichen. Die Sonne schien schräg durch die großen Fenster und ließ den Staub in der Luft flirren, die beiden kleinen Boxen auf der Theke spielten meine fröhlichsten Playlists und hin und wieder sang Annika bei einem Song mit. Wir redeten kaum, sondern arbeiteten einfach vor uns hin, und während ich die Farbrolle von oben nach unten und von links nach rechts über die Wand zog, merkte ich, wie meine Rücken- und Armmuskeln einen Rhythmus fanden.

Die ganze Woche über war ich nicht so entspannt gewesen. Das lag nicht nur daran, dass im Training mit Dari irgendwie der Wurm drin war, sondern auch daran, dass ich Frida jeden Tag in der Schule sehen musste. Allein ihr Anblick verursachte mir Herzrasen. Seit Samstag hatte ich kein Wort mehr mit ihr gewechselt und das hatte ich auch nicht vor. Ich konnte immer noch nicht fassen, dass sie sich einbildete, mir Tipps für mein Pferd geben zu können. Trotzdem hatte sich mittlerweile das schlechte Gewissen angeschlichen. Ich hatte ihr ein paar ganz schön fiese Sprüche gedrückt, kein Wunder, dass sie nicht mehr mit mir reden wollte.

War ja nur gut, dass es mir genauso ging.

»Wie wär's mit einer Pause?« Annika riss mich aus meinen Frida-Grübeleien.

Mit dem Unterarm strich sie sich eine Strähne aus dem verschwitzten Gesicht. Rote Wangen standen ihr.

»Was?«, fragte sie, als sie mein Gesicht sah.

»Was meinst du?«, tat ich ganz unschuldig.

»Wieso grinst du so?«

»Ach.« Ich winkte ab. »Ist nur eine verdammt gute Idee.«

Sie nickte langsam und fing ebenfalls an zu grinsen, dann legte sie ihr Werkzeug zur Seite und warf einen prüfenden Blick auf die Wände. »Sieht ja schon ganz ordentlich aus.«

»Mhm«, machte ich. Unter der raschelnden Folie, mit der ich den Tresen abgedeckt hatte, kramte ich nach zwei Flaschen Cola. Eine davon hielt ich Annika hin, während ich mich neben ihr auf den Boden sinken ließ. Erst jetzt begutachtete ich unsere Fortschritte.

Ja, wir hatten richtig was geschafft. Mit den beiden schmalen Seiten war ich fertig und auch an der Wand um die großen Fenster zur Reithalle hinunter fehlte nur noch die Feinarbeit mit dem Pinsel. Jetzt konnte ich mit der Längsseite zur Zufahrt hin anfangen, die Annika schon vorbereitet hatte, definitiv das leichteste Stück mit den größten Flächen. Das kriegte ich heute noch hin.

»Cool, das macht echt was her.« Ich wickelte eine Tafel Schokolade aus und drehte mich zu ihr. »Danke, Annika, wirklich. Es ist total nett von dir, dass du so mithilfst.«

Sie lächelte. »Mach ich doch gern. Oh, lecker! Mit ganzen Nüssen. Das ist meine Lieblingssorte.« Sie steckte sich ein Stück in den Mund und kaute genüsslich.

Ich legte die Schokolade zwischen uns, streckte die Beine aus und trank einen Schluck. »Langsam nimmt es Formen an. Wenn das Stübchen fertig ist, können wir den Verein gründen, und dann läuft bis Weihnachten hoffentlich alles wie in einem normalen Stall.«

»Wollt ihr nächstes Jahr auch ein Turnier veranstalten?« Annika sah mich an.

Ich zuckte mit den Schultern. »Denke schon. Aber das hängt davon ab, wie viel die Vereinsleute mithelfen. Ist einfach eine Wahnsinnsarbeit.« Auffordernd grinste ich sie an.

»Da bin ich auf jeden Fall dabei. Wenn du wüsstest, wie lange ich schon ein Turnier reiten will!« Sie seufzte.

Ich lehnte mich an den Tresen. »Warum hast du denn nicht einfach den Stall gewechselt, wenn das auf Eldenau nicht ging?«

Annika zwirbelte eine Strähne ihres Pferdeschwanzes, warf dann aber einen Blick auf ihre Kleckshände und ließ es. »Der nächste Reitverein ist fünfunddreißig Kilometer von hier weg. So weit hätten meine Eltern mich nie gebracht. Der Vorteil an Eldenau war, dass ich mit dem Rad hinfahren konnte, so wie hierher. Und, na ja, der Unterricht da ist auch gut. Anders eben, aber gut.«

»Muss wohl so sein.« Das war mir tatsächlich aufgefallen. Die drei Reitschülerinnen, die vom Gut zu uns gewechselt waren, hatten alle einen sauberen Sitz und eine feine Hand und waren routiniert. Keine von ihnen ritt mit Fridas schlafwandlerischer Sicherheit, aber die hatte ja wahrscheinlich im Sattel gesessen, bevor sie laufen konnte. »Du reitest echt gut.«

»Findest du?« Annika strahlte mich an. Die beiden Grübchen, die sich dabei rechts und links von ihrem Mund zeigten, waren mir noch nie aufgefallen.

»Klar. Carina und … ähm … Lilja auch. Wer gibt denn auf Eldenau Unterricht?«

Annika trank einen Schluck und wischte sich über die Lippen. »Bisher war das meistens Theo, jedenfalls bei den Gruppenstunden. Aber seit er studiert, hat Kristin wieder mehr übernommen. Sie gibt außerdem Einzelunterricht und macht Reittherapie.«

»Therapeutisches Reiten? Echt?« Diese Benekes waren dermaßen anders aufgestellt als wir am Carlshof, da wartete an jeder Ecke eine Überraschung.

Annika nickte. »Ich sag dir ja, auf dem Gut läuft das nicht wie hier. Für die ist Reiten kein Sport.«

Hm. Da konnte sie recht haben.

»Gibt Frida auch Unterricht?«, war mir herausgerutscht, bevor ich darüber nachdenken konnte.

»Nur für die ganz Kleinen, wenn sie Ferienkinder dahaben oder so. Ich glaube, sie mag das nicht.« Annika zögerte einen Moment. »Dieser Pferdeflüstererkram ist ja eher ihr Ding.«

»Pferdeflüstererkram?« Ich musste lachen.

Annika blieb völlig ernst. »Weißt du das gar nicht? Wundert mich, dass sie dir damit noch nicht auf die Nerven gegangen ist. Obwohl … Man muss schon zugeben, dass sie das gut kann.« Sie drehte sich zu mir. »Einmal hatten sie dieses Pensionspferd, das ständig steilging, ohne dass irgendwer sagen konnte, warum. Das wurde immer schlimmer, bis es einmal seine Besitzerin so fest an die Wand gedrückt hat, dass die dachte, sie müsste sterben. Hat sich dabei auch den Arm gebrochen oder so. Sie wollte das Pferd schon vom Abdecker holen lassen, aber Frida hat irgendwie kapiert, dass es nicht bösartig war, sondern panisch.« Sie überlegte kurz. »Ich weiß jetzt nicht mehr, wovor genau das Pferd Angst hatte, aber Frida hat eine Weile mit ihm gearbeitet, und plötzlich war es lammfromm. Die Besitzerin wollte es trotzdem nicht mehr, deswegen haben die Benekes es gekauft und jetzt geht es sogar im Unterricht mit.« Sie nahm sich noch ein Stück Schokolade und knusperte daran herum.

Was sollte ich denn von der Geschichte halten? Das war doch bestimmt übertrieben, oder? Ein verkorkstes Pferd, aus dem Frida ein Verlasspferd gemacht hatte? Wahrscheinlich hatte die Besitzerin einfach keinen Schimmer gehabt und war deswegen nicht mit ihrem Pferd zurechtgekommen. Andererseits … Annika hatte ja schon Ahnung. Wenn sie so was erzählte, konnte was dran sein. Und beste Freudinnen waren sie und Frida nicht gerade, da musste sie nicht übertreiben.

Nach einem weiteren Schluck Cola fragte ich: »Weißt du, wie Frida das gemacht hat?«

Annika zuckte mit den Schultern. »Da fragst du sie besser selber. Ich hab das nie verstanden.« Sie klopfte auf den Boden. »Na los, lass uns weitermachen. Ich muss bald nach Hause.«

»Hallo, Schatz, tut mir leid, es …« Mama blieb mit zwei Pizzaschachteln in der Tür stehen und schaute sich staunend um. »Ist ja der Wahnsinn. Oh, hallo, Annika. Hast du mitgeholfen?«

Das war jetzt nicht die allerintelligenteste Frage, die meine Mutter je gestellt hatte, aber Annika nickte stolz. Mama ging ein paar Schritte in den Raum und drehte sich um die eigene Achse.

»Wow. Ohne dieses scheußliche Ocker wirkt sogar die Holzdecke modern.« Sie strahlte uns an. »Das habt ihr super hingekriegt. Und jetzt macht mal Pause, es gibt Pizza.«

Annika stellte ihren Farbbecher ab und legte den Pinsel darauf. »Ich glaube, ich muss nach Hause. Es wird bald dunkel und ich bin mit dem Rad da. Aber danke für die Einladung.« Sie sah an sich herunter und warf mir dann einen Blick zu. »Äh …«

»Sind das Jannis' Sachen?«, fragte Mama, die heute Abend wirklich ungewöhnlich schnell von Begriff war.

Annika nickte und lachte. »Ja, sieht an mir nur aus wie eine

Boyfriend-Jeans. Aber das ist ja gerade voll in.« Als sie kapierte, was sie gesagt hatte, färbten sich ihre Wangen wieder rot. Echt süß. Während sie tapfer Mamas betont neutrales Gesicht ignorierte, plapperte sie weiter: »Ich fürchte, ich habe Flecken reingemacht. Am besten nehme ich die Sachen mit nach Hause und bringe sie gewaschen wieder zurück.« Hektisch wandte sie sich zur Tür. »Also dann … bis nächste Woche.«

»Stopp, stopp, stopp.« Mama hielt Annika so energisch am Ärmel fest, dass ihr das T-Shirt über die Schulter rutschte. Das vertiefte ihre Gesichtsfarbe noch mal, aber davon ließ sich Mama nicht aus dem Konzept bringen. »Wer arbeitet, muss auch essen. Du rufst jetzt zu Hause an, dass du später kommst, und ich bringe dich dann. Dein Fahrrad passt locker in den Kombi, also keine Widerrede.«

Ich glaube, Annika hätte auch zugestimmt, zu einer Antarktisexpedition aufzubrechen, so dankbar war sie, aus meinem Sichtfeld verschwinden zu können. Während wir sie mit ihrem Vater sprechen hörten, raunte Mama mir zu: »Die ist ja süß.«

»Ich weiß«, bestätigte ich, schickte aber einen mahnenden Blick hinterher. »Und genau deswegen war's das jetzt für dich, was Anzüglichkeiten angeht.«

Sie grinste breit, schlang einen Arm um meinen Hals und zog mich an sich. »Mal sehen, ob ich mich beherrschen kann.«

Ich verspürte das starke Bedürfnis, Annika doch auf ihr Fahrrad zu verfrachten, um ihr und mir weitere Peinlichkeiten zu ersparen, aber mir fiel keine gute Ausrede ein, und selbst meine Unhöflichkeit hatte Grenzen. Also setzten wir uns im Dreieck um die beiden Pizzaschachteln und griffen zu.

Freundlicherweise hielt sich Mama während der ganzen Mahlzeit extrem zurück, lobte uns für unsere Malerarbeit und stellte Annika harmlose Fragen zur Schule, zu ihrer Familie und zum Reiten. Annika betonte noch mal, wie glücklich sie war, jetzt auf dem Carlshof trainieren zu können, und wie sehr sie sich auf die kommende Turniersaison freute, was zu der Diskussion führte, welches unserer Schulpferde sich am besten für Annika eignete.

Nach einer Weile schweiften meine Gedanken ab. Dafür konnte ich aber gar nichts. Mir fiel nämlich auf, dass ich Annika verdammt gern ansah, und das hatte nichts damit zu tun, dass die Abendsonne ihre hellen Haare aufleuchten ließ. Oder jedenfalls nicht viel.

Daris Name holte mich aus meinen Betrachtungen.

»... tollste Pferd im Stall. Ich kann's kaum erwarten, die beiden beim nächsten Turnier zu sehen.«

Ich erwiderte Annikas Lächeln, aber vielleicht verrutschte es ein bisschen. Denn plötzlich hatte ich wieder Fridas Stimme im Ohr. *Dass sie noch nicht turnierreif ist, weißt du ja sicher selber.* Klar, der Satz war immer noch eine Frechheit, aber womöglich hätte ich doch besser hinhören sollen. Wenn an Annikas Geschichte vorhin etwas dran war, wollte Frida mir damit keins reinwürgen. Dann wollte sie Dari wahrscheinlich helfen.

Na und?, meldete sich ein weniger versöhnlicher Teil von mir. Selbst wenn sie mit Ponys und Schulpferden umgehen konnte, wie ein Sportpferd behandelt werden musste, wusste sie deswegen noch lange nicht.

Entschlossen griff ich nach dem letzten Stück Peperoni-Pizza. Es war völlig egal, was Frida sonst noch war, eines war sie ganz bestimmt: unfassbar rechthaberisch. Und ich würde einen Teufel tun und sie noch mal in die Nähe eines meiner Pferde lassen.

Ich hatte eine neue Sportart erfunden: Jannis ignorieren. Ohne mich selber loben zu wollen, brachte ich es darin in wenigen Tagen zu weltrekordverdächtigen Leistungen. Zeit fürs Training hatte ich ja genug. Montags bis freitags zwischen sieben und fünfzehn Uhr tat ich so, als wäre Jannis der imaginäre Freund aller anderen und ich die Einzige, die die allgemeine Verblendung durchschaute.

Nachmittags versuchte ich, mich von meinen düsteren Gedanken abzulenken, aber am Wochenende wurde das schwieriger. Keine Schule, keine Hausaufgaben und die Ponys liefen in den Reitstunden. Ich hatte nichts zu tun.

Linh war auch keine Hilfe. Mittlerweile freute ich mich, wenn ich überhaupt noch etwas von ihr zu hören bekam, was über Hallo und Tschüs hinausging. Mal abgesehen von Unterricht und kurzen nächtlichen Ruhephasen war sie seit dem letzten Wochenende gefühlt immer mit Max am Telefon. Ihre gesammelten Nachrichten hatten bestimmt schon Romanlänge – wir näherten uns der Trilogie.

Meine Selbstlosigkeit vom Sonntag bereute ich längst. Diese hirnverbrannte Neutralität, die sie mit Max vereinbart hatte, war nämlich das Letzte. Liebe auf den ersten Blick hin oder her – ich wollte nichts dringender, als über Jannis zu lästern, und Linh zog sich einfach raus. Herzlichen Dank auch.

Weil also alle beschäftigt waren außer mir, besuchte ich Hilda.

Hilda und Heinrich waren unsere Ersatzgroßeltern. Omi Steinhagen wohnte ja in Hamburg, und Papas Eltern lebten nicht mehr, deswegen war es schön, dass wir die zwei gleich in der Nähe hatten. Sie bewirtschafteten einen kleinen Bauernhof neben dem Gut. Ich konnte mich an die Zeit nicht erinnern, aber als Mama und Papa Eldenau kauften, halfen ihnen die beiden, das Gut zum Laufen zu bringen. Papa wusste nicht viel über Landwirtschaft, aber Heinrich schon, und Hilda passte auf Luise und Theo auf, wenn Mama mit den Pferden zu tun hatte. Deswegen gehörten sie jetzt zur Familie.

Hilda sah von einem großen Kochtopf auf, als ich den Kopf durch die Küchentür steckte. »Frida, Mädchen, herein mit dir. Schnapp dir ein Messer und leg mit den Äpfeln da los. Wir machen Apfelmus.«

Wir machten also Apfelmus. Fürs Kochen hatte ich zwar kein besonders gutes Händchen, aber andererseits konnte man beim Äpfelschälen auch keinen großen Schaden anrichten.

Während ich vor mich hin schnibbelte, merkte ich, dass die finsteren Gedanken keine Chance mehr hatten. Ich freute mich einfach, bei Hilda zu sein. Ihre Küche war ziemlich altmodisch, ganz in Zitronengelb und Hellgrün, aber wenn die Sonne durchs Fenster schien, so wie jetzt, konnte man hier gar keine schlechte Laune haben. Wie immer roch es total lecker, Hilda summte ein fröhliches Lied und in einer Ecke wartete ein Apfelkuchen. Sah so aus, als würde ich doch noch zu meinem Stückchen kommen.

Simon erschien auf Socken in der Küchentür. »… den Südacker«, sagte er gerade in sein Handy. Als er mich auf der Eckbank entdeckte, winkte er mir zu. »Nee, seh ich auch so … Genau. Du, was anderes. Der alte Johnny … Was muss man da noch mal machen, damit der anspringt? … Nein, den kriegen wir nicht zum Laufen … Sehr witzig. Es will eben normalerweise keiner mit der alten Kiste fahren außer dir … Vergiss es … Nein, das sag ich nicht … Okay.

Meinetwegen. Wir sind alle Versager und kriegen ohne dich nichts gebacken … Jetzt spuck's schon aus! … Das ist alles? Die Kupplung nicht drücken?« Er ließ sich schwer auf einen Stuhl fallen. »Und dafür hab ich mich zum Affen gemacht?« Er fing an zu grinsen und das Grinsen wurde sehr schnell sehr breit. »Lieb dich auch. Bis dann.«

»Luise?«, fragte ich mit einem ähnlich breiten Grinsen. Ihr Semester war schon wieder losgegangen und sie fehlte an allen Ecken und Enden.

Simon legte sein Handy auf den Tisch und fuhr sich durch die Haare. »Wer sonst weiß, wie man diesen steinzeitlichen John-Deere-Trecker anlässt?«

Simon wohnte bei Hilda und Heinrich, solange ich denken konnte, und fast so lange war er auch schon mit Luise zusammen. Na ja, immer mal wieder. Ganz konnten sie sich wohl nicht entscheiden, aber zumindest hatten sie sich jetzt schon seit über einem Jahr nicht mehr getrennt.

Er beugte sich vor und schnappte sich ein Apfelachtel, das ich gerade entkernt hatte. »Sag mal, Frida, du kennst doch die Leute vom Carlshof. Weißt du, ob die ihr Heu selber einlagern oder monatsweise geliefert haben wollen?«

Wieso konnte man diesem Thema einfach nirgends entkommen? »Keine Ahnung. So gut kenne ich die wirklich nicht.«

»Hm.« Er stand auf und ging zu Hilda. »Gibt's schon was, Oma?« Während er ihr den Arm um die Taille legte, linste er in den Apfelmustopf und schnupperte. »Lecker … Zimt. Mach ruhig mehr rein.«

Hilda schüttelte seinen Arm ab und schob ihn zurück auf den Flur. »Umziehen und Hände waschen, mein Lieber. Und dann sag deinem Großvater Bescheid, dass wir essen können.«

Simon grinste und verschwand Richtung Bad.

Hilda drehte sich zu mir um. »Frida, räum doch bitte auf und deck den Tisch, ja?«

Sie legte Brot in ein Körbchen und holte Butter, Wurst und Käse aus dem Kühlschrank. Ich warf die Apfelschalen und Kerngehäuse in eine Schüssel, wischte den Tisch ab und stellte Tassen, Teller und Gläser darauf.

Nach einem Blick auf die Uhr, die über der Tür hing, fragte ich: »Seid ihr heute nicht ein bisschen früh dran mit dem Essen?«

Hilda schöpfte gerade das Apfelmus in große Einmachgläser und sah kaum auf. »Wir müssen noch zu einer Versammlung in die Gemeindeverwaltung.« Dann stutzte sie. »Hat Robert nichts gesagt? Deine Eltern gehen da bestimmt auch hin.«

Papa hatte seit Tagen schon nicht mehr viel zu mir gesagt, weil er jetzt während der Ernte fast nur auf dem Trecker saß. Auf eine Gemeindeversammlung hatte er bestimmt wenig Lust.

»Worum geht's denn da?«

Hilda legte Gummiringe auf die Glasränder und setzte die Deckel auf. »Muss dich nicht kümmern, Kleines. Irgend so ein langweiliger Kram zur Flurneuordnung.«

So ging's mir immer: Das, was die Erwachsenen betraf, brauchte mich nicht zu kümmern. Immerhin bedeutete das auch, dass es die Erwachsenen wenig scherte, womit ich meine Zeit verbrachte. Und heute Abend klang das ganz nach einem Ausritt mit Liv.

Nach dem durchwachsenen Sommer hatte der Herbst beschlossen, sich von seiner allerbesten Seite zu zeigen. Als ich Liv Richtung Riedwiesen lenkte, leuchteten die Hagebutten und der knallorange

Sanddorn im Sonnenschein um die Wette. Das Strandgras schimmerte silbern, die Dünen strahlten weiß und dahinter glitzerte das Meer unter dem wolkenlosen Himmel. Jedes Jahr wunderte ich mich, wie gut der September das hinbekam – eigentlich hätte man geblendet sein müssen von all den Farben, stattdessen war das Licht so mild, dass alles weich und wattig wirkte.

Es hätte ein wunderschöner Abend sein können, aber irgendwie fiel es mir schwer, mich zu konzentrieren. Liv war kurz davor zu grasen, weil es sie nervte, dass ich mich nur durch die Gegend tragen ließ. So gut ich meine Gedanken in den letzten Tagen in Schach gehalten hatte – jetzt waren sie eben doch da. Während ich Liv ziellos über die Feldwege lenkte, fragte ich mich, was schiefgelaufen war. Wieso hatte ich Dari nicht helfen können? War ich es falsch angegangen? Hätte ich mehr ausrichten können, wenn ich auf dem Turnier ruhig geblieben wäre?

Im nächsten Moment sah ich wieder Jannis' wütende Grimasse vor mir und hörte die Herablassung in seiner Stimme, und das Gras und die Bäume, sogar die Pferde drüben auf der Weide, nahmen eine tiefrote Färbung an. Nicht mal ein Buddha hätte da ruhig bleiben können!

Dieser eingebildete, bescheuerte … Idiot!

Er hatte es in Langendorf echt versaut. Dari konnte gar nicht anders, als das Springen zu vermasseln – statt sie zu beruhigen, hatte Jannis sie mit der Wut auf seinen Vater noch nervöser gemacht. Was den beiden fehlte, war Vertrauen. Und wie das wachsen sollte, wenn sie immer nur trainierten, wusste ich auch nicht.

Seufzend strich ich Liv über den Hals, dann nahm ich die Zügel auf. Einen ordentlichen Trab hatte sie jetzt wirklich verdient.

Wie jeden Montag schleppte ich mich nach der großen Pause mit äußerstem Widerwillen in den Physiksaal. Montag war der Albtraumtag. Wer konnte so sadistisch veranlagt sein, einen Stundenplan mit einer Doppelstunde Physik zu erstellen? Abgesehen davon brauchte mir Frau Krüger über »Spannung« nichts mehr zu erzählen – was die betraf, war ich dank der Jannis-Situation ein echter Profi.

Durch die perverse Neigung unserer Physiklehrerin, in ihrem Saal Mädchen neben Jungen zu setzen, hatte ich zwar einen Fensterplatz abbekommen, durfte aber zu meiner Rechten Jannis ignorieren. Immerhin half er kräftig mit. Viel mehr als seinen Rücken bekam ich während der zwei Stunden nicht zu sehen, weil er sich, sooft es ging, mit Annika unterhielt, die auf dem nächsten Platz saß. Da hatte Frau Krüger ja mit feinem Gespür das neue Springsport-Dream-Team zusammengebracht.

»… wirklich kaum erwarten«, klirrte Annikas Stimme gegen mein Trommelfell, als ich mich hinsetzte. »Ich finde das so super, dass Eva mich auf Taipeh reiten lässt. Mit ihm hab ich echt eine Chance bei einem Springen. Und dass Marcel mich am Samstag nach Neubrandenburg mitnimmt, ist genial von ihm. Da kann ich mir noch was abgucken, und es ist ja auch gut, wenn ich die Abläufe reinbekomme.«

»Ja, aber lass dich von Marcel bloß nicht als Turniertrottel einspannen«, unterbrach Jannis ihren Redeschwall. »Sonst räumst du den ganzen Tag nur hinter ihm her.«

Ich versuchte, ihr Gespräch auszublenden und stattdessen die nötige Portion Gelassenheit zu entwickeln, die ich für neunzig Minuten Physik brauchte. Aber Annika war hartnäckig.

»Ach, ich helfe doch gern. Dann kann er sich besser auf die

Springen konzentrieren, und wenn er sich ordentlich platziert, ist das auch Werbung für den Carlshof. Bei dir würde ich das ja auch machen.«

Keine Frage, Annika. Klar würdest du Jannis helfen. Und bestimmt nur deswegen, weil du nach drei Tagen schon auf dem Carlshof zu Hause bist.

Ich merkte, dass ich Frau Krüger und den Beginn der Stunde herbeisehnte, aber aus irgendeinem Grund schien sie sich heute zu verspäten.

Mehr Zeit für Annika, Jannis ins Ohr zu sabbern. »Voll schade, dass du mit Dari am Wochenende nicht antreten willst. Sie springt so super. Das sah am Samstag spitze aus, ich finde gar nicht, dass sie eine Pause braucht.«

»Ich schon.«

Uh, das war mal eine Breitseite. Auf einmal wurde es doch noch interessant. Ich kritzelte auf meinem Block herum, aber meine Ohren waren voll auf Empfang.

Glücklicherweise ließ sich Annika von Jannis' Abfuhr nicht beeindrucken. »Na ja, vier oder fünf Turniere sind es ja noch bis zum Ende der Saison. Da habt ihr genug Gelegenheit. Wäre ja total schade, wenn Marcel Dari in Beritt nehmen müsste.«

Was?

»Was?« Neben mir fuhr Jannis auf, als hätte ihn was gestochen.

»Na, ich meine ja nur. Ich war am Samstag zufällig dabei, als dein Vater ihn angerufen und gefragt hat, ob er Dari reiten könnte, wenn du weiter … ähm, Schwierigkeiten mit ihr hast. Marcel weiß natürlich, was für ein gutes Team du und Dari seid, und er hat gesagt, dass er vier neue Berittpferde in Aussicht hat und Dari nur noch schlecht unterbringen würde …«

Apropos Spannung. Wenn Jannis' Gesichtsausdruck nur halb so geladen war, wie seine Haltung vermuten ließ, hatte Annika allen Grund, die Klappe zu halten. Über Jannis' Schulter hinweg sah ich sie verstohlen an – oh ja, da war wohl demnächst ein Blitzableiter nötig.

»Wusstest du … ich meine … hat dir Marcel gar nichts … vielleicht …«, stotterte sie, aber zu ihrer Erlösung ging die Tür auf, und Frau Krüger kam mit hektisch klappernden Stiefelabsätzen herein. Annika drehte sich schnell zum Smartboard und auch Jannis wandte sich nach vorn. Während er die Tischplatte anstarrte, presste er fest die Lippen aufeinander.

Ich konnte ihn verstehen. Oh Mann, er behandelte sie zwar nicht gut, aber selbst ein Blinder konnte sehen, wie sehr Jannis an Dari hing. Und jetzt drohte sein Vater damit, sie ihm wegzunehmen, wenn er sie nicht regelmäßig auf Turnieren ritt? So wütend konnte ich auf Jannis gar nicht sein, dass er mir nicht doch leidtat.

Ich machte schon den Mund auf, um irgendwas Tröstendes zu sagen, aber im selben Moment sah Jannis mich stirnrunzelnd an. Okay, Botschaft angekommen. Unsere Fehde war nicht beendet und mein Mitgefühl nicht willkommen. Ich klappte den Mund wieder zu und versuchte, Frau Krügers Ausführungen zum ohmschen Gesetz zu folgen.

Im Bus nach Hause drehte sich meine Gedankenspirale weiter. Ich war allein, weil Linh einen Zahnarzttermin hatte, und wäre fast so weit gewesen, mein Jannis-Ignorier-Training auszusetzen, aber er hatte mich seit Physik nicht angeguckt, also hatte ich Zeit nachzudenken.

Wenn alles stimmte, was Annika erzählt hatte, war das ein starkes Stück. Jannis schien zu kapieren, dass Dari eine Turnierpause brauchte. Aber was sollte er tun, wenn sein Vater damit drohte, einen anderen Reiter auf Dari zu setzen? Ich hatte ihn in Langendorf ja gehört, so einer machte ernst.

Während draußen die Wiesen und Felder vorüberglitten und um mich herum das übliche Endlich-Nachmittag-Theater stattfand, merkte ich, wie meiner Wut auf Jannis die Luft ausging. Nicht nur Dari brauchte Hilfe, er tat es auch.

Es war fast komisch. Erst wollte ich verhindern, dass Dari weiter auf Turnieren starten musste. Jetzt sah es so aus, als wäre genau das nötig, damit Jannis sie überhaupt weiter reiten durfte. Ob ich ihnen dabei helfen konnte, wusste ich nicht. Aber ich wollte es versuchen.

Der Vorsatz war schön und gut, und den Weg bis zum Carlshof hatte ich am späten Nachmittag auch zügig hinter mich gebracht, aber an der Auffahrt zum Hof geriet ich in einen Hinterhalt: Mein Stolz und mein Trotz lauerten mir auf und hielten mich davon ab, die letzten Meter zurückzulegen. Ich warf mein Rad in die Hecke und marschierte eine Weile auf und ab – Wieso sollte *ich* mich entschuldigen? Was, wenn er mich hochkant rauswarf? Der hatte doch sowieso kein Interesse, es Dari leichter zu machen! Und Talent und Verständnis erst recht nicht! Und überhaupt, er wusste doch auch, wo ich wohnte! –, bis ein Auto um die Ecke bog und ich in letzter Sekunde hinter einen Rosenstrauch hechtete.

Ich atmete tief durch und fasste mich. Das war doch lächerlich! Ich hatte einen Plan und den zog ich jetzt durch. Was Jannis damit machte, war seine Sache, ich wollte mir jedenfalls nicht bis an mein Lebensende vorwerfen, nicht alles probiert zu haben.

Entschlossen fuhr ich bis zum Tor, stellte das Rad neben dem Audi ab, der mich eben überrascht hatte, und stapfte auf die Reitanlage. Von irgendwoher konnte ich ganz deutlich eine Mundharmonika hören. Raaa-rüüü-rii-rüüüüüü-ü-ü-ü, sirrte sie. Gleich wehte ein Heuballen vorbei und Jannis kam mit klirrenden Sporen um die Ecke.

Genervt schüttelte ich den Kopf, nickte zwei Mädchen zu, die ihre Pferde aus dem Stall zur Halle führten, und lief an den Paddocks vorbei Richtung Springplatz. Ich hatte keine Ahnung, wo ich Jannis finden konnte, doch ich wollte auch keine Aufmerksamkeit erregen, indem ich ratlos in der Gegend herumstand. Aber natürlich passierte genau das: Auf dem Springplatz war Jannis nicht. Jetzt blieb mir doch nichts anderes übrig, als jemanden nach ihm zu fragen. Oder sollte ich ihn einfach anrufen?

Ich war so in Gedanken, dass ich das Hufgeklapper hinter mir erst bemerkte, als es schon sehr nah war. Viel zu schnell fuhr ich herum.

»Was willst du hier?« Jannis' Tonfall klang nicht ermutigend, und auch das Stirnrunzeln aus der Schule war noch da, sodass ich erst mal Dari begrüßte, um mich zu sammeln. Sie stand einen Schritt hinter Jannis und schnoberte freundlich an meiner Hand. Alles in allem wirkte sie recht entspannt.

Aber es half ja nichts. Ich räusperte mich. »Ich hab das vorhin mitbekommen. Das mit deinem Vater und dass Dari ... ich meine, das geht doch nicht!«

Oh, ganz prima, Frida, hast du überhaupt selber kapiert, was du sagen wolltest?

Doch Jannis schien das Gestammel tatsächlich verstanden zu haben. Er machte zwar kein fröhlicheres Gesicht, aber immerhin antwortete er, wenn auch nicht ganz so, wie ich es mir gewünscht hatte: »Und was interessiert dich das? Du hast ziemlich klar gesagt, dass es für mein Pferd besser wäre, wenn jemand anders es reiten würde.«

»Das … Quatsch, das habe ich nicht gemeint … ich wollte doch nur …« So wurde das nichts. Mein Sprachzentrum war wohl noch im Stand-by-Modus. Höchste Zeit für einen Neustart. Ich guckte Jannis fest an. Wow, wenn er wütend war, wirkten seine Augen noch grüner als sonst. Richtig froschig. Ich atmete durch. »Tut mir leid wegen neulich.«

Das schien ihn zwar zu überraschen, doch offenbar war Jannis eine ganz schön harte Nuss. Er sah mich wortlos an.

Alles nur für Dari, beschwor ich mich. Diese Zu-Kreuze-Kriecherei, der mühsam beherrschte Drang, auf der Stelle kehrtzumachen, mein in den Staub getretener Stolz – alles nur für Dari.

»In Langendorf ist es bescheuert gelaufen. War ja klar, dass du sauer warst – da hätte ich dir nicht auch noch so kommen müssen. Ich finde diesen ganzen Turnierquatsch zwar nicht gut, aber was dein Vater jetzt abzieht, regt mich erst recht auf.«

Er hatte keine Ahnung, wohin das Gespräch führen sollte, das konnte ich ihm so deutlich ansehen, als hätte er eine Denkblase mit einem riesigen Fragezeichen über dem Kopf gehabt. Aber scheinbar verlangte es die Coolness, noch ein bisschen mit diesem herablassenden Gehabe weiterzumachen. Er beugte sich zu mir und sah mir in die Augen – ich hätte wetten können, dass das eine Masche von ihm war, um Mädchen zu beeindrucken. Nur zog sie bei mir nicht: Weil ich fast so groß war wie er, stand er nur ein bisschen krumm da.

»Noch mal: Warum interessiert dich das?«

Mann, war der begriffsstutzig.

»Na, weil sie toll ist.« Ich deutete auf Dari. Und weil ich ja nie im richtigen Moment die Klappe halten konnte, plapperte ich weiter: »Ihr seid toll. Also, zusammen. Zusammen seid ihr toll.«

Jannis' Mundwinkel zuckten, natürlich merkte er, wie ich mich innerlich wand.

Glücklicherweise hatte ich ältere Geschwister.

Ich wartete einen Moment, ob er vielleicht einen Schritt auf mich zu machte, aber da er die Situation anscheinend auskosten wollte, war es für mich Zeit, die Psychokarte zu spielen.

»Jedenfalls hatte ich den Eindruck, dass es bei euch nicht ganz rundläuft, und wollte fragen, ob du ein paar Tipps brauchst, wie sie cooler wird.« Ich hob die Hand und wandte mich zum Gehen. »Aber wie es aussieht, ist alles okay. Da braucht ihr mich nicht. Und du kannst ja auch immer Marcel fragen.«

Wenn der letzte Satz nicht gesessen hatte, waren die vielen Jahre psychologischer Kriegsführung gegen Luise und Theo umsonst gewesen. Doch ich hatte von den Besten gelernt.

Ich war schon ein paar Schritte entfernt, als Jannis sagte: »Frida, warte.«

Langsam drehte ich mich um.

»Du hast recht. Es ist nicht mehr wie vor Langendorf.« Jetzt packte er die nächste Masche aus, und auch wenn es mich körperlich schmerzt, es zuzugeben: Diesmal war er erfolgreich. Er senkte den Kopf und sah mich durch seine dichten Wimpern an, als er bat: »Ich wollte gerade mit ihr auf den Platz. Es wäre toll, wenn du sie dir ansiehst.«

Natürlich ging ich mit.

Jannis

Ich wusste nicht genau, was ich von Fridas Auftauchen halten sollte. Klar hatte ich in der Schule gemerkt, dass sie von Annikas Neuigkeiten schockiert gewesen war. Aber das allein konnte doch wohl nichts daran geändert haben, dass sie mich für die Pest hielt.

Eines hatte ihre Entschuldigung jedenfalls bewirkt: Mein Ärger auf sie war verflogen. Ich hatte fest vorgehabt, sie links liegen zu lassen, aber sie hatte schon recht, ich brauchte jede Hilfe, die ich kriegen konnte.

Seit Langendorf war die Stimmung zwischen Dari und mir anders als zuvor. Wir waren nicht nur vorsichtiger – wenn ich ehrlich war, waren wir nervöser. Nicht bloß sie, ich genauso. Und das war etwas, was man auf dem Pferd nicht gebrauchen konnte – eine der frühesten Lektionen, die ich von Björn gelernt hatte, und leider eine sinnvolle. Das Problem war: Ich hatte keine Ahnung, wie ich das abstellen konnte. Jeden Tag war ich mit Dari auf dem Platz, aber es kam mir vor, als würden wir uns umkreisen wie die Geier. Als würden wir nur darauf lauern, dass einer von uns den nächsten Aussetzer hatte, der uns auf das nächste Level der Anspannung schoss.

Es war unfassbar, wie schlecht ich in Langendorf geritten war. Im Nachhinein fragte ich mich, wie ich es zulassen konnte, dass Björn mich so aus dem Gleichgewicht brachte. Da hatte ich mir ein schönes Eigentor geschossen. Und wenn Annika recht hatte, verlor ich Dari dadurch vielleicht auch noch an Marcel.

Ich weiß nicht, ob ich befürchtet hatte, dass mich Frida noch nervöser machen würde, jedenfalls trat das Gegenteil ein: Ich entspannte mich. Selbst wenn ich es nötig gehabt hätte, Frida zu beeindrucken, wäre mir das sowieso nicht gelungen. Ich wusste ja, was sie von meiner Reitweise hielt, also machte ich einfach mein Ding. Und da sie freiwillig gekommen war, konnte sie sich jede Empörung sparen.

Während der Lösungsphase sah sie mir von der Tribüne aus zu, und dann, ohne dass ich sie darum gebeten hatte, legte sie mir die Stangen zurecht und erhöhte kommentarlos den Parcours. Dari mochte sie, das wusste ich ja, und Fridas Anwesenheit schien ihr Sicherheit zu geben, sodass wir fast wieder zu unserer alten Gelassenheit zurückfanden.

Es war ein gutes Training. Mama kam kurz vorbei und winkte Frida zu, Marcel machte mit einem großrahmigen Fuchs, einem neuen Berittpferd, ein paar Probesprünge auf dem kleinen Platz, verschwand aber bald wieder, und Frida, Dari und ich arbeiteten friedlich vor uns hin. Ein paar Durchgänge später ließ ich es gut sein. Unter anderen Umständen wäre ich mit Dari sicher noch ein paar ernsthafte Höhen gegangen, aber ich wollte Fridas Geduld nicht unnötig strapazieren.

Nach zwei Runden am langen Zügel parierte ich Dari vor ihr durch und saß ab. Frida begann sofort, Daris Hals zu kraulen – ich glaube, sie konnte gar nicht neben einem Pferd stehen und es nicht anfassen –, und sah mich eine ganze Weile forschend an.

Wenn das irgendein Psychospielchen war, funktionierte es ziemlich gut. Ich hatte keine Ahnung, was sie wollte. Und wie dieses Mädchen gucken konnte! Da blieb nichts verborgen. Schnell … rosa Zuckerwatte, Katzenbabys, Muscheln im Sand … irgendwas, nur nichts Fieses oder Schmutziges ... meine erste Schleife ... Scotty ... Opa ... Wenn sie das sah, in Ordnung. Und dass sie sehen konnte, was ich dachte, da war ich mir ziemlich sicher.

Während ich ihren Blick erwiderte, fiel mir auf, dass sie wirklich überall im Gesicht Sommersprossen hatte, nur auf dem Kinn nicht. Und ihre Augen waren nicht einfach nur braun. Das linke war grüner, und im rechten hatte sie viel mehr goldene Sprenkel, wie ... wie ... Wie hieß dieses Zeug noch mal, das hier am Strand rumlag? Bernstein? Dieselbe Farbe wie ihre Haare ...

»Konzentrier dich. Sie ist nicht bei dir«, flüsterte sie, und wie aufs Stichwort drehte Dari den Kopf weg und guckte interessiert drei Schulpferden hinterher, die zum Dressurplatz unterwegs waren. Die Mädchen, die sie führten, glotzten zu uns herüber. Ich konnte mir lebhaft vorstellen, was für einen Eindruck wir machten.

Doch der Bann war gebrochen.

Bann? Echt, was laberte ich da? Aber ein bisschen abgedreht war die Sache schon.

Ich räusperte mich. »Und? Hast du irgendwas ... gesehen?«

Frida kniff fragend die Augen zusammen.

»Na, so pferdeflüsterermäßig? Was machen wir jetzt?«

Frida fing an zu grinsen. Ich wartete.

Frida grinste breiter.

Da machte es klick.

»Das war nur Show?« Ich bin mir nicht sicher, aber ich fürchte, mir blieb der Mund offen stehen vor Schock.

Frida lachte. Echt, die lachte mich einfach aus! Jetzt war Dari mit ihrer vollen Aufmerksamkeit wieder bei uns. Sie fand Fridas Verhalten anscheinend auch befremdlich.

Frida boxte mir gegen den Arm. »Ach Mann, lass mir doch meinen Spaß! Was soll ich denn über Dari rausfinden, wenn ich dich anstarre? Ich musste nur überlegen.« Langsam beruhigte sie sich wieder. »Eure Sprünge waren top, das weißt du besser als ich. Aber ich finde, sie braucht was anderes als noch mehr Training.«

»Aha.«

»Ja, na klar. Springen kann sie doch, daran hat es in Langendorf nicht gelegen.«

Grandiose Erkenntnis. »Das hätte ich dir auch verraten können. Sie war nervös, weil es laut war und voll und …«

»… und weil du nervös warst.«

Nach einer Pause nickte ich kurz. Überraschenderweise erntete ich dafür den verständnisvollsten Blick, den Frida mir je gegönnt hatte. Kapier einer die Mädchen.

»Dagegen kann ich wenig tun, das musst du selber in den Griff kriegen. Aber bei Dari können wir was machen.«

Na, wenigstens näherten wir uns dem springenden Punkt.

Frida deutete auf den Zaun, der den Platz begrenzte. »Lass den Sattel da. Wir gehen jetzt spazieren.«

Ich schnaufte.

Wir gingen also spazieren.

Wir nahmen den Weg hinter unserem Springplatz, der, hier und da beschattet von Birken oder Buchen, zwischen Feldern hindurch zu dem Wäldchen nördlich vom Gut führte. Behauptete jedenfalls Frida, ich hatte nicht einmal gewusst, dass es den Weg gab. Vielleicht ritt ich wirklich zu wenig aus.

Schön war es hier. Ja, im Ernst, bei all der Zeit, die ich im Sommer auf dem Platz verbracht hatte oder mit Mama in irgendwelchen Baumärkten und Handwerkerbüros, hatte ich überhaupt noch nicht damit angefangen, die Gegend zu erkunden. Ich kannte gerade mal den Weg ins Dorf, zur Schule und rüber zum Gut. Es war gar nicht so schlecht in der Einöde, auch wenn das hier schon ein ziemliches Kontrastprogramm zu Berlin war. Aber ehrlich gesagt war Berlin in den letzten Wochen ganz schön in den Hintergrund getreten – das Einzige, was ich wirklich vermisste, war Max.

Krasse Erkenntnis. Fast wäre ich stehen geblieben, weil sie mich wie ein Blitz traf. Über Monate war ich wegen des Umzugs noch stinkiger auf Björn gewesen als sowieso schon, aber jetzt stellte sich heraus, dass ich die Stadt gar nicht brauchte.

Was ich brauchte, war definitiv mehr Konzentration auf Fridas Vortrag. Seit wir losgegangen waren, hatte sie fast ununterbrochen geredet, es war echt mal an der Zeit, ihr zuzuhören.

»... das ist völlig normal, weil sie nichts anderes kennt. Du wirst ja wohl an deinem ersten Tag am Humboldt auch nervös gewesen sein ...«, sie warf mir einen verschmitzten Seitenblick zu, »obwohl, du vielleicht nicht, aber bei normalen Menschen wäre das so, du verstehst also das Prinzip. Ist bei sensiblen Pferden nicht anders.«

Ich fragte mich, wie viele Sticheleien ich in meinem Anfall von Landlust überhört hatte. Zwei Beleidigungen in zwei Sätzen. Respekt.

»Deswegen sehe ich das so: Dari braucht nicht mehr Springtraining – obwohl du damit weitermachen kannst, wenn du unbedingt meinst –, sondern mehr Vertrauen. In sich selber und in ... na ja, egal. Selbstvertrauen jedenfalls kriegt sie zum Beispiel durch mehr Routine in Situationen, die sie nicht kennt.« Sie schmunzelte, als Dari wie zur Bestätigung schnaubte. »Echt, ich verstehe nicht, warum ihr Sportreiter das nicht kapiert: Eure Pferde können gar nicht normal sein. Sie kennen ihre Box und die Halle und, wenn's gut geht, noch den Reitplatz. Und ihren *Paddock*.«

Die allgemeine Kritik und den streitlustigen Unterton ignorierte ich, weil der Rest ihrer Ausführungen ganz plausibel klang. Ich hatte gerade keine Nerven für eine Grundsatzdiskussion.

»Und was könnte ich da machen?«, fragte ich daher höflich.

Täuschte ich mich oder blitzte so was wie Respekt in Fridas Augen auf?

Sie nickte. »Ach, da gibt es ganz viel. Du kannst mit ihr ausreiten und sie so oft wie möglich in der Gruppe auf die Koppel stellen. Geh mit ihr spazieren, wie jetzt, und üb Halten und so weiter. Du kannst auch Bodenarbeit machen und Gelassenheitstraining.«

In dem Brombeergestrüpp neben uns raschelte es und ein Vogel flog mit lautem Protestgeschrei auf. Dari warf den Kopf hoch und machte einen Satz zur Seite. Der plötzliche Ruck am Zügel erwischte mich kalt und für einen Moment geriet ich aus dem Gleichgewicht. Nach dem ersten Schrecken tätschelte ich Daris Hals und führte sie mit einem beruhigenden Singsang schnell weiter.

»Alles gut … so ist fein …« Ich war erleichtert, dass sie mir nicht abgehauen war, deswegen bemerkte ich erst gar nicht, dass Frida nicht mehr bei uns war. Als ich mich nach ihr umdrehte, stand sie mit verschränkten Armen neben dem Brombeergebüsch.

Ich hielt Dari an. »Was?«

»Hast du mir gerade zugehört?«

Nach der Unterbrechung musste ich kurz überlegen. »Ausritte, Weidegang, Gelassenheitstraining?«

Frida zog nur die Augenbrauen hoch.

Mein Blick wanderte zu dem Dickicht. »Ach so. Du meinst …?«

Frida seufzte. »Na klar. Das kam doch wie gerufen. Und was machst du? Lobst sie fürs Erschrecken. Was hat sie jetzt gelernt? Dass du superlieb bist zu ihr, wenn sie sich wegen einem ungewohnten Geräusch aufregt. Nächstes Mal, wenn ihr an den Brombeeren vorbeigeht, wird sie das wieder genauso machen, und beim nächsten Rascheln auch.«

Ich entspannte meinen Kiefer, weil ich merkte, dass ich die Zähne aufeinandergepresst hatte. Mann, hatte die einen Ton drauf, wenn sie wusste, dass sie recht hatte. Aber okay … Schließlich war das alles nur für Dari.

»Was soll ich stattdessen tun?«, fragte ich also.

Frida machte eine einladende Geste. »Kommt wieder her, schaut euch das Gebüsch an, und wenn sie sich entspannt und versteht, dass sie nichts zu befürchten hat, lobst du sie.«

Ganz einfach.

Ich atmete tief ein und führte Dari in einem Halbkreis zurück zu dem Busch. Tatsächlich wurde sie mit jedem Schritt, den wir näher kamen, unruhiger. Kaum standen wir an der Stelle, an der uns der Vogel überrascht hatte, raschelte es wieder, und der nächste Spatz flog auf. Wie viele von diesen Drecksviechern hockten da in der Hecke?

Daris Reaktion wiederholte sich, sie riss den Kopf in die Höhe und drängte an mir vorbei. Das passierte noch ein drittes Mal, und langsam fing ich an, mich zu ärgern. Frida schaute uns zu und hatte einen Ausdruck auf dem Gesicht, als hätte sie ganz genau gewusst, dass wir hier so einen Tanz aufführen würden.

Doch ich wollte Frida bestimmt nicht die Genugtuung verschaffen, mich jetzt aufzuregen und einfach zu verschwinden. Das würde sie nur in ihrem Irrglauben bestätigen, ich hätte mein Pferd nicht im Griff.

Vierter Anlauf. Wieder ging es los wie gehabt: Dari sah den Busch und spannte sich an. Anstatt abzuwarten, bis sie auswich, zupfte ich vorsichtig am Zügel, einmal, zweimal, bis ich ihre Aufmerksamkeit hatte. Ein paar Sekunden standen wir nur da. Zwar zuckte Daris rechtes Ohr zu dem Gebüsch, aber sie war endlich bei mir.

Langsam machte ich einen Schritt auf die Hecke zu, dann noch einen. Als Dari kapierte, was ich vorhatte, wollte sie an mir vorbei. Ich konnte sie aufhalten, stand aber weiter von den Brombeeren entfernt als vorher.

»Noch mal«, kam Fridas Stimme von hinten.

Also von vorn. Still stehen, Aufmerksamkeit auf mich richten, ein Schritt auf die Hecke zu. Warten. Zögernd setzte Dari ihren Huf nach vorn. Noch ein Schritt. Der zweite Huf folgte. Aus dem Augenwinkel nahm ich wahr, dass zwischen den Brombeerzweigen noch mehr Vögel auf und ab hüpften. Ich drehte mich ganz leicht in ihre Richtung.

Daris Ohren zuckten, als sie das Spektakel betrachtete. Durch weite Nüstern sog sie die Luft ein und plötzlich streckte sie neugierig den Hals. Die Spatzen fühlten sich wohl beobachtet, denn für eine Weile verstummte ihr Piepen. Dann beschlossen sie, dass sie bei Dari nicht auf dem Speiseplan standen, und nahmen ihr Geflatter wieder auf. Bei dem folgenden Rascheln ging ein kurzes Beben durch Daris Körper, aber sie wich nicht zurück. Wieder wurde ihr Hals lang, und als dann ein Steinchen zwischen den Brombeeren landete und mindestens fünf Spatzen aufflogen, nahm sie nur den Kopf hoch und blickte ihnen interessiert nach.

»Gut gemacht.« Ich merkte, dass ich grinste, als ich ihr den Hals klopfte. »Brav.«

Ich drehte mich zu Frida um. Sie grinste ebenfalls.

Während sie zu uns kam, sagte sie: »Nicht übel.« Im nächsten Moment krachte ihre Hand auf meinen Rücken, dass es klatschte.

»Sag mal, geht's noch? Was soll das denn?« Um ein Haar hätte ich an Daris Zügeln gezerrt.

»Hat sich das gut angefühlt?«, fragte Frida unbeeindruckt.

»Klar, total. Was denkst du denn?« Langsam verlor ich die Geduld. Konnte sie sich nicht ein Mal wie ein normaler Mensch benehmen?

»Dann ist das besser?« Frida legte ihre Hand auf meine Schulter, und die Wärme ihrer Haut sickerte durch mein Shirt, während sie sie sanft zu meinem Oberarm gleiten ließ und dann wieder hoch in meinen Nacken.

Ähm. Was wurde das jetzt? Vorsichtig sah ich Frida ins Gesicht, und noch während ihr Grinsen breiter wurde, kapierte ich, dass ich wieder auf sie hereingefallen war. Keine Anmache, alles klar.

Frida legte ihre rechte Hand auf Daris Hals und sofort wurde ihr Blick weich. Sie streichelte das schwarze Fell genauso behutsam wie meine Schulter. Ich konnte zusehen, wie Daris Lider schwer wurden.

»Mach mal selber.« Frida nahm ihre Hände weg und deutete auf Dari.

Also streichelte ich Daris Hals. Dann ihren Widerrist und ihren Rücken, schließlich ihren Kopf. Erst als sie das linke Hinterbein entlastete und ihr Gesicht mit hängenden Ohren an meine Hand schmiegte, begriff ich, unter wie viel Spannung Dari sonst stand. Und Frida hatte es gesehen.

»So lobt man ein Pferd.« Als ich aufblickte, hatte sich Fridas Grinsen verwandelt. In etwas Stilles, Zufriedenes. »Wer dir was anderes erzählt, hat nur Angst, uncool zu sein.«

Aus reiner Gewohnheit wollte ich ihr schon widersprechen, aber dann sparte ich mir den Atem. Der Moment war einfach zu friedlich.

Schweigend, aber irgendwie einträchtig gingen wir weiter. Eine salzige Brise wehte von der Ostsee herüber, pustete Frida eine Locke ins Gesicht und ließ die Schatten der Birkenblätter auf dem Pfad flirren. Weich und milchig lag die Sonne über den Wiesen, und nach einer Weile fiel mir auf, wie es um uns herum summte und zirpte. Das Sirren war ohrenbetäubend, ich hatte keine Ahnung, wie es mir bisher entgangen war.

Bevor die ganze Sache noch idyllischer wurde, kam ich auf das zurück, was Frida vor der Spatzenaffäre gesagt hatte.

»Das mit den Ausritten krieg ich hin, aber wie soll denn dieses Gelassenheitstraining aussehen?«

Frida antwortete nicht gleich. »Sinnvoller wäre es, ihr würdet mit grundlegender Bodenarbeit anfangen, führen, halten, wenden und so.« Als sie meinen Gesichtsausdruck bemerkte, seufzte sie. »Ja, dachte ich mir schon, dass du darauf keine Lust hast.«

»Ganz ehrlich, Frida, ich führe heute nicht zum ersten Mal ein Pferd. So was macht vielleicht Sinn für eure Schulponys, mit denen sollen ja kleine Kinder zurechtkommen. Aber Dari und ich sind keine Anfänger, wir brauchen schnelle Ergebnisse. Also, wie ist das mit diesem Gelassenheitstraining?«

Ich konnte genau sehen, dass Frida die Sache lieber ausdiskutiert hätte, aber dann ließ sie es doch.

»Na ja, du gewöhnst sie eben an Dinge, die neu für sie sind«, erklärte sie. »Dinge, die ihr Angst machen könnten, Planen, Flatterbänder und so. Hast du jemanden, der sich mit so was auskennt und dir helfen kann? Deine Mutter oder euer Bereiter?«

Marcel schied bei dieser Frage von vornherein aus, selbst wenn er Weltmeister im Gelassenheitstraining gewesen wäre, was ich ernsthaft bezweifelte. Aber auch bei Mama war ich mir sicher, dass sie sich nie damit beschäftigt hatte. Ich schüttelte den Kopf.

Frida guckte weg. »Dann muss ich das wohl machen.«

Das überraschte mich. Klar, ich hatte mir schon gedacht, dass sie etwas vorhatte. Warum wäre sie sonst auf dem Carlshof aufgetaucht? Trotzdem war das Angebot ganz schön großzügig von ihr, nach allem, was ich ihr um die Ohren gehauen hatte.

»Hast du denn Zeit?«, fragte ich, um von meiner Verlegenheit abzulenken.

Frida zuckte mit den Schultern. »Das geht schon irgendwie. Du hast es ja gesehen – Dari lernt schnell. Wenn du dich nicht allzu dämlich anstellst, braucht ihr mich bald nicht mehr.«

Sie grinste mich mit blitzenden Zähnen an, und ich konnte gar nicht anders, als mitzugrinsen. Den Rempler in die Seite musste sie aber doch verkraften, was sie laut lachend auch tat. Sie war nicht Max, aber, hey, wer sagte, dass sie nicht eine ganz brauchbare Zweitbesetzung werden konnte?

Wir waren schon fast wieder am Hof, als ich es doch noch loswerden musste: »Wieso machst du das für mich, Frida?«

Sie prustete. »Für dich? Bilde dir mal nichts ein.« Sie zeigte auf Dari. »Ich mache das für sie.«

Ach so. War eigentlich klar.

Aber Frida war noch nicht fertig mit mir. »Dari ist etwas Besonderes«, sagte sie. »Du musst sie dir verdienen.«

»Oh, hi!« Annika kam mit Taipeh am Strick um die Ecke und winkte mir zu. »Hast du heute Stalldienst?« Sie lächelte.

Ich kippte Selma einen Becher Mineralfutter in die Krippe und nickte. »Ja. Kamil musste ein paar Tage nach Hause, sein Vater liegt im Krankenhaus oder so. Deswegen mache ich das.« Normalerweise hätte Marcel einspringen sollen, aber die Reitstunden liefen richtig gut, und die gingen vor.

»Ist ja blöd. Aber ich bin fertig, ich helfe dir.«

Ohne eine Antwort abzuwarten, stellte sie Taipeh in die Box, schnappte sie sich die Schaufel für das Kraftfutter und legte los.

»Äh, stopp mal … Weißt du, was du zu tun hast?«

Sie stemmte die Arme in die Seiten. »Jannis, ernsthaft. Steht doch alles an der Tür. Das hier ist das Kraftfutter«, sie zeigte auf den Eimer, den ich auf der Schubkarre herumfuhr, »und das das Mineralfutter. Ich komme schon klar.«

Bei zwei Boxen sah ich ihr zu, wofür ich mir einen spöttischen Blick einhandelte, dann zuckte ich mit den Schultern und ging Richtung Tür, um Heu zu holen. »Wenn du unsicher bist, frag mich, okay?«

»Mach ich!«, rief sie mir fröhlich hinterher.

Ihre Reitstunde war ja anscheinend gut gelaufen.

Eine halbe Stunde später saßen wir auf einer der Bänke, die Mama diese Woche vor dem Eingang hatte aufstellen lassen. Sie war zu Hause und machte – hoffentlich – Abendessen, Marcel gab in der Halle eine Privatstunde für eine Einstellerin. Alle anderen Reitschülerinnen waren schon weg, aber ich hatte Annika zum Dank für ihre Hilfe noch auf eine Apfelschorle eingeladen.

»Schön hier«, meinte sie und ließ den Blick über das Feld vor uns schweifen, das sich ein paar Hundert Meter weiter in der Dämmerung verlor.

»Mhm«, machte ich. Mir schwirrte der Kopf von allem, was heute Nachmittag passiert war, ich hätte gern einfach nur dagesessen und nachgedacht.

»Du vermisst Berlin, oder?«

Okay, Annika wollte sich unterhalten. War ja auch unfair, sie hier so rumsitzen zu lassen. Und anders als bei Frida war nicht jeder ihrer Sätze eine Herausforderung.

Also drehte ich mich halb zu ihr und legte den Arm auf die Rückenlehne. »Die Stadt gar nicht mal so, aber die Leute halt.«

Max vor allem. Es hatte gutgetan, ihn in Langendorf zu sehen, aber dann war der Tag in die Hose gegangen, und ich hatte kaum mehr mit ihm reden können.

In den Monaten, seit wir von Björns Doppelleben erfahren hatten, hatte sich Max jeden Wutausbruch angehört und nie beschwert, wenn ich kurzfristig absagen musste, um Mama bei irgendwas zu helfen. Damit war er ein viel besserer Freund gewesen als ich damals in der dritten Klasse während der Scheidung seiner Eltern. Eine Zeit lang hatte er sogar fast bei uns gewohnt. Aber auch da war das Reiten schon das Wichtigste für mich gewesen, und statt an den Wochenenden einfach mal das zu machen, worauf Max Lust hatte, schleppte ich ihn mit auf beinahe jedes Turnier.

Bevor ich anfangen konnte, Trübsal zu blasen, sagte Annika: »Ja, stelle ich mir schwer vor, komplett neu anzufangen. Aber in der Klasse finden es alle toll, dass du da bist.«

»Das war auch richtig cool von euch, dass ihr es mir so leicht gemacht habt«, antwortete ich. »Vor der Schule hatte ich ehrlich gesagt ganz schön Horror.«

Annika lachte. »Hast du geglaubt, hier hausen nur Hinterwäldler, die jeden Fremden mit der Mistgabel empfangen?«

Ich musste grinsen. »Das war jetzt nicht ganz meine Vorstellung, aber ja, ich hätte schon gedacht, dass ihr eine eingeschworene Gemeinschaft seid und euch seit der ersten Klasse kennt und nicht gerade auf einen Neuen gewartet habt.«

»Kommt eben auf den Neuen an.« Sie lächelte und bekam dabei wieder diese beiden niedlichen Grübchen.

Wann genau hatte ich eigentlich angefangen, so viel darüber nachzudenken, wie hübsch Annika war? Die blonden Haare, die blauen Augen, die Stubsnase ...

Irgendwas musste in meinem Gesicht passieren, denn sie blinzelte ein paarmal, dann sah sie weg.

Eine Weile sagten wir beide nichts. Als sie weiterredete, hatte ich den Eindruck, es sollte beiläufig klingen. »Du warst heute mit Frida unterwegs, oder?«

»Ja.«

Sie holte tief Luft. »Seid ihr zusammen?«, presste sie hervor.

Die Frage schockte mich so, dass ich mich kerzengerade hinsetzte. »Was? Nein!« Der Gedanke war völlig abwegig. Ganz ehrlich, man konnte seinen Seelenfrieden auch mutwillig aufs Spiel setzen. Irgendwie hatte ich das Gefühl, dass ich mich rechtfertigen musste, also erklärte ich: »Sie hilft mir mit Dari.«

Annikas Erleichterung war so offensichtlich, dass es fast komisch war. Süß aber auch. »Ach so. Was habt ihr denn vor?«

Langsam wich die Spannung aus meinem Körper. Ich lehnte mich wieder zurück. »Da fragst du mal besser Frida. Sie hat was von Flatterband und Planen gesagt. Weißt du, was man damit anfängt?«

Annika schüttelte den Kopf. »Dafür hab ich mich nie interessiert, aber Frida macht das bestimmt gut. Meinst du, du kommst dann wieder besser mit Dari klar?«

Okay, das war fast schon ein Frida-Spruch. Aber Annika wusste natürlich nicht, was zwischen Björn und mir los war. Irgendwie musste sie sich die ganze Sache eben erklären.

»Das ist der Plan«, bestätigte ich deshalb, wenn auch ein bisschen widerstrebend. »Frida meint, Dari bräuchte mehr Selbstvertrauen. Nach dem, was du neulich über dieses Pferd auf Eldenau erzählt hast, dachte ich, schaden kann es ja nicht, wenn sie sich Dari mal ansieht.«

Annika nickte. »Ich drücke euch die Daumen, dass Frida eine gute Idee für Dari hat.«

Sie drehte mir das Gesicht zu und sah mich ganz komisch an, irgendwie traurig und hoffnungsvoll und lieb zugleich. Ich konnte gar nicht weggucken. Ihr Mund zuckte leicht, als ich mich ein kleines Stück zu ihr beugte. Für einen Moment war ich kurz davor, sie zu küssen, aber dann sagte ich einfach nur: »Danke.«

Frida? Was polterst du denn hier drin so herum?«

Ich wandte mich um und schob mir mit dem Handrücken eine Strähne aus dem Gesicht. Papa hatte den Kopf zur Tür hereingestreckt und sah mich fragend an. Falls er mich hinter dem ganzen Gerümpel überhaupt erkennen konnte – ich hatte keine Ahnung gehabt, was hier in der Gerätekammer alles vor sich hin gammelte. Cavaletti in äußerst fragwürdigen Farben, Bollensammler, brüchige Paddockmatten, ein verbeulter Sattelschrank voller Huffetttiegel und Mähnensprays, die das Verfallsdatum seit Jahrzehnten überschritten hatten, stapelweise alte Eimer und sogar ein zweispänniger Schlitten, wahrscheinlich aus der Zeit vor dem Klimawandel. Wann hatte hier an der Küste das letzte Mal genug Schnee für eine Schlittenfahrt gelegen? An der Wand hingen Voltigiergurte, löchrige Heunetze und ausgebleichte Halfter von Fohlen- bis Kaltblutgröße. Alles war großzügig mit Staub und Spinnweben bedeckt. Luise war schon seit Jahren nicht mehr hier drin gewesen, darauf hätte ich gewettet, sonst hätte sie dem Chaos längst den Kampf angesagt. Ihre Auffassung von Ordnung war geradezu beamtenhaft.

»Ich suche mein Bobbycar«, antwortete ich aus der hintersten Ecke. In meinem Eifer zog ich eine Plane herunter, die über ein Regal mit ausgemusterten Gebissen und Putzutensilien gebreitet war, und die Staubwolken, die mich einhüllten, brachten mich zum Niesen.

Papas Neugier war geweckt. Er kam ein paar Schritte in den Raum und schob dabei einen Stapel Hindernisblöcke an die Wand. »Aha. Hat dein Fahrrad einen Platten?«, witzelte er.

»Papa, bitte.« Ich verdrehte die Augen. Mein Vater und Humor, echt. »Nein, ich wollte es mit zum Carlshof rübernehmen. Wir machen mit Jannis' Stute Gelassenheitstraining, und da dachte ich, das wäre ein guter Anfang.«

Papa rutschte ein paar Kartons zur Seite. »Ich dachte, Jannis geht so schlecht mit seinen Pferden um. Wieso hilfst du ihm jetzt?«

Während ich zwischen den Hinterlassenschaften von eineinhalb Jahrzehnten herumkramte, überlegte ich. »Weiß auch nicht genau. Vielleicht lernt er ja was.«

»Übernimm dich nicht, Frida. Du bist nicht für die Carlshof-Pferde verantwortlich.«

»Och, Papa!« Ich drehte mich wieder zu ihm um und stemmte die Hände in die Seiten, bis mir einfiel, dass sie vor Dreck starrten. Hastig streckte ich sie von mir weg. »Wieso traust du mir das denn nicht zu? Es geht nur darum, dass sie mehr Vertrauen gewinnt. Ich weiß schon, was ich tue.«

Plötzlich lächelte er ganz lieb. »Das stimmt. Ich möchte nur nicht, dass es dir neben der Schule und deinen Pferden zu viel wird.« Er merkte gar nicht, dass ich ihn verdutzt anguckte, sondern zeigte auf einen riesigen geschnitzten Kleiderschrank, den ich bisher lieber nicht geöffnet hatte. »Da oben! Warte, ich hole es dir runter.«

Ich war gerade mal noch zehn Zentimeter kleiner als Papa, aber der Größenunterschied hatte gereicht, dass mir das rote Auto ganz hinten auf dem Schrank nicht aufgefallen war. Papa stieg auf einen wackligen Hindernisblock, fischte unter viel Geächze und Gehuste das Bobbycar zwischen dem restlichen Gerümpel heraus und reichte es mir.

»Danke.« Ich bürstete den gröbsten Dreck mit einer ziemlich gerupft wirkenden Kardätsche weg, dann nahm ich das Ding mit auf den Hof. Papa knipste das Licht aus und folgte mir immer noch hüstelnd.

»Dadrin könnte auch mal wieder jemand aufräumen«, sagte er, aber es klang so unbestimmt wie immer, wenn in der Familie Beneke über notwendige Dinge mit niedriger Priorität gesprochen wurde.

»Vielleicht sollten wir Luise mal reinschicken«, meinte ich und erntete dafür eine erziehungstechnisch bedenkliche doppeldeutige Reaktion aus tadelndem Kopfschütteln und breitem Grinsen.

»Wann kommst du wieder?«, deutete Papa meinen eingeschlagenen Weg richtig, der mich um die Reithalle zum Haus führte, wo mein Fahrrad stand.

»Wird nicht länger als eineinhalb Stunden dauern«, antwortete ich und winkte ihm zu. »Entweder Dari kapiert, dass das Teil sie nicht umbringt, oder eben nicht.«

Mit dem Bobbycar auf dem Gepäckträger stemmte ich mich gegen den Wind, der heute garantiert noch Regen brachte. Hoffentlich blieb es wenigstens für die Lektion trocken, ich wollte ungern in die Halle gehen, wo uns alle zugucken konnten. Ein stilles Eckchen auf dem Dressurplatz nur für uns drei wäre mir lieber gewesen. Andererseits waren diese Böen auch nicht gerade förderlich für Daris Ausgeglichenheit. Manchmal reichten bei so einem Wetter ja schon ein paar Blätter, die vom Baum segelten, um nervöse Pferde in die Luft gehen zu lassen.

»Gut, dass du endlich kommst. Ich hab uns bis zur Springstunde um sechs die Halle reserviert und rangeschrieben, dass uns niemand stören soll«, beendete Jannis meine Überlegungen, als ich vor dem Carlshof bremste. »Was ist das?«, schob er mit einem misstrauischen Blick auf das Spielzeugauto hinterher.

»Man nennt es Bobbycar«, antwortete ich, und als er schon zu einer genervten Erwiderung ansetzte, ergänzte ich: »Für Dari ist das eine gute erste Übung. Was sie angeht, könnte so ein Bobbycar Zähne und Klauen haben wie ein Säbelzahntiger, das sagt ihr ihr Instinkt. Je öfter sie lernt, dass ein unbekannter Gegenstand nicht automatisch gefährlich ist, desto selbstbewusster wird sie.«

Jannis überlegte kurz, dann zuckte er mit den Schultern. »Klingt logisch.«

»Ja, ne?« Kopfschüttelnd ging ich an ihm vorbei auf die Halle zu. »Wer hätte gedacht, dass ich mir was Sinnvolles einfallen lasse?«

»Bitte entschuldige vielmals, Frida, ich wollte deine Kompetenz nicht infrage stellen. Brauchst nicht gleich sauer zu werden«, ätzte er, während er zu mir aufschloss. »Ein rosa Bobbycar war halt nicht das, womit ich gerechnet hatte.« Nach einer kurzen Pause fügte er grinsend hinzu: »Hätte nicht gedacht, dass du rosa Spielzeug hattest. Ist deine Bettwäsche immer noch von Prinzessin Lillifee?«

»Es war rot«, erklärte ich eisig. »Es stand nur zu lang in der Sonne. Und eine Prinzessin-Lillifee-Phase hatte ich nie.«

»Verstehe. Dann lass mich raten: ein Schimmel am Strand? Oder eine Araberstute mit Fohlen?«

Sein Grinsen war mittlerweile so breit, dass das Bobbycar quer hindurchgepasst hätte. Ich hatte keine Ahnung, warum er es für eine gute Idee hielt, mir so auf die Nerven zu gehen, solange ich bewaffnet war. Während ich gewaltsam den Gedanken an die putzigen Shetlandponys auf meinem Lieblingskissen verdrängte, das mich die ersten zehn Jahre meines Lebens hindurch getröstet hatte, stieß ich so beherrscht wie möglich hervor: »Meine Bettwäsche geht dich noch nicht mal dann was an, wenn du mir deine Star-Wars-Sammlung zeigst.«

Jannis stutzte einen Moment, dann pfiff er durch die Zähne. »Ich hatte das zwar nicht anzüglich gemeint, aber wenn du willst, zeig ich sie dir gern.«

Na toll. Gerade heute hatte ich mir einen Zopf geflochten. Meine Ohren leuchteten ihm bestimmt in ihrer ganzen roten Pracht entgegen. Mit dem letzten Rest Würde sagte ich: »Lass mal. Ich hab's nicht so mit Spielzeug«, dann zog ich mit Schwung das Tor zur Reithalle auf.

Hinter mir hörte ich nur ein unterdrücktes Prusten. Wann bitte hatte das Gespräch diese Wendung genommen? Schnell jetzt, ich brauchte dringend einen Themenwechsel.

Erleichtert sah ich, dass Jannis Dari schon in die Halle gebracht hatte. Als sie mich bemerkte, trabte sie auf mich zu. Ich schlüpfte durch die Tür in der Bande und kraulte zur Begrüßung ihr sandiges Fell.

»Fein«, murmelte ich. »Hast dich ja schon gewälzt. Kluges Mädchen. Mehr Arbeit für deinen Idioten von Besitzer.«

Wobei ich mir gerade eher selbst wie der Idiot vorkam.

Als meine Ohren aufgehört hatten zu glühen, drehte ich mich zu Jannis um. Er grinste nicht mehr ganz so breit, dafür hatte er eine nachdenkliche Miene aufgesetzt, die mir noch weniger gefiel. Ich deutete auf Dari.

»Lass sie ein paar Runden laufen. Wenn sie sich ausgetobt hat, fällt es ihr bestimmt leichter, sich zu konzentrieren.«

Wenigstens sparte er sich jeden Kommentar. Er nickte nur, schnappte sich die Longierpeitsche und trieb Dari an. Sie fiel in einen für ihre Verhältnisse ziemlich entspannten Trab. Na, wenigstens das machten sie halbwegs regelmäßig, darauf ließ sich ja vielleicht aufbauen.

Nach ein paar Runden vergaß ich die Peinlichkeit von eben. Es machte einfach nur Spaß, Dari beim Laufen zuzusehen, so schwungvoll war ihr Trab, so raumgreifend der Galopp. Leider war ich nicht zum Schwärmen hier. Das blöde Bobbycar wollte ich nicht umsonst mitgeschleppt haben. Ich winkte Jannis und er kam zu mir an die Bande.

»Und? Was hast du für ein Gefühl?«

Jannis runzelte die Stirn. »Ähm … ganz gut?«

Ich sah ihn einen Moment an, beließ es aber dabei. Dann bückte ich mich nach dem Bobbycar. »Also, pass auf: Du führst Dari auf dem Hufschlag und ich komme euch mit dem Ding hier von schräg vorne entgegen. Dann bleiben wir stehen und sie soll sich das Teil in Ruhe ansehen. Lass sie erst mal aus der Entfernung gucken, dann führ sie Schritt für Schritt näher ran, immer nur so viel, wie sie sich traut. Wenn sie einen Schritt macht, lob sie. Verstanden so weit?«

»Ist jetzt nicht irre kompliziert.«

Klar. Überheblich wie immer.

»Werden wir ja sehen.« Ich grinste ihn fies an, dann drückte ich ihm Führstrick und Gerte in die Hand und scheuchte ihn davon.

Aber es klappte tatsächlich ganz gut. Dari war eher irritiert als ängstlich, als ich mit dem scheppernden Auto auf sie zulief. Wir machten es wie abgesprochen, und Dari kam schon nach kurzer Zeit so nah heran, dass sie das Bobbycar beschnuppern konnte.

Irgendwann hob sie den Kopf und sah Jannis an, als wollte sie wissen, was genau er mit diesem roten Ding vorhatte.

Er lachte, deutete auf mich und sagte: »Da musst du sie fragen.«

Ich konnte gerade noch verhindern, dass ich nach Luft schnappte. Wo kam das denn her? Hatte der gerade kapiert, was sein Pferd ihm sagen wollte?

Wow. Ich war ein Genie. Eine Stunde Training mit mir und selbst die größten Ignoranten wurden zu Pferdemenschen.

Jannis sah mich irritiert an, aber ich schmunzelte nur in mich hinein.

»Was?«, fragte er irgendwann.

Ich zuckte mit den Schultern. »Nichts. War gut.«

Er nickte langsam, aber ich beachtete ihn nicht weiter, sondern wies ihn an: »Führ sie in die Mitte der Bahn. Ich gehe jetzt mit dem Bobbycar um euch herum und mache die Kreise immer enger.«

Auch das meisterte Dari super. Zwar drehte sie immer wieder den Kopf, wenn ich hinter ihr war, aber sie wirkte neugierig und interessiert. Erst als ich gerade außerhalb des Sicherheitsabstands stehen blieb und plötzlich lärmend losging, machte sie einen schnellen Schritt nach vorn.

»Lass sie stehen. Ja, genau. Gut. Und jetzt dreh sie um und komm mit ihr her.«

Jannis hielt Dari vor dem Bobbycar an. Ich zog am Seil und das Auto rollte rumpelnd hinter mir her. Dann schob ich es wieder in Daris Richtung. Ihr Kopf zuckte zurück, aber als Jannis ihr den Strick länger ließ, streckte sie den Hals und stupste das Bobbycar mit der Nase an. Es bewegte sich nur millimeterweise und machte auf dem weichen Hallenboden kein Geräusch, also folgte der nächste Stupser nur Sekunden später. Ich warf Jannis einen Blick zu, aber der war völlig fasziniert vom Forscherdrang seiner Stute. Nach ein paar Versuchen ohne nennenswerten Streckengewinn hatte Dari die Nasenstupser satt und gab dem Auto stattdessen einen kräftigen Stoß mit dem Vorderhuf. Das Poltern, das folgte, quittierte sie mit hoch aufgerichtetem Kopf und gespitzten Ohren, aber als sie sich überzeugt hatte, dass Jannis und ich ganz ruhig blieben, gewann die Draufgängerin in ihr wieder Oberhand und verpasste dem Bobbycar einen saftigen Tritt. Es schepperte gute fünf Meter von ihr weg, und ich war so überrumpelt, dass mir das Seil, mit dem ich das Auto gezogen hatte, durch die Hand rutschte. Ich rief »He!« und hechtete ihm hinterher. Jannis und Dari standen Schulter an Schulter, er streichelte ihr den Hals und sie grinsten über beide Ohren. Also, Jannis grinste, bei Dari strahlte der ganze Körper Freude aus. Und ein bisschen Selbstgefälligkeit. Sie war eben Jannis' Pferd.

Gespielt streng schüttelte ich den Kopf und zeigte auf Daris Halfter. »Mach sie los.«

Jannis öffnete den Panikhaken, ich knotete das Seil vom Bobbycar, dann traten wir beide ein paar Schritte zurück. Jannis blieb bei Dari, aber ich schlüpfte durch die Tür aus der Bahn und lehnte mich draußen an die Bande. Einen Moment zögerte Dari, dann fing sie an, das Auto kreuz und quer durch die Halle zu schieben. Erst suchte sie noch Jannis' Blick, eher für Beifall als zur Beruhigung, doch dann konzentrierte sie sich völlig auf ihr Spiel. Man konnte ganz klar sehen, wie stolz sie war, dass sie heute so viel gelernt hatte. Es war ein wunderschöner Moment.

Nach ein paar Minuten wurde es ihr langweilig. Sie schaute Jannis fragend an. Er warf mir über die Schulter einen Blick zu.

Ich nickte. »Das war's. Gute Arbeit. Loben und entspannen.«

Langsam ging Jannis auf Dari zu und klinkte den Strick ein. Er hob schon die Hand, um Daris Hals zu klopfen, da bremste er seinen Schwung. Anscheinend war bei dem Spaziergang gestern etwas hängen geblieben. Er grinste mich an, weil er wusste, dass ich sein Stocken bemerkt hatte, dann begann er, seine Hand über ihr Fell gleiten zu lassen.

Eine Weile sah ich zu, wie Jannis Dari streichelte und leise mit ihr sprach. Mehr als fernes Murmeln hörte ich nicht, aber das genügte schon, dass ich selber tief ausatmete. Es gab nichts Beruhigenderes als ein Pferd und seinen Menschen, die sich nahe waren. Und das hatte ich heute gelernt: Dari und Jannis waren ein Team.

Vielleicht war ich ein wenig zu streng mit Jannis gewesen. Vielleicht musste ich ihn doch noch nicht abschreiben.

Gerade als ich Jannis erinnern wollte, dass um sechs das Springtraining begann und bestimmt gleich die Ersten ihre Pferde aufwärmen oder Hindernisse aufbauen wollten, drehte er sich um und führte Dari zu mir herüber. Mir lief eine Gänsehaut über den Rücken, als ich sein Gesicht sah: Er strahlte. Er grinste nicht oder so, eher war es, als würde er von innen beleuchtet. Als würde irgendein Licht aus ihm herausscheinen.

Frida, ermahnte ich mich still. Jetzt reiß dich mal zusammen.

Ich wandte die Augen ab, doch es half nichts. Ich musste wieder hingucken, weil ich das bei Jannis noch nicht erlebt hatte – dass er ganz bei seinem Pferd war und bei sich. Als sie fast an der Bande waren, sah er mich an, aber diesmal wusste ich, dass kein blöder Spruch kam. Ich spürte seine Zufriedenheit.

Jetzt grinste er doch, und ich merkte, dass sich auch meine Mundwinkel nach oben bogen.

»Hat da jemand Blut geleckt?«

Das brachte ihn zum Lachen. »Sieht ganz so aus.« Er hielt meinen Blick immer noch. Junge, Junge, wie dieser Kerl gucken konnte. »Danke, Frida.«

Okay. Zufriedenheit *und* Dankbarkeit. Vielleicht war an der Sache mit dem Genie doch was dran.

»Gern geschehen«, sagte ich und nickte.

Im nächsten Moment erbebte die Tür hinter mir. Irgendjemand hämmerte von außen dagegen. Genervt drehte ich mich um.

Marcel streckte seinen Kopf herein. »Sagt mal, wie lang dauert das denn noch bei euch? Ich muss den Unterricht vorbereiten. Was treibt ihr dadrin bloß?«

»Wir sind fertig«, antwortete ich und öffnete die Tür in der Bande für Jannis und Dari. Hinter ihnen lief ich auf die andere Seite der Halle und holte das Bobbycar.

Als ich draußen zu Jannis aufschloss, fiel Marcels Blick auf mich, und er fing an zu lachen. »Was wird das denn? Was habt ihr mit dem Teil angestellt?«

Ich seufzte. Freundlicherweise übernahm Jannis das Antworten.

»Wir machen mit Dari Gelassenheitstraining. Was dagegen?«

Marcel setzte ein total bescheuertes Gesicht auf, als müsste er sich schwer zusammenreißen, um nicht brüllend loszulachen. »Gelassenheitstraining? Im Ernst? Was hast du mit der Stute vor? Turniere gehen oder Zirkustricks aufführen?«

Ich wandte mich wortlos ab, aber Jannis kam seine Überheblichkeit tatsächlich mal im rechten Moment zugute.

»Spar dir deine Kommentare«, sagte er in seinem besten Ich-hab-hier-das-Sagen-Ton. »Dari hat Spaß, und es schadet nichts, wenn sie mal was anderes sieht als immer nur den Springplatz.

Vielleicht sollten wir sogar überlegen, so was bei allen Pferden auf den Trainingsplan zu setzen.«

»Bobbycars. Alles klar.« Marcels Grinsen zeigte ganz deutlich, was er von dem Gedanken hielt. »Dann baue ich mal die Sprünge für den Unterricht auf. Manche Leute wollen hier ja richtig arbeiten.«

»Viel Erfolg«, presste Jannis zwischen zusammengebissenen Zähnen hervor, drehte sich um und führte Dari zum Stall. Ich erwiderte Marcels spöttischen Blick und konnte mich gerade noch zurückhalten, ihm die Zunge rauszustrecken, bevor ich Jannis und Dari folgte.

Jannis

Stöhnend ließ ich mich neben Mama auf ihre heißgeliebte Gartenbank vor dem Küchenfenster fallen. Sie musterte mich kurz und hielt mir eine Kaffeetasse entgegen, aber ich schüttelte den Kopf.

Mit der Schulter stupste sie mich an und lächelte, dann richtete sie ihren Blick wieder auf den Garten und trank genüsslich einen Schluck. Sie kam mir vor wie eine Katze auf der Ofenbank. Es war ja auch fast so warm, der Spätsommer hatte sich noch mal ins Zeug gelegt und bescherte uns in dieser windstillen Ecke einen Sonnennachmittag. Mama kam selten genug dazu, sich mit einer Tasse Kaffee auf die Terrasse zu setzen, aber heute schien sie ihren Feierabend wirklich zu genießen. Fehlte nur noch, dass sie anfing zu pfeifen.

»Ich glaube, die Äpfel an dem Baum da sind reif.« Sie guckte nach rechts, wo sich die Äste eines ziemlich kleinen Baums unter ziemlich großen, rotwangigen Äpfeln bogen. »Sollen wir am Sonntag einen Apfelkuchen backen?«

Mein Kopf schnellte zu ihr herum. »Mutter, ich möchte dich daran erinnern, dass dein letzter Apfelkuchen ein Fall für die Versicherung war.«

Sie lachte. »Du Quatschkopf. Das lag nur daran, dass Berlin kein förderliches Umfeld fürs Backen ist. Hier oben kann man gar nicht anders, als zu backen und Marmelade einzukochen.«

Ich machte ein entsetztes Gesicht, aber wieder lachte sie nur und strubbelte mir durch die Haare. Sie wirkte richtig glücklich, als sie sich zurücklehnte und mit einem Ausdruck den Garten betrachtete, der an Stolz grenzte. Da war es schwer, cool zu bleiben.

»Dir geht's gut, oder?«

Sie strahlte mich an, aber auf eine ganz stille Art. Dann wandte sie sich wieder dem Garten zu, und plötzlich grinste sie wie ein Honigkuchenpferd. »Saugut.«

Mein Blick schweifte über das Gras, den Teich und die Blumenbeete, in denen es nur so summte. Es war schon ziemlich nett hier.

»Was habt ihr denn Schönes gemacht?«, fragte Mama nach einer Weile.

»Hm?«

»Na, Frida und du.«

»Du meinst, Dari, Frida und ich.«

»Klar.«

Ich legte den Kopf in den Nacken und atmete tief ein. »War anstrengend heute. Ich glaube, wir waren ein bisschen verwöhnt, weil Dari bisher so gut mitgearbeitet hat. Das Bobbycar am Anfang war fast noch das Schwierigste, damit wusste sie noch nicht recht was anzufangen. Mit dem Rappelsack kam sie total gut klar und mit den Regenschirmen hatte sie gar kein Problem. Aber heute mit der –«

»Was ist denn ein Rappelsack?«, unterbrach Mama mich.

»Ach, einfach ein Müllsack mit leeren Konservendosen drin. Macht einen Höllenlärm, aber Dari fand das eher lustig.«

»Und heute?«

Ich streckte meine Beine aus und verschränkte die Hände im Nacken. »Heute sollte sie über eine Plane gehen, aber damit hatte sie Schwierigkeiten. Ich glaube, sogar Frida war überrascht. Obwohl … Ich weiß gar nicht, ob die noch was überraschen kann, was Pferde angeht.« Mama schmunzelte, und erst da merkte ich, was ich gesagt hatte. Wann, bitte schön, hatte sich Frida in Pferdeprofi Nummer eins verwandelt? »Jedenfalls war es am Ende schon ein Erfolg, als sie sich mit den Vorderbeinen auf die Plane gestellt hat. Das wird noch Arbeit, bis sie da locker ist.«

Mama lächelte noch immer, als sie mich ansah. Was war denn in diesem Kaffee? Vielleicht sollte ich doch was davon trinken.

»Und du denkst, es hilft ihr, die alte Sicherheit wiederzufinden?«

Ich zögerte, weil ich nicht wusste, ob das noch der Punkt war. Mit dem Gelassenheitstraining hatte ich angefangen, weil Frida meinte, Dari würde dadurch selbstbewusster werden, und das konnte ja nicht schaden. Mittlerweile hatte ich aber den Eindruck, dass es gar nicht so sehr um Dari allein ging. Wir hatten uns während der Arbeit mit Frida besser kennengelernt und irgendwie schien sie sich mehr auf mich zu verlassen.

Ich merkte, dass Mama mich immer noch erwartungsvoll ansah, und nickte. »Das auch, ja. Aber da ist noch was anderes. Ich glaube, sie hat mehr Vertrauen in mich.«

Ob Mama verstand, was ich meinte, weiß ich nicht, denn in dem Moment raschelte es, als jemand unter den tief hängenden Ästen eines Obstbaums auftauchte. Mama hob fröhlich die Hand, als wir unseren Tierarzt erkannten. Den schönen Florian, wie er laut Annika in der Gegend inoffiziell hieß. Ich musste mir auf die Lippe beißen, um nicht breit zu grinsen. Andere Leute hatten es auch nicht leicht.

»Eva, Jannis, grüß euch.« Er blieb vor uns stehen und lächelte.

»Schön, dich zu sehen, Florian. Hast du Zeit für einen Kaffee?« Mama deutete hinter sich zum offenen Küchenfenster.

Florians Augen wurden groß und rund, als wäre er ein Junkie

auf Entzug. »Die Zeit nehm ich mir.« Er griff nach drinnen auf die Arbeitsplatte, schenkte sich Kaffee und Milch ein und ließ sich mit seiner Tasse neben Mama auf die Bank sinken.

Eine Weile saßen wir zu dritt einfach da und, keine Ahnung, hörten der Amsel oben auf dem Dachfirst zu oder beobachteten die Wasserläufer auf dem Teich. Es war jedenfalls ziemlich entspannt für drei Leute, die sich noch nicht gut kannten. So entspannt, dass mir der Gedanke kam, Florian könnte eventuell schon den einen oder anderen Kaffee bei Mama getrunken haben.

»Das ist wirklich ein besonderes Fleckchen. Ich wusste gar nicht, dass zum Carlshof so was Hübsches gehört.« Florian lächelte Mama an.

»Ein bisschen Anstrengung und eine ordentliche Portion Farbe hat es gebraucht«, Mama lächelte zurück, das konnte ich hören, »aber jetzt fühlen wir uns sehr wohl hier.«

»Sie will sogar backen.« Ich setzte eine sorgenvolle Miene auf, lehnte mich nach vorn und sah Florian an. »Komm also am Sonntag lieber nicht zum Kaffee.«

Mama schüttelte den Kopf und er lachte.

»Okay, ich bin gewarnt. Wobei ich sogar probieren würde, wenn am Montag was übrig ist.«

»Falls wir dann noch leben«, warf ich ein, aber Mama beachtete mich gar nicht, sondern fragte besorgt: »Musst du denn am Montag noch mal kommen wegen Carte blanche?«

»Nicht wenn die Schwellung zurückgeht. Ich hab Tadeusz ein Gel dagelassen, damit solltet ihr die Entzündung in den Griff bekommen. Gebt mir einfach Bescheid, wenn sie am Montag noch nicht normal belastet.«

Als Mama nicht antwortete, sah Florian so aus, als wollte er noch irgendwas Aufbauendes sagen, aber mit den Nettigkeiten reichte es jetzt. Mir war gerade etwas eingefallen. »Sag mal, Florian, sollte ich Dari mit einer anderen Stute auf die Koppel stellen?«

Einen Moment lang wirkte er, als hätte ich ihn aus dem Konzept gebracht, aber dann nickte er. »Natürlich. Mit mehr als einer, wenn das klappt. Weidegang in der Gruppe ist immer förderlich. Du musst dir vorher nur die Gruppe gut ansehen, damit du bei den Rangkämpfen keine böse Überraschung erlebst.«

Hatte ich es doch gewusst. »Böse Überraschung« war ein ganz schlechtes Stichwort. »Also könnte sie verletzt werden, wenn es blöd läuft?«

Florian hob die Augenbrauen. »Wenn es blöd läuft, ja. Aber sie könnte auch auf dem Weg von der Box zum Platz ausrutschen und sich verletzen.« Sein Mundwinkel zuckte. »Pferde sind verträgliche Tiere, Jannis. Hab ein bisschen Vertrauen.«

»Seine Spezialität.« Mama lachte. »Ist das mit dem Koppelgang auch eine von Fridas Ideen?«

Statt zu antworten, verzog ich nur den Mund.

»Frida Beneke?« Florian grinste. »Ich dachte mir schon, dass ich sie vorhin hab wegradeln sehen. Dann bring Dari lieber gleich raus. Frida setzt sich am Ende ja doch durch.«

Ich lehnte mich zurück und atmete tief aus. Den Eindruck hatte ich neuerdings auch.

Über Nacht hatte der Wind aufgefrischt und dicke Wolken von der Ostsee hereingeweht. Während des Frühstücks prasselte immer wieder Regen gegen das Fenster, aber da heute Morgen zwei Stunden ausfielen, wollte ich mit Dari vor der Schule noch in die Halle.

»Soll ich mitkommen?« Mama guckte in den Dunst hinaus und verzog das Gesicht. »Ich müsste zwar eigentlich Buchhaltung machen, aber ich glaube, dafür brauche ich besseres Wetter.«

Während der letzten Woche war so viel los gewesen, dass Mama es nicht geschafft hatte, mit Dari und mir zu arbeiten, deswegen war ich natürlich sofort dabei. Während ich Dari fertig machte, baute Mama einen kleinen Parcours auf. Marcel hatte frei und kam erst zum Nachmittagsunterricht wieder, deswegen hatten wir die Halle für uns allein.

Es war das beste Training seit Langem. Vielleicht half es, dass es im Stall so ruhig war, jedenfalls war Dari hoch konzentriert. Sie reagierte auf die feinste Hilfe und wir trafen fast jeden Absprung auf den Punkt. Der Nervenkitzel, das Gefühl, als würden wir fliegen, die Euphorie bei der Landung, wenn wir schon das nächste Hindernis im Blick hatten – es war perfekt. Ich hatte seit Wochen nicht mehr so viel Spaß im Sattel gehabt.

Auch Mama war zufrieden. »Super«, sagte sie und strahlte mich an, als ich nach dem letzten Sprung auf sie zuritt. »Das sah wirklich gut aus. Wenn ihr so weitermacht, dann melden wir sie in zwei Wochen in Breese, okay?«

»Hast du gehört, Dari?« Ich strich ihr über den feuchten Hals. »Wir sind wieder am Start.«

Mama nahm die Abschwitzdecke von der Bande und legte sie Dari mit Schwung über die Kruppe, aber in dem Moment klingelte ihr Handy. Dari riss den Kopf hoch und machte einen Satz, der mich kalt erwischte.

»Ho, ho, alles gut«, redete ich auf sie ein, während ich mich wieder sortierte.

Mama machte ein genervtes Gesicht, nahm den Anruf aber an.

»Hallo, Björn.« Sie bückte sich, um die Decke aufzuheben, die bei Daris Aussetzer heruntergerutscht war.

Ich entschied mich, dass ich sie jetzt eben ohne Decke trocken ritt, um so schnell wie möglich Abstand zwischen mich und dieses Handy zu bringen.

Dabei hatte der Morgen so friedlich begonnen.

Leider war selbst diese Reithalle nicht groß genug, um Björn zu entkommen, denn Mama wurde immer lauter.

»Jetzt reg dich nicht auf«, schnauzte sie ihn an. »Was soll das denn? Nein, wir waren am Wochenende nicht in Neubrandenburg, ja und? Jannis lässt Dari Zeit bis zum nächsten Turnier, sie –«

Anscheinend hatte er sie unterbrochen, denn sie hörte ihm eine Weile zu, bevor sie weiterredete: »Björn … Björn … Das ist doch Unsinn. Nein, ich lasse die beiden nicht starten, wenn sie sich nicht hundertprozentig wohlfühlen. Es ist nicht gut gelaufen in Langendorf, da musst du auch mal Rücksicht nehmen.«

Es folgte wieder Stille, allerdings meinte ich, dass ich jetzt Björns Gekeife hören konnte. Anscheinend hatte er sich in Rage geredet. Vielleicht waren wir aber auch nur zu nah gekommen. Dari hob alarmiert den Kopf, als wir an Mama vorbeigingen, also versuchte ich, tiefer zu atmen. Aufregen konnte ich mich später auch noch, da musste ich jetzt unser Training nicht ruinieren.

»Es läuft aber nicht wie mit Tino. Tino hat so viel Routine, wie ein Pferd nur haben kann! So eine junge Stute muss sich entwickeln!« Pause. »Björn, ich diskutiere nicht mit dir. Du warst nicht hier, du kannst das nicht beurteilen. Jannis ist fast jeden Tag mit ihr auf dem Platz und außerdem macht er Gelassenheitstraining. Gerade eben haben sie zwei Dutzend saubere Sprünge … Na, Gelassenheitstraining eben. Bodenarbeit. Ich finde das sinnvoll.«

Ein Griff unter Daris Sattel zeigte mir, dass wir das Elend hier nicht unnötig verlängern mussten und sie trocken genug war, um in die Box zu gehen. Ich parierte sie durch, saß ab und zog ihr die Zügel über die Ohren, ohne weiter hinzuhören. Dann führte ich sie aus der Halle.

Na, Kinners, wieder auf dem Weg in den Zirkus? Und heute mit Verstärkung?«

Mann! Ich kam ja gern zu Dari auf den Carlshof, aber dieser Bereiter ging mir wirklich auf den Keks. Jedes Mal, wenn er uns trainieren sah, musste er einen blöden Kommentar dazu abgeben. Langsam nervte es.

Vom Rücken eines nervösen Schimmels herunter sah Marcel Jannis kopfschüttelnd an. »Ich weiß echt nicht, warum du mit diesem Quatsch deine Zeit verschwendest. Ihr hättet beide mehr davon, wenn du mit Darina öfter springen würdest. Ich hab's deiner Mutter gesagt – ich kann dir helfen, wenn du willst.«

Jannis antwortete kurz angebunden: »Super, danke. Ich komme drauf zurück.« Dann führte er Dari weiter und murmelte: »Nur über meine Leiche.«

Allerdings klang er kleinlauter als sonst. Das konnte ich ihm nicht verübeln. Wir versuchten seit einer Woche, Dari dazu zu bewegen, über eine Plane zu laufen, aber sie benahm sich immer noch so, als würde sich darunter ein Abgrund auftun. Wenn es heute nicht klappte, würde ich das Training mit der Plane abbrechen und mir etwas Neues einfallen lassen.

Doch diesmal hatte ich meine Geheimwaffe dabei. Sie war vielleicht nur zweiundneunzig Zentimeter groß, aber ich hatte noch nie mitbekommen, dass etwas Dotty aus der Ruhe gebracht hatte. Sie machte alles mit: Reiterspiele, Agility, auch die Zirkustricks, über die Marcel so gern herzog. Sie war sogar durch einen Flatterbandvorhang, den ich aus einer goldknisternden Rettungsdecke geschnitten hatte, hindurchgegangen, ohne mit der Wimper zu zucken.

Neben der langbeinigen, glänzend schwarzen Dari wirkte Dotty mit ihren braunen Flecken und der Wuschelmähne wie ein sommersprossiges Wollknäuel, aber sie blähte die Nüstern und blickte sich aufmerksam um, um auch nur ja nichts von ihrem Abenteuer in dieser fremden Umgebung zu verpassen. Zwischen all den eleganten Sportcracks, die uns auf dem Weg zum Dressurplatz entgegenkamen, wirkte sie nicht im Mindesten eingeschüchtert. Sie war zum Knutschen.

Jannis musterte Dotty skeptisch. »Und du glaubst wirklich, dass dieses … Pony da ein positiver Einfluss für Dari ist?«

Immer nur am Meckern, der Kerl. »Jannis, Pferd ist Pferd. Wenn Dotty ihr nicht helfen kann, dann kann ihr keines helfen. Mein Vater sagt immer, Dotty sollte eigentlich Bruce Willis heißen.«

»Weil sie flucht und im Unterhemd rumrennt?« Jannis lachte in sich hinein.

Ich verdrehte die Augen. »Ich vermute, er meint eher, dass sie Nerven hat wie Drahtseile.«

Und das bewies ich ihm in der folgenden halben Stunde.

Als Jannis mit Dari am Strick auf Dotty und mich zukam, hielt er mir die Hand hin, und ich schlug ein. Mission erfüllt.

Anfangs hatte sich Dari noch ein bisschen geziert, aber dann war Dotty so selbstverständlich kreuz und quer über die Plane gelatscht, dass sie sich wohl albern vorkam. Erst mit zwei, dann mit drei und schließlich mit vier Hufen wagte sie sich auf die Folie und blieb dort stehen. Jannis lobte sie ordentlich, und irgendwann drehte sie den Kopf und sah mich an, als wüsste sie selber nicht, wo das Problem gelegen hatte.

Mittlerweile hatte Jannis sie aus allen möglichen Richtungen über die Plane geführt, sie darauf anhalten lassen und sie sogar rückwärtsgerichtet. Sie zuckte nicht einmal mehr mit den Ohren, sondern streckte den Hals und schnaubte immer wieder ab.

»Das reicht für heute«, rief ich Jannis zu. »Lass sie ein bisschen spielen.«

Ich machte Dotty los, die nach kurzem Zögern auf Dari zuging und sie vorsichtig beschnupperte. Jannis kam zu mir zum Zaun und wir stellten uns auf die andere Seite und sahen den Stuten zu. Nach kürzester Zeit hatten sie sich angefreundet, aber dann wurde Dotty das höfliche Bekanntmachen zu langweilig. Sie schnappte sich die Plane mit den Zähnen und zog sie hinter sich her.

»Das glaub ich ja nicht.« Jannis lachte, während wir beobachteten, wie Dotty Dari zum Spielen aufforderte. Immer wieder zog sie die Plane weg, legte sie ab und sah sich nach Dari um, bis die ihr nachkam. Kaum wollte Dari einen Huf auf die Folie stellen, zerrte Dotty das Ding ein Stück weiter, bis Dari sie trabend umkreiste und immer wieder antäuschte, so als wollte sie sich die Plane schnappen. Die Mädels hatten einen Heidenspaß.

Ich legte das Kinn auf meine Unterarme und lächelte vor mich hin.

»Alle Achtung«, sagte Jannis leise und drehte den Kopf zu mir. »Ich ziehe den Hut.«

Ich konnte nicht verhindern, in ein breites Grinsen auszubrechen. Sehr, sehr breit. Aber dann überraschte er mich noch mehr.

»Dari kriegt momentan übrigens eine Menge frische Luft.« Jannis blickte zurück zu den beiden Stuten. »Und ich glaube, ich kann meine Hausaufgaben dann auch wieder in meinem Zimmer machen.«

Einen Moment lang verstand ich nicht, was er mir sagen wollte, aber dann lachte ich auf. »Du hast dich danebengesetzt, während Dari auf der Koppel war?«

Er lächelte ein bisschen verschämt. »Na ja, hätte ja sein können, dass sie mit Selma nicht klarkommt. Oder Selma mit ihr.«

»Diese kleine Braune?«

Er lachte und deutete mit dem Kinn auf Dotty. »Klein ist relativ. Aber du meinst schon die richtige.«

Ich grinste wenn möglich noch breiter. »Und bis jetzt ist keinem Pferd was passiert?«

Jannis kaute einen Moment auf seiner Unterlippe herum. »Es war erstaunlich friedlich.«

Ich hatte gar keine Gelegenheit, mich über Jannis' neuen Schritt zur Erleuchtung zu freuen, denn zwischen uns tauchte Annika auf, legte einen Arm um Jannis' Hüfte und drückte ihm einen fetten Kuss auf den Mund.

Das kam unerwartet.

»Hallo«, meinte sie und lächelte ihn an, dann guckte sie zu mir. »Hallo, Frida. Seid ihr fertig für heute?« Ihr Blick fiel auf die beiden Pferde. »Ist das Dotty? Ist ja witzig!«

Was daran witzig war, verstand ich nicht. Fragen konnte ich aber nicht, weil auch die letzte meiner Gehirnzellen damit beschäftigt war, das, was ich gerade gesehen hatte, zu verarbeiten. Annika und Jannis? Wann war das denn passiert?

»Ähm …«, kam irgendwann aus meinem Mund, und im selben

Moment sagte Jannis: »Äh … Frida … Annika und ich sind übrigens zusammen.«

Ach was. So viel hatte ich mir auch schon zusammengereimt.

Langsam erholte sich mein Gehirn von seinem Schockzustand. Ich glaube, ich bekam sogar ein fröhliches Lächeln hin.

»Schön«, zwitscherte ich. »Dann will ich euch nicht länger stören. Bis dann!«

Ich winkte und erinnerte mich gerade noch rechtzeitig daran, dass ich ein Pferd mit nach Hause nehmen musste. Die Peinlichkeit, noch mal umzukehren, ersparte ich mir gern.

Jannis

»Ho, ho!« Beruhigend strich ich Dari über den Hals. »Was ist denn mit dir los?«

Mit aufgerissenen Augen beobachtete sie einen Regenponcho, den eine kräftige Bö gerade quer über den Innenhof jagte. Ich fühlte ihren schnellen Puls unter meinen Fingerspitzen.

»Welcher Vollidiot lässt da seine Regenausrüstung rumliegen?«, fragte ich in möglichst sachlichem Ton drei Reitschülerinnen, die darauf warteten, von ihren Eltern abgeholt zu werden. Lieber hätte ich sie ja angeschnauzt, aber erstens konnten sie wahrscheinlich nichts dafür, dass da jemand noch nichts von den grundlegenden Sicherheitsregeln im Umgang mit Pferden gehört hatte, und zweitens wollte ich Dari nicht zusätzlich aufregen.

Eins der Mädchen kapierte, worauf ich zeigte, und lief dem Poncho hinterher. Sie bemühte sich um einen halbwegs ruhigen Schritt, was es natürlich schwieriger machte, das Teil einzufangen, aber wenigstens war ihr bewusst, dass man in der Nähe von Pferden nicht rannte.

Als sich Dari davon überzeugt hatte, dass von dem Poncho keine Gefahr drohte, führte ich sie weiter Richtung Springplatz. Vielleicht wäre es bei dem Wind besser gewesen, in die Halle zu gehen, aber Marcel hielt eine Stunde, und da war es mir lieber, hier draußen allein zu trainieren.

Beim Aufwärmen ging mir Daris Hopser eben nicht aus dem Kopf. Ich konnte mich nicht erinnern, dass sie sich jemals vor einer

Folie oder so etwas erschrocken hatte. Klar, mit Fridas Plane hatte sie Schwierigkeiten gehabt, doch da musste sie auch draufsteigen, ohne zu wissen, was darunterlag. Aber es passierte ja ständig, dass jemand in der Halle seine Jacke auszog oder auf einem Turnier eine Tüte herumflog, und nichts davon hatte Dari bisher gejuckt. Noch seltsamer fand ich, dass sie vorhin richtig in Panik geraten war, sie hatte sogar angefangen zu schwitzen.

Ich konzentrierte mich darauf, wie sie jetzt ging, doch ihr Trab war schwungvoll wie immer und ihr Atem gleichmäßig. Nach ein paar Minuten schnaubte sie dann auch ab.

Vielleicht war das nur ein dummer Zufall und Dari gerade auf etwas anderes konzentriert gewesen. Vielleicht machte ich mir viel zu viele Gedanken um nichts. Ich zog den Sattelgurt nach und begann mit dem Training.

Irgendwann merkte ich, dass Annika auf dem Zaun saß und mir zusah. Ich ritt hinüber, parierte durch und beugte mich zu ihr, um sie zu küssen. Sie schmeckte nach Orange und Pfefferminz.

»Hey«, sagte sie und lächelte.

»Hey.«

»Ich dachte, ich gucke mal vorbei, bevor ich Taipeh fertig mache.«

»Da hattest du aber einen guten Gedanken.«

Sie grinste und zeigte auf Dari. »Wie läuft's?«

Ich zuckte mit den Schultern und kraulte Daris Hals. »Ist ein komischer Tag heute. Vielleicht liegt's am Wind, aber sie war schon aufmerksamer.«

Annika verzog den Mund. »Blöd. Wo's doch in den letzten Tagen bergauf ging.« Sie kniff die Lippen zusammen, was bei anderen sicher verbissen gewirkt hätte, bei ihr aber einfach niedlich aussah. »Warum kommst du nicht in die Halle und machst die Springstunde bei Marcel mit? Ich weiß, da reitet keiner auf deinem Niveau, aber vielleicht wäre Dari ruhiger.«

Dari vielleicht schon, ich sicher nicht. Mit den Reitschülern machte Marcel das ja ordentlich, aber so weit kam es noch, dass ich mir von ihm Unterricht geben ließ.

Annika schien zu merken, was ich dachte, denn sie schüttelte den Kopf. »Ich kapiere echt nicht, was du hast. Marcel ist ein Spitzenreitlehrer. Ist das irgend so ein Männerding, dass du dir von ihm nichts sagen lassen willst?«

Es lag ganz sicher nicht daran, dass Marcel ein Mann war, sondern daran, dass Marcel Marcel war, aber wahrscheinlich wollte Annika das nicht hören. Half nur nichts.

»Marcel und ich sind einfach nicht ganz auf einer Wellenlänge, das ist alles.«

Sie verdrehte die Augen. »Aber du und Frida, oder wie? War die nicht am Samstag schon wieder da? Von ihr lässt du dir doch auch was sagen.«

Hoppla. Wo kam das denn her? »Mit Frida ist das völlig anders. Die weiß Dinge, von denen träumt Marcel nicht mal.« Ich auch nicht, aber man musste ja nicht komplett die Hosen runterlassen.

»Mhm.«

Anscheinend war Krisenintervention gefragt. Ich saß ab, zog Dari die Zügel über den Kopf und stellte mich vor Annika.

»Hey.« Ich sah ihr in die Augen.

Als sie anfing zu lächeln, küsste ich sie erst mal ordentlich. Nach ein paar Sekunden legte sie mir die Arme um den Hals. Ich zog sie näher an mich, aber da prustete Dari und ruckte mit dem Kopf, und ich machte einen Schritt nach hinten, um das Gleichgewicht zu halten. Wir mussten lachen.

Schmunzelnd streichelte ich Annika übers Knie. »Ich weiß, dass du Frida nicht besonders magst, aber für Dari hat sie wirklich ein Händchen. Und solange es für Dari gut ist, versuche ich einfach alles. Bei Marcel ist es anders, der zieht sein Programm durch. Ich glaube nicht, dass Dari ein Pferd ist, mit dem du normales Programm machen kannst.«

Sie atmete tief durch. »Verstehe ich ja. Aber Frida ist so oft hier, die sieht dich häufiger als ich.«

»Sie sieht Dari häufiger als du. Ich interessiere Frida nicht die Bohne.«

»Mhm.«

Okay, da war jemand hartnäckig. Neuer Versuch.

»Hast du mich nicht erst darauf gebracht, dass Frida eine Pferdeflüsterin ist?« Ich grinste. »Ohne dich wäre ich gar nicht auf die Idee gekommen, sie mit Dari arbeiten zu lassen.«

Das war die falsche Taktik. Annika nickte ernst, schob mich von sich weg und rutschte vom Zaun. »Schon klar. Na ja. Ich geh dann mal. Gutes Training dir noch.«

Ich sah ihr hinterher, wie sie Richtung Stall verschwand, und atmete tier durch. Hoffentlich bahnte sich da mal kein Problem an.

Frida

»Du, Frida?«

Ich sah nur kurz von meinem Hefteintrag über Fotosynthese auf. »Hm?«

»Hast du dich mit Annika gestritten?«

Linh packte mich am Ärmel und bugsierte mich um eine Säule herum, gegen die ich um ein Haar gerannt wäre. Auf dem Weg in den Bio-Saal war sie jeden Mittwoch meine Schülerlotsin. Dr. Balthasar hatte mich dermaßen auf dem Kieker, da musste ich jede Sekunde zum Last-minute-Lernen nutzen. Linh wusste das, deswegen wunderte es mich, dass sie ausgerechnet jetzt mit einem so unwichtigen Thema ankam.

Ich schüttelte den Kopf. »Nee. Wie kommst du darauf?«

Linh runzelte die Stirn. »Ich dachte nur. Die wirft dir seit Tagen dermaßen giftige Blicke zu, dass ich Angst hätte, dich mit ihr allein zu lassen. Hast du das gar nicht gemerkt?«

»Nö. Die guckt doch immer so. Außerdem kann ich mich jetzt echt nicht um Annika kümmern, es geht hier ums Überleben.«

Ich starrte wieder auf mein Blatt und versuchte, mir den Bau einer Pflanzenzelle einzutrichtern. Nur Sekunden später rempelte Linh mich an und bewahrte mich dadurch gerade noch vor einem Zusammenprall mit einem Oberstufenschüler, der um die Schultern rum so breit war, dass er wahrscheinlich nur seitwärts durch die Tür passte. Mann, Mann, der Verkehr hier auf dem Naturwissenschaftsgang wurde auch immer schlimmer.

Als Linh mich unversehrt in den Bio-Saal geschleust hatte, merkte ich, dass Chlorophyll und Co. seit einigen Minuten leider nicht mehr meine volle Aufmerksamkeit genossen. Wenn Linh meinte, mich vor Annika warnen zu müssen, machte ich mir vielleicht lieber selbst ein Bild der Lage. Doch kaum hatte ich einen Blick in die letzte Reihe geworfen, drehte ich den Kopf und fixierte mein eigenes Pult.

Nein, Annika hatte mich nicht fies angeguckt, dafür war sie zu sehr damit beschäftigt, Jannis die Zunge in den Hals zu stecken. Oder die Seele auszusaugen. Oder was auch immer. Meine Güte, hatten die keinen Heuboden?

Mein Gehirn hatte gerade begonnen, eine Verknüpfung zwischen Linhs Beobachtung und der Tatsache herzustellen, dass ich in der letzten Woche überdurchschnittlich oft auf dem Carlshof gewesen war (um nicht zu sagen, täglich), als Dr. Balthasar meine Überlegungen damit unterbrach, dass sie die Tür hinter sich ins Schloss warf, ihre Tasche auf den Tisch knallte, mit quälender Langsamkeit eine Mappe herauszog und den Gummibandverschluss löste.

Womit die Katastrophe ihren Anfang nahm.

»Ist nicht gut gelaufen, was?« Linh zog sich das T-Shirt über den Kopf und hängte es an einen Haken.

Eigentlich hatte ich auch jetzt noch keine Lust, über diesen erneuten Reinfall zu reden, aber Linh ließ ja doch nicht locker. »Wie kommst du drauf?«

»Du hast nach drei Minuten begonnen, aus dem Fenster zu starren, und nicht mehr damit aufgehört.«

Während ich meine Leggins entwirrte, sah ich Linh an. »Solltest du dich bei einem Test nicht lieber auf deine eigene Arbeit konzentrieren?«

»Hab ich. Zwischendrin war aber noch genug Zeit, mir Sorgen um dich zu machen.«

Ich rieb mir übers Gesicht. Linh meinte es ja gut, ich wusste nur nicht, was es helfen sollte, wenn wir jede verhauene Arbeit durchdiskutierten. Meine Angst wurde dadurch nicht kleiner. Bei Dr. Balthasar war es eben besonders schlimm, denn die wartete nur darauf, dass ich wieder versagte.

Aber Linh wollte eine Antwort, also sagte ich: »Musst du nicht. Beim nächsten Mal lerne ich einfach mehr, dann gleiche ich das sicher wieder aus.«

»Frida.« Linh setzte sich neben mich und senkte ihre Stimme, weil mittlerweile fast alle anderen Mädchen aus der Klasse auch in der Umkleide waren. »Am Lernen liegt es doch nicht.«

»Ja, ich weiß!« Ich wurde lauter. »Aber ich habe einfach keine Ahnung, was ich machen soll!«

»Für den Anfang würde es vielleicht schon helfen, die Finger von den Freunden anderer Leute zu lassen.«

Linh und ich schreckten hoch. Annika hatte sich neben uns aufgebaut und starrte mit verschränkten Armen auf mich herunter. Ich hatte keine Ahnung, wie viel von unserem Gespräch sie mitbekommen hatte. Hinter ihr giggelten Carina und Lilja vor sich hin.

Na großartig.

Angesichts unserer Verblüffung beugte sich Annika voller Genugtuung ein Stück vor. »Hast du also wieder einen Test verhauen? Der wievielte ist das dieses Schuljahr? Bist du sicher, dass du auf dem Gymi richtig aufgehoben bist?« Sie richtete sich auf und lächelte kalt. »Wir haben doch so tolle Gesamtschulen in der Stadt.«

Mein Hirn fühlte sich an wie eine rote Glühbirne, leer und heiß. Wie kam die denn bitte dazu, sich einzumischen? Auch Linh wusste anscheinend nicht, was sie sagen sollte. Ich sprang auf die Füße, um wenigstens die richtigen Größenverhältnisse wiederherzustellen.

Doch Annika war in Fahrt. Sie stellte sich direkt vor mich und zischte: »Aber weißt du, was ich glaube? Du wärst in der Schule nicht so ein Totalversager, wenn du dich nicht dauernd an Jannis ranschmeißen würdest.« Sie stieß mir gegen die Schulter. »Er ist *mein* Freund, klar? Lass ihn in Ruhe. Dann hast du vielleicht auch wieder Zeit für deine Hausaufgaben.«

Mittlerweile waren so ziemlich alle auf Annika aufmerksam geworden und beobachteten uns mit unverhohlenem Interesse. Ich machte den Mund auf, was sinnlos war, weil ich es in Sachen Schlagfertigkeit gerade nicht mal mit einem Fisch aufgenommen hätte.

Wenigstens hatte sich Linhs Sprachzentrum noch nicht in die Winterpause verabschiedet. »Sag mal, geht's noch, Annika? Wenn du was mit Jannis zu klären hast, dann mach das gefälligst auch mit ihm. Und in der Zwischenzeit kümmer dich um Dinge, die dich was angehen.«

»Jannis geht mich was an, Linh. Und außerdem rede ich nicht mit dir.«

Bevor sie noch etwas sagen konnte, setzte sich mein Gehirn wieder in Gang. »Ich helfe Jannis mit seinem Pferd, weil er mich darum gebeten hat. Das ist alles. Und das hab ich schon gemacht, bevor ihr zusammen wart, also reg dich ab.«

Annika verzog verächtlich den Mund. »Die Sache mit Dari ist

doch nur vorgeschoben. Du würdest im Traum nicht in die Nähe eines Turnierstalls kommen, wenn du nicht scharf auf Jannis wärst.« Sie kniff die Lippen zusammen. »Letzte Warnung, Frida. Lass die Finger von ihm.«

Plötzlich wurde mir das alles zu viel. Annikas Schwachsinn gab mir nach der Schlappe in Bio den Rest. Ich drehte mich um und kramte meinen Sport-BH aus dem Turnbeutel. »Wie du meinst, Annika.«

Nach Annikas Auftritt war ich kurz davor gewesen, unser Training am Nachmittag abzusagen. Doch dann hatte Frau Kauders Vorliebe für Völkerball meine Laune deutlich gehoben. Zwar hasste ich das Spiel genauso wie alle anderen, aber ich konnte *viel* besser werfen als Annika.

Trotzdem hatte ich ein paar sehr unschöne Dinge über Jannis gedacht – im Ernst, war es zu viel verlangt, dass er sich eine etwas weniger anstrengende Freundin suchte? Eine, mit der man vernünftig reden konnte und die nicht hinter jedem Satz, den man an ihren Freund richtete, eine Absicht witterte? Es gab ja auch echt nette Reiterinnen. Ich hätte Jannis jede Menge toller Mädchen nennen können – Susan war total entspannt und ritt auch ordentlich. Dorothee hatte sogar zwei eigene Pferde, die bei ihrer Tante standen. Gut, sie ritt etwas unkonventionell, aber mit ihr konnte man richtig Spaß haben. Oder Nora … die hätte wirklich ziemlich gut zu Jannis gepasst, aber sie war ja ein Jahr über uns und mit einem Jungen aus der Elften zusammen. In jedem Fall fand ich, dass Jannis mich hätte fragen sollen, bevor er sich eine Freundin gesucht hatte. Ich kannte die Mädchen hier in der Gegend ja schon viel länger, und außerdem wäre es wirklich eine Hilfe gewesen, wenn ich gut mit ihr klargekommen wäre. Solange wir mit Dari arbeiteten, hätte das mein Leben ziemlich vereinfacht.

Jetzt war daran aber nichts mehr zu ändern. Dari war wichtiger. Annika konnte also meinetwegen einen Kopfstand machen – ich wollte nichts von Jannis und hatte mir gar nichts vorzuwerfen. Sollte sie ihn damit nerven, ich jedenfalls beschloss, über den Dingen, sprich Annikas Unterstellungen, zu stehen.

Trotzdem hatte ich keine Lust, mich ihrem Gezicke heute noch mal auszusetzen. Nach kurzem Überlegen nahm ich deswegen Liv mit zum Carlshof.

Jannis hob die Augenbrauen, als er mich in voller Geländemontur herantraben sah. »Heute mal Programmänderung?«

Ich parierte Liv neben ihm und Dari durch und die Stuten begrüßten sich vorsichtig. Mein Gefühl war richtig gewesen: Die beiden schienen sich zu mögen.

»Genau«, beantwortete ich Jannis' Frage. »Wir reiten aus.«

Er machte mit Dari kehrt und war nach ein paar Minuten startklar.

Vielleicht tat es Dari wirklich ganz gut rauszukommen. In den letzten Tagen hatte sie sich ein paarmal seltsam verhalten, fast schon nervös. Sie sollte ja nächste Woche dieses Turnier gehen, und dafür musste Jannis wieder mehr mit ihr trainieren, also war heute einfach Entspannung nötig.

Für Annikas Springstunde war es noch zu früh, deswegen gelangten wir ohne Zwischenfälle auf den Feldweg, der uns Richtung Dorf führte. An der Abzweigung zum Wald hielt ich Liv an.

»Was ist?« Jannis wendete Dari und kam zu uns zurück. »Willst du nicht an den Strand?«

»Doch.« Ich drehte Liv von dem Grasbüschel weg, das sie interessiert betrachtete, und guckte ihn an. »Später. Aber wenn wir jetzt zum Klippenpfad reiten, sehen wir sie vielleicht. Um diese Zeit sind sie oft am Wasser.«

»Und wer noch mal?«

»Wart's ab.« Ich grinste breit. »Du weißt ja, im Umgang mit Pferden ist Geduld die oberste Tugend.«

»Mhmhm, ist klar, Buddha«, antwortete Jannis. »Und jetzt mach hin.«

Ich lachte, während er Dari an uns vorbeilenkte und in den Pfad zum Wald abbog. Die Oktobersonne gab heute alles, sodass es noch mal richtig warm war. Nach diesem Schreckenstag fühlte es sich fast an wie Ferien.

Hinter dem Westwald folgten wir dem sandigen Weg am Rand der Steilküste entlang bis hinauf zu den Klippen. Auf den ersten paar Hundert Metern trafen wir noch einen Radfahrer und Spaziergänger aus dem Dorf (Dari ließ sich von den beiden Dalmatinern gar nicht stören), dann hatten wir die Strecke für uns.

»Warst du schon mal auf der Halbinsel?«, fragte ich Jannis an einer Stelle, an der wir nebeneinanderreiten konnten.

Er schüttelte den Kopf. »Nein. Die heißt auch Eldenau, oder? Wie ist das mit dem Namen? So ganz verstehe ich das nicht.«

»Du meinst, mit dem Gut und dem Dorf?« Ich sah ihn an.

Als er nickte, erklärte ich: »Die Halbinsel hat dem allen hier den Namen gegeben. Früher war der Wald größer, da wurde noch viel gejagt. So ist das Gut entstanden. Und später haben sich immer mehr Leute angesiedelt und das Dorf gegründet.«

»Und jetzt heißt die ganze Gegend Eldenau. Habt ihr vor, noch weitere Landesteile zu erobern?«

Ich lachte. »Ich glaube, die kriegerischen Zeiten sind vorbei. Nein, das Gut und das Dorf und die Halbinsel haben ja längst nichts mehr miteinander zu tun. Meine Eltern haben das Gut gekauft, als sie aus Hamburg hergezogen sind, aber es gehört viel weniger Grund dazu als früher.«

Mittlerweile hatten wir einen guten Blick auf die Salzwiesen und das Moor. Jannis hielt Dari an und sah sich um.

»Und das ist alles Naturschutzgebiet?«

»Genau.« Ich zeigte nach Osten. »Von den Klippen hier an der Landspitze ungefähr vier Kilometer bis zur Sandbank und dann im Bogen nach Süden bis zur Bachmündung.«

Er grinste mich an. »Lass mich raten. Der heißt Eldenau-Bach.«

Ich versuchte, ernst zu bleiben. »Nein. Der heißt Elde. Aber Schluss jetzt mit dem Quatsch. Komm.«

Wir stiegen ab und führten die Pferde weiter. Das letzte Stück bis zur Landspitze war steil, aber der Wind und das Licht und die Weite machten das wieder wett. Sogar Jannis war sprachlos. Ich hörte, wie er tief Luft holte. Und dann standen wir da und sahen, wie das Wasser unter uns glitzerte, und hörten, wie die Möwen über uns im Wind spielten, und selbst unsere Pferde waren ganz still.

Irgendwann schauten wir uns an. Ich deutete nach rechts und im Gänsemarsch führten wir die Stuten zum Aussichtspunkt über den Salzwiesen.

»Da«, sagte ich nach ein paar Minuten und zeigte auf eine kleine Baumgruppe am Kiesstrand. Neben mir brummelte Liv.

Jannis guckte eine Weile, konnte aber anscheinend nichts entdecken. Dann machte er: »Wow.«

Zwei Falbstuten mit ihren Fohlen traten aus dem Schatten heraus, dann eine dritte, vierte und fünfte, schließlich ein Hengst, der in alle Richtungen witterte. Obwohl wir fünfzehn Meter über ihnen standen und bestimmt zweihundert Meter entfernt waren, konnte ich die Aalstriche auf ihren Rücken gut erkennen.

»Wem gehören die?«, flüsterte Jannis.

»Niemandem. Das sind unsere Wildpferde. Sie halten die Wiesen im Naturschutzgebiet niedrig und sind das ganze Jahr hier draußen.«

Jannis sagte nichts mehr. Wir sahen zu, wie die Fohlen am Strand spielten und die Alttiere in der Nachmittagssonne dösten oder sich gegenseitig das Fell kraulten. Irgendwann zuckten ein paar Ohren. Unruhe machte sich breit, die Pferde hoben die Köpfe und auf das Zeichen der Leitstute hin setzte sich die Gruppe in Bewegung und verschwand wieder unter den Bäumen.

Jannis hatte die Hände auf dem Holzgeländer vor uns aufgestützt. Ich konnte seine Gänsehaut sehen.

»Die Pferde von Eldenau«, murmelte er. Einen Moment stand er noch da, dann schüttelte er den Kopf und sah mich an. »Hast du noch ein paar Überraschungen auf Lager?«

Das brachte mich zum Lachen. »Noch ’ne Menge. Aber alles zu seiner Zeit. Komm, ich wollte heute auch noch mal reiten.«

Auf dem Weg zum Strand war Jannis immer noch sehr still. Das hatte ich nicht erwartet. Klar, Wildpferde in der Nachbarschaft waren natürlich toll, aber ich kannte es ja nicht anders. Wie besonders das war, hatte ich schon gar nicht mehr gewusst.

Unten am Wasser wurde mir die nachdenkliche Stimmung zu viel. Ich wollte mir einfach nur den Kopf durchpusten lassen. Vorsichtig nahm ich die Zügel auf, sah Jannis an, und als er nickte, galoppierten wir entspannt am Flutsaum entlang.

Für einen Moment schloss ich die Augen und atmete tief durch. Dass dieser Scheißtag doch noch ganz gut werden würde, war vor zwei Stunden nicht absehbar gewesen. Der Ausflug an die Landspitze hatte meine Laune ziemlich gebessert, und ich wollte jetzt nicht daran denken, dass meine Antworten auf Dr. Balthasars Fragen eher aus Lücken als aus Wörtern bestanden oder wie hilflos ich mir bei Annikas Beleidigungen vorgekommen war. Vor allem wollte ich mir nicht vorstellen, was Mama und Papa zu der fälligen Fünf in Bio sagen würden. Jetzt, hier, wollte ich einfach nur zusehen, wie der Wind die Wolken an uns vorbeischob, wie sich die Wellen mit Gold- und Silberglitzer unter der Sonne kräuselten. Ich wollte spüren, wie meine Sohlen fest in den Steigbügeln standen, wie meine Beine an Livs Bauch lagen. Ich wollte fühlen, wie sich ihre Muskeln unter mir streckten und wie wir perfekt ausbalanciert auf die Kiefern am Steilufer zuflogen. Der doppelte Dreiklang der Hufe auf dem Sand und die Schreie der Möwen in meinen Ohren, die Mischung aus Salz und Licht und Wind auf meinem Gesicht, Daris und Jannis' Wärme neben mir – das waren die wichtigen Dinge. Alles andere hatte in diesem Augenblick nichts verloren.

Aber natürlich holte mich alles andere im nächsten Moment ein.

»Annika und du seid nicht so dicke, oder?«

Wir hatten zum Schritt durchpariert, und ich konnte nicht verhindern, dass mein Kopf zu ihm herumfuhr, als hätte er mich ertappt. Dabei war wirklich nicht ich die Unruhestifterin. »Wieso? Hat sie was gesagt?«

Am liebsten hätte ich mir auf die Zunge gebissen. Wie blöd

konnte man sein? Jannis' ratlosem Gesicht nach zu urteilen, hatte er nämlich noch nichts von dem Umkleidenscharmützel gehört.

»Was denn gesagt?«, bestätigte er meinen Verdacht. Oder er konnte einfach besser lügen als ich. »Jetzt spuck's schon aus«, forderte er, als mir trotz fieberhaften Überlegens keine unverfängliche Antwort einfallen wollte.

Ich seufzte. Musste ich das jetzt wirklich mit ihm diskutieren? »Annika sieht es nicht gern, dass ich so viel mit Dari arbeite.«

»Mit Dari oder mit mir?«

Konnte der blöd fragen. »Das läuft im Moment ja wohl auf dasselbe hinaus.«

Ich wartete auf irgendeinen dämlichen Spruch, aber der kam nicht. Nach einer Weile sah ich Jannis an. Er wirkte ziemlich bedröppelt. Schließlich zog er die Nase kraus. »Tut mir leid.«

Ich zuckte mit den Schultern und guckte weg. »Sie wird sich schon wieder beruhigen.«

Er murmelte etwas, was wie »Na ja, du kennst sie schon länger« klang, dann fragte er: »Soll ich mal mit ihr reden? Ich bin ...«

Was er war, erfuhr ich nicht mehr, denn im selben Moment machte Dari einen Satz und blieb mit hochgerissenem Kopf und weit offenen Augen stehen. Jannis hatte sich schnell wieder im Griff und trieb sie vorwärts, aber sie stemmte sich mit allen vieren in den Boden und ging keinen Schritt auf den Priel zu, in dem Liv schon bis zum Ellbogen stand. Ich wendete sie, ritt zurück und ging mit ihr neben Dari noch einmal ins Wasser. Es nützte nichts. Dari stand da wie eine Statue und beäugte die Wasseroberfläche, als würde sich darunter ein Schlund zum Mittelpunkt der Erde auftun.

Ich sah Jannis an. »Dann haben wir ja für heute eine Lektion gefunden. Es geht einfach nicht, dass ein Pferd an der Küste Angst vor Wasser hat.«

Jannis' Augenbrauen wanderten ein ganzes Stück nördlich. »Und ich hatte mich auf einen entspannten Ausritt gefreut.« Dann seufzte er ergeben. »In Ordnung. Was soll ich machen?«

Ich wendete Liv und rief ihm über die Schulter zu: »Genau das, was wir mit der Plane geübt haben. Ich sehe euch zu.«

Grinsend fing ich Jannis' erbosten Blick auf, aber in der folgenden Viertelstunde, in der ich Liv am Priel auf und ab gehen ließ, zeigte sich, dass er sich nur künstlich aufgeregt hatte. Dari machte schnell Fortschritte, und ich musste kein einziges Mal eingreifen, weil Jannis auch viel gelernt hatte. Er führte Dari an der Wasserlinie entlang, erst mit größerem Abstand, dann immer näher. Dazwischen ließ er ihr Zeit, den Kopf zu senken und das Wasser zu beschnuppern. Daris Aufmerksamkeit war bei ihm, nur zwei-, dreimal suchten ihre Augen Liv. Aber noch immer traute sie sich nicht, einen Schritt durch den Priel auf sie zuzumachen, auch nicht, als Jannis aufsaß und das Ganze von ihrem Rücken aus wiederholte.

Irgendwann sah er mich an und fragte: »Und jetzt?«

Ich lenkte Liv ein paar Schritte durchs Wasser auf die beiden zu und hielt an. »Jetzt muss ihr wohl jemand vorausgehen, zu dem sie Vertrauen hat.«

»Aber das klappt doch nicht mit Liv, hast du doch eben gesehen.«

»Ich spreche auch nicht von einem Pferd.«

»Ach so. Okay, dann leg los, wir sind so weit.« Auffordernd guckte er mich an.

Ich lachte. »Nee, nee. Ich gehe da bestimmt nicht rein. Das Wasser hat keine fünfzehn Grad.«

Jannis' Gesichtsausdruck wurde finsterer. Nach einem kleinen, wenig beeindruckenden Blickduell saß er schließlich ab. Gleich darauf hielt ich seine Chaps in der Hand, zehn Sekunden später seine Stiefeletten. Ich grinste, als er sich mit Todesverachtung die Hosenbeine aufkrempelte.

Die ersten Schritte überstand er noch ganz gut, dann, als ihm das Wasser fast bis zu den Knien ging, sog er doch scharf die Luft ein. »Scheiße, ist das kalt.«

»Ja, was man nicht alles für sein Pferd tut, oder?«, fragte ich in einem zuckersüßen Ton, den er nicht mal mit seinen klappernden Zähnen überhören konnte.

»Halt den Rand.«

Ich lachte in mich hinein, behielt aber weitere Kommentare für mich und beobachtete fasziniert, wie lang Daris Hals werden konnte. Sie war Jannis immer noch keinen Schritt gefolgt, sondern stand wie festgenagelt im Sand und ignorierte sein aufmunterndes Zupfen am Zügel.

In einem Bogen lenkte ich Liv in den tieferen Teil des Priels. Von dort aus konnte ich sehen, dass Jannis angestrengt überlegte.

»Folg deinem Gefühl«, sagte ich leise.

Sein Blick flog zu mir, dann nickte er und schloss die Augen. Im nächsten Moment senkten sich seine Schultern und er atmete tief aus. Langsam drehte er sich zu Dari um, fasste den Zügel am äußersten Ende und sah sie an.

So standen sie sich eine Weile gegenüber. Jannis hatte seine rechte Schulter ein Stück zurückgenommen. Er bibberte, ansonsten hielt er einfach nur die Zügelschnalle und ließ seinen Blick weich über Daris Körper gleiten.

Wenn ich heute schon mal schlechte Laune gehabt hatte, jetzt war sie endgültig verflogen. Der Kerl hatte tatsächlich zugehört! Er machte alles richtig – er machte es ihr leicht. Irgendein Gefühl breitete sich in mir aus, ganz warm und golden und strahlend, und ich stellte erstaunt fest, dass ich verdammt stolz war, auf mich und auf ihn.

Und als im nächsten Moment Dari den Kopf senkte, abschnaubte und einen ersten zaghaften Schritt ins Wasser machte, da musste ich mich zurückhalten, um nicht vor lauter Begeisterung loszuschreien. Ein zweiter Schritt folgte, dann ein dritter, und dann stand sie neben ihm. Er lobte sie mit langen, sanften Strichen über Kopf und Hals und Widerrist, als hätte er nie etwas anderes gelernt, dann führte er sie in einer weiten Acht durch den seichten Teil des Priels. Ein paar Minuten später zog Dari ihre Unterlippe durchs Wasser.

Wahnsinn, das war mal ein Pferd.

Wenn Jannis gewusst hätte, wie glücklich er gerade aussah, hätte er mich nie so angelacht. Er platzte fast vor Stolz und Freude – falls er mir je wieder cool kommen wollte, der Zug war abgefahren. Jubelnd streckte er die Arme aus und grinste mich mit blauen Lippen an … und zuckte zusammen, als ihn ein Schwall eisiges Wasser traf.

»Was zur Hölle …?« Er drehte sich zu Dari um, dann wieder zu mir.

Sein Gesichtsausdruck war unbezahlbar. Ich kreischte vor Lachen, während er langsam begriff, dass Dari ihn nass gespritzt hatte.

»Du warst das? Na warte …« Er ging einen Schritt auf Dari zu und klatschte mit der flachen Hand aufs Wasser, dass die Tropfen nur so flogen. Dari nahm den Kopf hoch, aber dann stampfte sie noch einmal mit dem Vorderbein auf, und wieder stand Jannis in einem Meerwassersprühregen da. Wenn Pferde lachen könnten, ich schwöre, Dari hätte sich gekugelt.

Liv wollte offenbar auch ihren Anteil an der Wasserschlacht haben, denn sie ging ein paar Schritte vorwärts, und im nächsten Moment platschte mir eine Ladung ins Gesicht, dass ich nur noch ein peinliches Quieken von mir geben konnte. Doch selbst das übertönte Jannis' dreckiges Lachen nicht.

Als ich meine Augen wieder freigeblinzelt hatte, warf ich Jannis' Schuhe auf ein trockenes Stück Sand und ging zum Angriff über. »Ihr Landratten! Ihr glaubt doch wohl nicht, dass ihr damit davonkommt?«

Lachend zog sich Jannis auf Daris Rücken, und dann jagten wir uns durch die Wellen, bis uns das Wasser aus Haaren und Mähnen lief. Dari war die Wildeste. Ihre Augen glänzten, sie schnaubte und schüttelte sich und machte kleine, ausgelassene Hüpfer. Bald war ich mindestens so nass wie Jannis, und als die untergehende Sonne hinter ein paar dichteren Wolken verschwand, konnte ich die Zügel fast nicht mehr halten.

Ich hob die Hand. »Wir … m-m-müssen n-n-nach … Hause. Mir ... f-f-fallen gleich die … F-F-F-Finger ab.«

Jannis trieb Dari zu uns herüber. »Du hast echt 'nen Knall, Frida.«

»W-W-Wieso denn ich? Dari hat mit dem Schw-Schwachsinn angefangen!«

»Wir hätten auch einfach um den Priel herumreiten können.«

Ich starrte ihn ungläubig an. »Gekniffen wird nicht! Noch so ein Spruch und ich schicke dich beim nächsten Mal mit den Anfängern mit.«

Jannis grinste. »Du hast vergessen zu stottern.«

Kurz schaffte ich es, ernst zu bleiben, dann musste ich zurückgrinsen. »B-B-Blödmann.«

Er lachte und klopfte mir auf die Schulter. »Los jetzt. Ich hab wirklich keinen Bock auf eine Lungenentzündung.«

Als ich aus dem Bus stieg, pfiff mir der Wind nur so um die Ohren. Ich kramte im Rucksack nach meiner Mütze und stülpte sie mir über den Kopf. Das Wetter hier an der Küste hatte ja seine guten Seiten, aber auf diesen ständigen Wind hätte ich echt verzichten können. Dari hegte auch keine große Begeisterung dafür, deswegen überlegte ich, ob ich für unser Training später noch mal in die Halle gehen sollte. Andererseits ließ sich auch heute immer wieder die Sonne blicken – wäre schade gewesen, wenn wir das gute Wetter nicht nutzten.

Wenn ich draußen reiten wollte, musste ich mich beeilen, es war nämlich später geworden als geplant. Nach der Schule hatte ich Annika zum Eisessen eingeladen. Ich musste was wiedergutmachen, denn als sie von meinem Ausritt mit Frida erfahren hatte, war sie ausgetickt. Irgendwas war zwischen den beiden vorgefallen, aber ich würde den Teufel tun und mich da einmischen. Vor allem, weil ich insgeheim Frida recht gab – Annikas Eifersucht war ein Witz. Selbst wenn Frida das geringste Interesse gehabt hätte, hätte ich schon wahnsinnig sein müssen, um was mit dieser Kleinstadtdiktatorin anzufangen. Es reichte, wenn sie mich im Training rumkommandierte, den Rest des Tages hatte ich gern meine Ruhe.

Außerdem war sie auch gar nicht mein Typ.

Jedenfalls war Annika froh gewesen zu hören, dass Dari und ich heute Frida-frei hatten, weil sie auf dem Gut helfen musste. Das hatte Frida natürlich nicht davon abgehalten, mir Tipps für die Arbeit mit Dari mitzugeben. Na ja, »Anweisungen« war vielleicht das treffendere Wort. Und ehrlich gesagt nahm ich ihr das auch nicht übel. Wir knabberten beide daran, dass Dari gestern schon wieder gescheut hatte. Nach den schnellen Fortschritten am Anfang war es vielleicht normal, jetzt eine Phase zu erreichen, in der Dari erst mal verarbeiten musste, was sie gelernt hatte. Trotzdem kam es mir seltsam vor, dass ihr plötzlich Dinge Angst machten, die sie vorher nicht mal mit einem müden Ohrenzucken bedacht hätte.

Während ich am Hoftor nach rechts abbog und zum Haus lief, überlegte ich, ob ich es heute noch mal ruhiger angehen lassen sollte. Würde ihr ein Spaziergang guttun? Andererseits musste ich dringend mit ihr auf den Platz. Wenn ich nächsten Samstag in Breese starten wollte, konnten wir unseren Trainingsrückstand nicht –

Wie festgewachsen blieb ich stehen. Nicht im Ernst, oder? Vor unserer Einfahrt parkte Björns X6 samt Hänger. Was wollte der denn hier? Langsam ging ich zum Eingang und schloss die Haustür auf. Ich hatte eigentlich vor, trotz meines Hungers einfach die Treppe hochzuschleichen, mich in meine Reitklamotten zu werfen und in den Stall zu verschwinden, aber die Stimmen aus der Küche brachten mich von dem Plan ab.

»… keinen Fall, Björn! Es ist schwierig genug für ihn, das Pferd nimmst du ihm nicht auch noch weg.«

»Aber du musst doch sehen, dass er mit der Stute völlig überfordert ist! Hast du dir sie mal angeguckt? Die ist total abtrainiert! Warum arbeitest du nicht mit den beiden? Wächst dir das hier alles über den Kopf, oder wie?

»Ja, stell dir vor, Björn, es kostet viel Energie, aus dem Nichts einen Reitstall aufzubauen. So leid es mir tut, Jannis' Sportkarriere steht gerade nicht an erster Stelle. Und weißt du, was? Es ist okay für ihn! Er hat ein ganz neues Verhältnis zu Dari aufgebaut. Das solltest du dir mal ansehen! Selbst wenn sie dieses Jahr kein Turnier mehr gehen, was er gerade bei ihr investiert, wird sich noch lange auszahlen!«

»Hörst du dir eigentlich zu, Eva? Ich hab ihm doch dieses Toppferd nicht zum Streicheln in den Stall gestellt!«

»Du? Soweit ich mich erinnere, haben wir sie zu zweit gekauft.«

»Umso schlimmer! Wie soll das hier oben denn was werden, wenn du so wirtschaftest? Die Stute muss was bringen! Und wenn Jannis dazu nicht in der Lage ist, finde ich einen anderen Reiter für sie.«

Ich hatte wie versteinert dagestanden, aber jetzt reichte es. Mama hatte sich so aufgeregt, dass sie erst gar nicht merkte, wie ich mich in der Küchentür aufbaute.

»Wie oft noch, Björn? Dari bleibt hier! Du nimmst sie Jannis nicht weg. Oh – hallo, Schatz.«

Sie starrte mich aus großen Augen an. Ihr Gesicht glühte.

Auch Björn drehte sich zu mir um. »Na, Großer, alles klar?«

»Willst du mich verarschen?«, presste ich hervor. »Du willst mir hinter meinem Rücken mein Pferd wegnehmen und fragst, ob alles klar ist?«

Björn atmete tief ein. »Ich hätte es dir schon noch erklärt. Es ist das Beste für euch beide. Vielleicht lebst du dich wirklich erst mal hier oben ein, bevor du wieder mit ihr trainierst.«

»Welchen Teil von ›nein‹ hast du nicht verstanden, Björn?«, zischte Mama.

»Sie hat so viel Potenzial, das können wir nicht einfach verschenken.« Er beachtete sie gar nicht und das machte mich sogar noch wütender. »Nächste Saison sieht die Sache bestimmt wieder anders aus, aber für den Rest des Jahres sollte sich besser ein Erwachsener draufsetzen.«

»Björn!«

Ich sah Mama an. »Lass mal.« An Björn gerichtet fragte ich: »Es interessiert dich gar nicht, was ich seit Langendorf mit ihr gemacht habe, oder?«

»Ich weiß, was du gemacht hast. Du führst sie am Strick herum wie auf einem Ponyhof. Dafür ist so ein Ausnahmepferd doch nicht geschaffen.«

Möglichst kühl antwortete ich: »Ich zeig dir gern, wie sie dafür geschaffen ist.«

Björn winkte ab. »Danke, ich kann's mir lebhaft vorstellen. Marcel hat mir genug erzählt.«

Mama sagte: »Marcel?«, und ich fluchte: »Der Wichser«, wofür ich mir ein tadelndes »Jannis!« von Mama einhandelte.

»Ist doch wahr! Für wen arbeitet der Arsch? Für dich oder den da?« Ich deutete auf Björn. Mama fuhr sich mit beiden Händen durch die Haare.

Björn kam einen Schritt auf mich zu. »Jetzt krieg dich mal wieder ein, Freundchen. Nicht in dem Ton. Ich habe Marcel auf dem Turnier in Schwerin getroffen und wollte hören, wie es dir mit der Stute geht. Da hat er mir von diesen Kindereien erzählt.«

Sosehr ich mich auch streckte, ich war immer noch einen halben Kopf kleiner als er. Himmel, wie ich mich auf den Tag freute, wenn ich ihm endlich auf Augenhöhe ins Gesicht sehen konnte. »Kindereien, ja? Weißt du, was das Witzige ist? Ich hab anfangs dasselbe gedacht. Aber immerhin hab ich dazugelernt. Das Gelassenheitstraining ist gut für Dari. Ich schwör dir, dass sie ein viel besseres Springpferd wird, weil ihr das Training hilft.«

Björn lachte abfällig. Am liebsten hätte ich ihm eine reingehauen. »Marcel hat einen anderen Eindruck. Oder ist da nichts dran, dass sie seit Tagen immer wieder wegen Kleinigkeiten erschrickt?«

Ich presste die Lippen zusammen.

Björns Mundwinkel zuckte. »Dachte ich mir.« Er drehte sich zu Mama. »Ich nehme die Stute mit. Und du«, jetzt sah er mich wieder an, »trainierst über den Winter anständig. Nächstes Jahr können wir dann vielleicht noch mal reden.«

»Geht's noch? Du kannst dich nicht einfach –«, fing ich an, aber Mama unterbrach mich scharf: »Schluss jetzt. Beide. Dari bleibt hier. Nein, Björn, das ist mein letztes Wort. Meinetwegen soll Marcel mit ihr arbeiten. Aber du nimmst sie nicht mit.«

Sie starrten sich einen Moment lang an, dann drehte sie sich zu mir und warf mir einen strengen Blick zu, der sich nach einer Sekunde in eine Aufforderung wandelte.

Ich holte tief Luft. Was blieb mir übrig? »Meinetwegen.«

Björn musterte mich finster, schließlich nickte er. »In Ordnung. Bis zum Ende der Saison ist Marcel für sie zuständig, dann sehen wir weiter. Aber mit diesem Gelassenheitsquatsch ist Schluss, Jannis, haben wir uns da verstanden? Das bringt sie nur durcheinander.«

Scheiße. Scheiße, Scheiße, Scheiße. Ich brauchte Mamas warnenden Blick nicht, um zu wissen, dass ich diese Kröte schlucken musste. Fridas enttäuschtes Gesicht konnte ich mir lebhaft vorstellen.

Ich zuckte mit den Schultern.

»Ja oder nein?«

Es war unfassbar, welche Aggressionen dieser Typ in mir auslöste.

»Ja, verdammt.«

Auf dem Absatz machte ich kehrt und rannte die Treppe hoch. Erst als ich hörte, dass der Motor des X6 angelassen wurde, ging ich wieder hinunter.

Mama lehnte mit dem Rücken zu mir an der Spüle und rieb sich die Stirn.

»Ich weiß echt nicht, wie du dieses Arschloch heiraten konntest.«

»Jannis! Es reicht!« Sie fuhr herum und funkelte mich an. Dann veränderte sich ihr Ausdruck, sie kam auf mich zu, und bevor ich mich wehren konnte, nahm sie mich in den Arm. »Es tut mir leid, Schatz, das war nicht fair von ihm.«

Einen Moment lang atmete ich ihren Geruch ein, eine Mischung aus Heu, Mandarine und Pferd, dann machte ich mich von ihr los. »Hör auf, dich ständig für ihn zu entschuldigen. Ich könnte nur noch kotzen, wenn ich ihn sehe. Echt, ich hab keine Ahnung, wie du es mit ihm ausgehalten hast.«

Mama ließ die Hände sinken. »Es kommt dir vielleicht nicht mehr so vor, aber wir waren mal eine glückliche Familie.« Ihre Stimme klang trocken und brüchig.

Ich setzte mich auf einen Stuhl. »Weiß nicht. War das mal so?«

Sie strich mir über den Kopf und wandte mir den Rücken zu, und als ich ihre schmalen Schultern betrachtete, während sie den Kühlschrank öffnete und Gemüse fürs Abendessen rausholte, kam ich mir schäbig vor. An ihr brauchte ich meinen Frust echt nicht auszulassen.

Ich stand auf, holte Teller und Besteck und deckte den Tisch.

»Tut mir leid. Klar war das mal so. Nur eben die letzten Jahre nicht mehr.«

Als ich schon dachte, dass sie nicht darauf reagieren würde, drehte sie sich um und lächelte mich an. »Dann sollten wir mal zusehen, dass das wieder anders wird.«

Ich sage es nur ungern, aber ich war so überrascht von diesem Lächeln und diesem Satz, dass ich zu ihr ging, sie umarmte und ihr einen Kuss auf die Wange gab. Natürlich kamen ihr die Tränen. Sie nahm die Hände aus der Schüssel mit Wasser, packte mich und drückte mich fest.

»Ach, mein Süßer.«

»Mama!«, maulte ich, aber sie lachte nur erstickt.

»Du hast angefangen.«

»Ja, und jetzt ist auch wieder gut.« Ich wand mich aus ihren Armen und fuhr mir durch die Haare. »Wenn uns jemand sieht.«

Sie zwinkerte mir zu. »Ich bin mir sicher, Annika fände es niedlich.«

»Dass ich mit meiner Mutter kuschle? Garantiert.«

»Mit deiner alten, peinlichen Mutter, genau.« Ihr Grinsen wurde immer breiter, bis ich mitgrinsen musste. »Wir kriegen das wieder hin mit Dari, Jannis, ich versprech's dir. Marcel ist ein guter Reiter, der wird ihr Sicherheit vermitteln. Und du«, sagte sie lauter, weil ich das nicht unkommentiert stehen lassen wollte und schon den Mund aufgemacht hatte, »kommst erst mal in aller Ruhe hier oben an. Das ist wichtiger als irgendwelche Schleifen.«

Ich schob eine Mappe mit Unterlagen zur Seite und stemmte mich neben ihr auf die Arbeitsplatte hoch. »Mal im Ernst, Mama, hast du den Eindruck, ich wäre hier noch nicht angekommen? In der Schule läuft es, ich habe eine Freundin und hänge ständig mit … mit Frida ab. Und stell dir vor, am Samstag hat mich Paul sogar zu seiner Geburtstagsparty eingeladen. Ich bin total integriert!«

Mama schmunzelte auf die Zucchini unter ihrem Messer hinab. »In der Schule sind gerade mal fünf Wochen um, das mit Annika hat den ersten Streit noch nicht überstanden und wegen Fridas Rumgenerve liegst du mir ständig in den Ohren. Wenn nicht noch mindestens drei weitere Einladungen folgen, sehe ich da gar nichts von Integration.«

»Vielen Dank, dass du mir meine Zukunft in so rosigen Farben ausmalst. Und da soll man keine Komplexe entwickeln.«

Sie lachte laut. »Für Komplexe bist du ungefähr so anfällig wie für ein aufgeräumtes Zimmer.«

»Siehst du.« Ich stieß mich ab und sprang zurück auf den Boden. Grinsend beugte ich mich zu ihr und sah ihr ins Gesicht. »Ich setze eben die richtigen Prioritäten.«

»Klar.« Sie deutete auf die Arbeitsplatte. »Meine Priorität ist, dass du das Zeug da wegräumst. Ich brauche den Platz.«

Ich griff mir einen Stapel Briefe, einen Schlüsselbund und Mamas Handy und hielt die Mappe hoch. »Wo soll ich das hinlegen?«

»An die Tür bitte. Das sind Marcels Tankrechnungen, die muss ich noch mal mit in den Stall nehmen. Ich finde die ein bisschen hoch, weiß gar nicht, wo der überall rumgekurvt ist in der letzten Zeit.« Sie war ganz ernst geworden. »Den Kerl muss ich mir sowieso noch mal vorknöpfen. Es kann nicht sein, dass er sich von Björn aushorchen lässt und mir nichts davon erzählt.«

Ich brummte nur zustimmend. Sollte Mama sich Marcel ruhig vornehmen, ich hatte selber noch ein paar Takte mit ihm zu reden.

Mama schob die Zucchiniwürfel in eine Pfanne auf dem Herd.

»Ich brauche hier bestimmt noch eine halbe Stunde. Wenn du willst, kannst du vor dem Essen in den Stall.«

Das ließ ich mir nicht zweimal sagen.

Dank Björns Besuch war ich mit meinem Programm hoffnungslos im Rückstand. Vor dem Essen war keine Zeit mehr zum Reiten, aber wenigstens wollte ich bei Dari vorbeischauen. Die Beruhigung konnte ich auch dringend gebrauchen, denn als ich um die Ecke bog, sah ich gerade noch Björn vom Hof fahren. Der hatte ja anscheinend keine Zeit verschwendet und gleich alles mit Marcel klargemacht.

Auf dem Weg zurück lief mir Marcel in die Arme. Sofort war die Wut wieder da. »Das hast du ja super hingekriegt, du Arsch. Schleimst dich bei meinem Vater ein und reißt dir das beste Pferd im Stall unter den Nagel.«

Abschätzig musterte er mich und kam die letzten paar Meter auf mich zu. »Reg dich ab. Glaubst du, ich bin scharf drauf, deine zickige Stute zu trainieren? Mit den Berittpferden hab ich genug um die Ohren. Ich tu dir einen Gefallen, also halt den Mund. He, immer mit der Ruhe.«

Er stemmte mir eine Hand gegen die Brust, weil ich kurz davor war, auf ihn loszugehen. Energisch schob ich seinen Arm weg und atmete tief durch. Die Genugtuung, dass ich ausrastete, wollte ich ihm nicht auch noch verschaffen.

Den Moment, den ich brauchte, um runterzukommen, nutzte er, um mir auf die Schulter zu klopfen. »Alter, ich versteh dich ja. Würde mir auch stinken, wenn mir jemand mein Pferd wegnehmen würde. Aber du weißt doch selber, dass Dari schwierig ist.«

»Die war noch nie schwierig!«

»Bis auf die letzten Tage?« Er sah mich abwartend an.

Natürlich war ihm klar, dass ich ihm schlecht widersprechen konnte. Er war gestern dabei gewesen, als sich Dari wegen einer Longierpeitsche aufgeregt hatte. Von dem Poncho hatte ich ihm noch nicht mal erzählt, aber das konnte jeder übernommen haben, der es mitgekriegt hatte.

Da also nichts von mir kam, schwadronierte er weiter: »Ich glaube einfach, ihr habt ihr zu viel zugemutet. Es wäre besser gewesen, nach eurem Reinfall in Langendorf normal weiterzutrainieren. Stattdessen kommt diese Kleine daher und macht Dari ganz wirr im Kopf. Das wird wieder besser, wenn jemand mit mehr Erfahrung mit ihr arbeitet. Glaub mir.«

Mehr Erfahrung? Ey, echt! Ich hatte schon auf einem Pferd gesessen, da war der noch Balljunge im Tennisverein gewesen. Oder Wasserträger beim Schulsport. Aber genau wie er wusste ich, dass ich im Moment nichts mehr zu melden hatte.

»Ich will dabei sein, wenn du mit ihr trainierst, ist das klar?« So ruhig ich konnte, starrte ich ihm in die Augen.

Er zuckte mit den Schultern. »Das kann ich dir nicht versprechen. Ich muss erst sehen, wie ich sie unterkriege, das wird neben den anderen Pferden und den Reitstunden schwierig genug.«

»Ist mir egal. Du legst das Training so, dass ich dabei sein kann.«

»Mensch, jetzt stell dich nicht so an! Was soll denn schon passieren? Ich reite sie, ganz normal. Dein Vater will, dass sie nächsten Samstag für Breese gemeldet wird, da muss ich sehen, wie ich sie fit bekomme.« Er verschränkte die Arme und lehnte sich an Calgarys Boxentür. »Im Ernst, ich mein's gut mit deiner Stute.«

Ich schnaufte. »Klar.«

Er grinste schief. »Nee, wirklich. Wenn du willst, kann ich deinen Vater fragen, ob ihr mit diesem Gelassenheitstraining weitermachen könnt.«

»Wieso denn das?« Mist, die Frage war mir rausgerutscht, bevor ich mich von meiner Überraschung erholt hatte.

Marcel zuckte mit den Schultern. »Ich verstehe, dass du an ihr hängst. Auf die Weise kannst du wenigstens mit ihr weiterarbeiten. Ich glaube zwar nicht an den ganzen Humbug, aber wenn sie ansonsten normal trainiert wird, schadet es ihr vielleicht auch nicht mehr.« Sein Mundwinkel zuckte. Er wusste genau, dass er mich hatte. »Also, was ist, soll ich ihn fragen?«

Am liebsten hätte ich ihm gesagt, wohin er sich sein Angebot stecken konnte, aber hier ging es nicht um meinen Stolz. Also nickte ich.

Er grinste selbstgefällig. »Dann mache ich das. Solange ich nicht das Gefühl habe, dass sie noch nervöser wird, könnt ihr weiter mit ihr spazieren gehen. Oder was auch immer.«

Jetzt reichte es. Er klang dermaßen gönnerhaft, als hätte er hier was zu sagen, dabei war und blieb er einfach ein Angestellter. Ich ballte die Fäuste, aber das quittierte er nur mit einem amüsierten Grinsen.

»Na, na, na. Überleg's dir gut. Wenn du permanent Streit suchst, bleibt mir nichts übrig, als deinem Vater zu raten, die Stute doch zu holen. Weder sie noch ich können uns sonst auf die Arbeit konzentrieren.«

Ich fühlte beinahe, wie mir das Blut aus dem Gesicht fiel. Krass, dass dieser Arsch mich fast genauso wütend machen konnte wie Björn. Abgesehen davon hatte ich verstanden: Wenn ich nicht spurte, war Dari weg, bevor ich bis drei zählen konnte.

Langsam richtete ich mich auf. Bei Marcel half das wenigstens, er war sicher nicht viel größer als eins siebzig. So beherrscht wie möglich nickte ich ihm zu. »Dann sag mir Bescheid, was du erreicht hast.«

Im Gehen drehte ich mich noch mal um.

»Lass das Licht nachher ruhig an, ich komme später noch mal rüber und schließe ab. Wenn du die Stallgasse gefegt hast, kannst du Feierabend machen.«

Sein arrogantes Grinsen fror ihm im Gesicht ein und mit diesem kleinen Triumph lief ich zurück ins Haus.

Frida

Dann mach's mal gut, Mädchen.« Ich strich Dari über den Hals und schaute Jannis an. »Du auch. Bis Montag.«

Er nickte. »Bis Montag. Und danke.«

Besonders fröhlich klang er nicht und er sah auch nicht so aus. Das lag nicht nur daran, dass er Halsschmerzen hatte und ein Salbeibonbon nach dem anderen einwarf. Ich fuhr auch nicht gerade blendend gelaunt nach Hause. Zum ersten Mal überhaupt hatte Dari vorhin im Training einen totalen Aussetzer gehabt. Eigentlich hatte ich geplant, sie an Knisterfolie zu gewöhnen, aber sie hatte schon vor der gelben Fleecedecke, mit der ich anfangen wollte, die Flucht ergriffen und war schwer atmend in der hintersten Ecke der Halle stehen geblieben. Es hatte eine Weile gedauert, sie zu beruhigen.

Ich lief Richtung Ausgang, wo ich mein Rad abgestellt hatte. Auf dem Weg kam mir Marcel mit einem Sattel über dem Arm entgegen. Ich nickte ihm zu, aber ich war so in Gedanken, dass ich gar nicht merkte, wie er mich ansprach. Erst als er mir auf die Schulter tippte, kapierte ich, dass er eben mit mir geredet hatte.

»Entschuldige, was hast du gesagt?«

Dafür, dass wir uns kaum kannten, sah er mich ziemlich finster an. »Ich wollte wissen, ob es dir gar nicht peinlich ist.«

»Äh … bitte?«

»Du brauchst nicht so unschuldig zu gucken. Kannst du mir mal erklären, was du vorhast? Merkst du nicht, dass Jannis' Stute kurz vor dem Abdrehen ist? Na, wahrscheinlich nicht. Von richtigen Pferden hat so ein Ponymädchen einfach keine Ahnung.«

Ich blinzelte wie eine Eule. Wo kam das denn her? Klar, er hatte sich von Anfang an lustig gemacht über das Gelassenheitstraining, aber dass er mich so anging, hatte ich noch nicht erlebt.

Nach einer Schrecksekunde antwortete ich: »Dari macht einfach eine schlechte Phase durch, das wird schon wieder. Das Training tut ihr gut.«

»Ach ja? Dass sie neuerdings vor der Abschwitzdecke scheut, tut ihr gut? Das ist erst so, seit ihr mit dieser beknackten Plane rumgealbert habt. Ich sag dir mal was: Du hast Darina mit deinem Pferdeflüstererkram lang genug verdorben.«

Er war bei jedem Wort ein Stück näher gekommen und starrte mir jetzt aus zehn Zentimeter Entfernung in die Augen. Was war denn in den gefahren? Das konnte ich ja gar nicht leiden, wenn jemand versuchte, mich einzuschüchtern.

»Sag mal, geht's noch? Du hast vielleicht Nerven! Nimmst Jannis sein Pferd weg, und dann unterstellst du mir, ich würde Dari schaden wollen. Da gibt's doch überhaupt keinen Zusammenhang! Sie ist eben im Moment nicht gut drauf, das hat nichts mit unserem Training zu tun. Im Gegenteil, sie macht jede Woche Fortschritte. Das zeigst du mir erst mal mit *deinen* Methoden.«

»*Meine* Methoden sind Konsequenz und Pferdeverstand, aber die gehen dir ja völlig ab. Lass die Stute in Ruhe, und wenn du schon dabei bist, kannst du auch aufhören, dermaßen um Jannis rumzuscharwenzeln. Nur so als Tipp. Der will nämlich nichts von dir. Du machst dich nur lächerlich.« Er grinste mich herablassend an und checkte mich von oben bis unten ab.

»Du hast sie doch nicht mehr alle! Ich möchte nur, dass –«

»Was ist hier denn los?«, unterbrach mich Jannis, der hinter mir aufgetaucht war.

Na toll, wie lang stand der da schon? Wie viel von dem Gespräch hatte er mitgehört?

Ich holte tief Luft, aber das war ein Fehler, denn Marcel legte schon los: »Ich hab ihr nur gesagt, dass das so nicht mehr weitergeht mit euren Experimenten. Ihr seid bei Dari auf dem Holzweg.«

Jannis warf mir einen Blick zu, den ich nicht ganz einordnen konnte. »Glaub ich nicht«, sagte er zu Marcel. »Dari hat super auf die ersten Trainings reagiert. Sie ist nur die letzten Tage ein bisschen guckig.«

»Sehe ich auch so«, bekräftigte ich und verschränkte die Arme.

Marcel schüttelte den Kopf. »Mach die Augen auf, Jannis. Deiner Stute geht's nicht gut. Wenn du nicht selber mit dem Schwachsinn aufhörst, rede ich noch mal mit deinem Vater, und dann ist sowieso Schluss.«

Ohne mich überhaupt noch mal anzuschauen, drehte er sich um und stapfte mit seinem Sattel davon.

Jannis und ich sahen uns an. »Arsch«, sagten wir gleichzeitig, und da mussten wir doch noch lachen.

Jannis seufzte. »Ich kläre das und melde mich, okay?«

Mehr als ein Nicken war nicht mehr drin.

Als ich die Haustür aufdrückte, fing Mama mich mit dem Telefon in der Hand im Flur ab.

»Da kommt sie gerade. Warte, ich gebe sie dir. … Nein, mache ich. … Ist gut. … Ja, du auch. Tschüs!« Sie hielt mir das Handteil hin. »Omi ist dran.«

Ich merkte, wie sich meine Schultern entspannten. Omi munterte mich immer auf, egal, was los war, und ein bisschen Aufmunterung konnte ich heute gut gebrauchen.

»Hallo, Omi.« Ich ließ meinen Rucksack fallen und flitzte die Treppe hinauf in mein Zimmer.

»Hallo, meine Kleine«, begrüßte Omi mich währenddessen. »Du klingst müde. War die Schulwoche so anstrengend? Bekommst du genug Schlaf?«

Ich übersprang die üblichen Erkundigungen nach meinem Befinden. »Alles in Ordnung. Ich war nur gerade bei Dari.«

Omi wusste über das Gelassenheitstraining Bescheid, und ich hatte ihr auch erzählt, dass Dari seit ein paar Tagen Verhaltensweisen zeigte, die ich mir nicht erklären konnte.

»Macht sie Fortschritte? Verläuft das Training wieder harmonischer?«

Ich setzte mich auf die Couch am Fenster und zog die Beine an. »Schön wär's. Aber es sieht eher so aus, als würde es schlimmer.«

»Ach je.« Das mochte ich so an Omi: Sie nahm ernst, was mir im Kopf rumging. Der Rest meiner Familie hielt mich ja grundsätzlich für überdramatisch. »Und hast du eine Vorstellung, woran es liegt?«

»Wenn ich das wüsste.«

Marcel gegenüber hatte ich vorhin so getan, als wäre mir noch nie in den Sinn gekommen, dass das Gelassenheitstraining etwas mit Daris Veränderung zu tun haben könnte, aber das stimmte nicht. Seit Tagen dachte ich darüber nach, ob es einen Zusammenhang gab, aber ich fand einfach keinen. Zu Beginn waren die Trainings gelaufen wie mit allen anderen Pferden, mit denen ich bisher gearbeitet hatte. Klar, manche waren entspannter oder lernten schneller, doch das Ergebnis war immer das gleiche gewesen: Sie waren selbstbewusster und nervenstärker geworden. Nur Dari hatte angefangen, wieder Rückschritte zu machen.

»Ich verstehe ja nichts davon, Liebes, aber weißt du, was mir eigenartig vorkommt? Es klingt, als wäre dieses Pferd jetzt schreckhafter als vor eurem Training. Mir als Laien erscheint das sehr merkwürdig.«

Ich hörte das Gluckern einer Teekanne und ein leises Knistern und musste schmunzeln. Es war Zeit für Omis Fünf-Uhr-Tee.

Aber mit ihrer Beobachtung hatte sie recht. Dari scheute vor Sachen, die sie früher nicht interessiert hatten. »Das würde ja bedeuten, dass sie erst durch das Training gelernt hat, vor wie vielen Dingen man Angst haben kann.«

Omi machte eine kleine Pause, in der sie einen Schluck Tee trank. »Für mich klingt das ein bisschen neurotisch.«

»Neurotisch?«

»Das bedeutet unsicher und stressempfindlich. Man verwendet es, wenn jemand immer um die negativen Aspekte im Leben kreist.«

Ich rümpfte die Nase. »Also, ich weiß nicht. Das passt vielleicht doch eher für Menschen. Pferde fangen jeden Tag neu an.«

»Das nenne ich Weisheit.« Omi lachte. »Klingt, als könnte eine alte Frau wie ich viel von Pferden lernen.«

Das brachte sie leider doch wieder zum Thema Schule, also erzählte ich, um welchen negativen Aspekt ich seit Tagen kreiste: meine schlechte Note in Bio. Sie sagte all die richtigen Dinge, die natürlich trotzdem nichts halfen, und in der ganzen Zeit war ein Teil meines Gehirns mit Dari und ihren neuen Ängsten beschäftigt.

Jannis

Aus dem kratzenden Hals wurde eine handfeste Erkältung, die Mama veranlasste, mich tagelang ans Bett zu fesseln. Um ehrlich zu sein, ging's mir auch richtig mies, aber der Gedanke, dass Marcel die ganze Woche mit Dari zugange war und ich es kein einziges Mal schaffte, mich an Mama vorbeizuschleichen *und* ihn beim Training zu erwischen, war noch schlimmer. Einmal lief ich Mama in die Arme, als ich Dari besuchen wollte, und sie flippte total aus, weshalb ich mir weitere Ausflüge lieber sparte. Immerhin nahm ich ihr das Versprechen ab, möglichst oft dabei zu sein, wenn Marcel mit Dari trainierte, aber wenn sie mir dann davon erzählte, klang sie ziemlich einsilbig und wirkte irgendwie bedrückt. Annika war dagegen jedes Mal ganz aus dem Häuschen, wenn sie mir beim Skypen – Mama hätte sie nur im Ganzkörperschutzanzug zu mir gelassen – erzählte, was für Höhen Dari gemeistert hatte. Sie war jetzt offiziell Marcels Turniertrottel und schien Dari als ihr Pflegepferd anzusehen.

So ganz wollte mir nicht in den Kopf, warum Mamas und Annikas Berichte dermaßen unterschiedlich ausfielen, deswegen war ich kurz davor, Frida zu bitten, Marcel auf die Finger zu gucken. Aber dann fragte ich mich, ob aus ihr überhaupt was Objektives herauszubekommen wäre. Sie würde sich bestimmt so aufregen, dass sie den Tierschutzbund einschalten würde.

Wahrscheinlich war ich von all den Grippemedikamenten so benebelt, dass ich mir nicht groß etwas dabei dachte, wie auffällig

Mama meinen Fragen auswich, und mich mit Annikas Begeisterung zufriedengab – von der ich wiederum lieber weniger als mehr hören wollte. Mit jedem Tag, den ich im Bett verbrachte, schwanden die Chancen, dass ich am Wochenende mit Tino in Breese antreten würde. Am Samstagmorgen war ich dann einfach froh, als Mama einwilligte, mich zu fahren, damit ich wenigstens Dari und Marcel zugucken konnte.

Wir brauchten ewig, um einen Parkplatz zu finden, und dann noch mal fast genauso lang, um zu dem Teil des Turniergeländes zu kommen, wo laut Marcel unser Hänger stehen musste. Während wir suchten, hörten wir jemanden Mamas Namen rufen.

»Eva!«

Mama drehte sich um, ich blieb ebenfalls stehen und wandte den Kopf. Ein Mann in Jeans und Wachsjacke kam auf uns zu und strahlte übers ganze Gesicht.

»Das ist ja ewig her.« Er küsste Mama auf beide Wangen. »Wie geht's dir?«

»Gut, danke dir, Claus. Schön, dich zu sehen. Jannis kennst du, oder?«

Claus schüttelte meine Hand. Jetzt wusste ich auch wieder, wer er war: Claus Maaßberg war vor zwanzig Jahren oder so in der Nationalmannschaft geritten und hatte ein paar zweite und dritte Plätze bei Europameisterschaften erreicht. Jetzt leitete er einen großen Stall in Brandenburg.

Er lächelte mich an. »Selbstverständlich. Im Sommer habe ich dich ein paarmal reiten sehen, Jannis. Alle Achtung. Von dir werden wir noch hören. Erst recht mit dieser tollen Stute, die ihr gekauft habt. Eine Darius-Tochter, oder?«

Ich nickte, und Mama und Claus kamen ins Quatschen über

ihre Pferde und alte Zeiten und dann den Carlshof, und von da aus ging es weiter zu der Schwierigkeit, gutes Personal zu finden. Claus suchte gerade dringend einen Bereiter.

»Du hast keinen Tipp für mich, Eva?«, fragte er.

Mama schüttelte den Kopf. »Ich bin froh, dass wir unsere Stelle besetzen konnten. Aber ich halte die Ohren offen.«

»Das wäre toll.« Claus grinste mich an. »Auf dich kann ich ja leider nicht warten, was, Jannis? Wie alt bist du jetzt? Fünfzehn? Immer noch ein bisschen jung.«

Ich lächelte gequält. So tief war das Gespräch gesunken? »Vierzehn in zwei Wochen.«

Er klopfte mir auf die Schulter. »Dann reden wir noch mal, wenn du mit der Schule fertig bist.« Mit zwei weiteren Küssen verabschiedete er sich von Mama. »Ich muss los. Vielleicht sehen wir uns. Und kommt uns doch mal besuchen, Tanja würde sich auch freuen.«

Als wir uns endlich durch das Gewühl gekämpft hatten, war Marcel mit Dari schon auf dem Abreitplatz. Das erfuhren wir von Björn, dem wir in der Nähe unseres Hängers in die Arme liefen und der gerade auf dem Weg zu ihm war. Wir schlossen uns ihm wohl oder übel an und stellten uns zu Annika, die schwer bepackt mit Decken und allem möglichen anderen Kram neben dem Platz stand und Marcel beobachtete.

»Hey.« Ich stupste sie an.

Dafür, dass sie mich eine Woche lang nur übers Internet gesehen hatte, war ihr Seitenblick sehr kurz. »Hi.« Sie küsste mich flüchtig und konzentrierte sich wieder auf Marcels Ritt.

Einen Moment sah ich sie irritiert an, dann galoppierte Dari auf unsere Seite des Platzes und zog meine Aufmerksamkeit auf sich.

Zuerst dachte ich, ich würde vielleicht noch fiebern und wäre gar nicht auf einem Turnier. Was da auf mich zukam, war nicht mehr meine Stute, sondern ein völlig anderes Pferd. Marcel hatte sie zusammengeschnürt wie ein Paket, er ritt mit Radsporen und Gerte und machte ihr so viel Druck, dass das Weiße in ihren Augen zu sehen war. Ihre Ohren flogen panisch hin und her.

Drei Galoppsprünge später trieb Marcel sie auf einen mächtigen Oxer zu, der für die Klasse, die er heute mit ihr gehen wollte, völlig übertrieben war. Ihre Hinterhand spannte sich an, und sie setzte darüber hinweg, als wäre es ein Cavaletti. Sie hatte mindestens einen halben Meter Luft.

Ich stützte mich auf den Zaun und wollte mein Bein hinüberschwingen, da packte Björn mich an der Schulter und zerrte mich zurück.

»Wo willst du hin?«

Zitternd deutete ich auf Dari. »Ich hole dieses Arschloch von ihr runter«, krächzte ich. »Der macht sie kaputt!«

»Der reitet sie endlich anständig! Schau dir an, was für Höhen sie mit ihm macht! Schau hin, da kannst du noch was lernen!«

Einen Moment lang hing mir der Mund offen. »Hast du sie noch alle?« Ich suchte Mamas Blick. »Willst du dazu vielleicht was sagen? Seit wann werden unsere Pferde so gerollt?«

Mamas rechtes Auge zuckte. Das tat es immer, wenn ihr bei einer Sache unwohl war. »Jannis … ich glaube, ich habe dir über den Sommer zu wenig mit ihr geholfen. Ihre Leistungen mit Marcel sind wirklich beeindruckend. Sie braucht eine festere Hand.«

Sprachlos starrte ich sie an, dann Björn. Meine Eltern. Ich konnte echt nicht fassen, dass Mama mit ihm gemeinsame Sache machte, nicht bei so etwas Wichtigem wie Dari.

»Seid ihr jetzt völlig durchgeknallt? Seht ihr nicht, wie sie sich gegen ihn wehrt?«

»Jannis«, warf Annika leise von der Seite ein, »er kommt wirklich gut klar mit ihr. Sie springt wie eine Eins.«

»Ja, weil sie Angst vor ihm hat!«

»Dann braucht sie das wohl«, war sich Björn nicht zu schade zu sagen. »Gib ihr noch ein bisschen, bis sie sich daran gewöhnt hat. Danach wirst du weit fahren müssen, um ein Pferd zu finden, das es mit ihr aufnehmen kann.«

Bei seinem selbstgefälligen Tonfall hätte ich am liebsten gekotzt. »Keine Minute gebe ich ihr noch! Ich beende das sofort.«

Wieder versuchte ich, über den Zaun zu klettern, wieder zog Björn mich zurück, grober diesmal. Mamas Hand schüttelte er ab.

»Du bleibst hier und lässt ihn seine Arbeit machen. Ich warne dich, wenn ich heute noch einen Ton von dir höre, dann packe ich sie ein und nehme sie mit. Und du hast sie zum letzten Mal geritten. Schluss jetzt!«, fuhr er mich an, als ich widersprechen wollte.

»Björn, Jannis«, kam es von Mama, aber ich sah sie nicht mal an, als ich ihnen den Rücken zudrehte und wegging. Ich könnte schwören, dass Dari mir hinterherwieherte.

Eine Stunde später fand Annika mich hinter dem Cateringzelt. Sie testete den Untergrund, dann setzte sie sich, zog die Beine an, schlang ihre Arme darum und schaute mich mit schräg gelegtem Kopf an.

»Sie haben den ersten Platz gemacht«, sagte sie nach einer Weile, als von mir nichts kam.

»War nicht zu überhören.«

Der Stadionsprecher hatte seine Begeisterung über Daris »Wahnsinnsdurchgang« quer über das Gelände gebrüllt. Seine Stimme hatte sich richtig überschlagen.

»Du kannst wirklich stolz sein auf dein Pferd«, versuchte sie es noch mal.

Ich sah sie an, und es war mir egal, wie kalt mein Blick sein musste. »Stolz? Worauf soll ich denn stolz sein? Dari macht das doch nicht freiwillig, die springt so gut, weil sie halb verrückt ist vor Panik.«

Seit einer Stunde fragte ich mich, wie es so weit hatte kommen können, wie ich zulassen konnte, dass Dari das alles durchmachte. Ich war jedes Gespräch mit Björn noch einmal durchgegangen, versuchte zu begreifen, wann ich Dari im Stich gelassen hatte, weil ich nicht laut genug Nein gesagt hatte. Ich fand keine Antwort.

Annika sah mich an, als hätte ich noch immer Fieber. »Das stimmt doch nicht! Jannis, Marcel und Dari sind einfach ein tolles Team. In ein, zwei Jahren kannst du sie wieder übernehmen und dann seid ihr genauso erfolgreich.«

Ich lachte trocken auf. »In ein, zwei Jahren, ja? Stellt Marcel sich das so vor?« Kapierte Annika nicht, was sie da laberte? Diese eine Woche ohne Dari war schon die Hölle gewesen, wie sollte ich das ein Jahr lang aushalten? Plötzlich kam sie mir vor wie eine Fremde. »Hat er dir das gesagt?«

Sie schaute weg. Dann zuckte sie mit den Schultern. »Dein Vater und Marcel planen das so. Und ich finde …« Sie biss sich auf die Lippe.

»Oh Mann, Annika, spuck's aus.« Ich legte den Kopf in den Nacken und wartete auf die Wut, aber sie kam nicht. Mir fehlte die Energie herauszufinden, was ich stattdessen fühlte.

Neben mir straffte sich Annika. »Ich finde, dass es so richtig ist. Marcel ist ein toller Reiter und Dari hat in der letzten Woche wirklich von ihm profitiert.«

Sie klang trotzig, und ich spürte, wie mein Mund zuckte, spöttisch oder verächtlich oder was weiß ich. Langsam drehte ich den Kopf und sah sie an. Ihr blonder Pferdeschwanz bewegte sich im Wind, ihre Ohrspitze war ein bisschen rosa, und sie kniff die Lippen zusammen, aber sie hielt den Blick stur nach vorne gerichtet.

»Viel hast du ja nicht gelernt auf Eldenau.«

Die Worte klangen vernichtender, als ich beabsichtigt hatte, aber zurücknehmen wollte ich sie auch nicht. Für ein paar Sekunden vergaß Annika zu atmen, dann schaute sie mich endlich an.

»Hab ich es doch gewusst.«

Mehr wollte sie dazu anscheinend nicht sagen, denn sie sprang auf und stapfte davon. Ich lief ihr nicht nach.

Daris Anblick, wie sie zitternd und erschöpft dastand, als ich zu den anderen zurückging, brannte sich für alle Ewigkeit in mein Gedächtnis ein, da war ich sicher. Ich stieg zu ihr in den Hänger und streichelte ihr eine Weile über Kopf und Hals, aber sie schien mich gar nicht wahrzunehmen. Ihr Atem ging flach und hektisch und sie schwitzte noch immer. Wenigstens war es warm, die Decke hatte sie sich wohl auch heute nicht auflegen lassen.

Als Björn sich von Mama und Marcel verabschiedete, kletterte ich hinaus, aber ich weigerte mich, ihn auch nur anzusehen. Ja, vielleicht war ich auch schuld daran, dass Dari sich gerade kaum mehr auf den Beinen hielt, aber wenigstens redete ich mir nicht ein, dass ihr Zustand normal war. Wir hatten es gewaltig verbockt, und das Letzte, was ich heute gebrauchen konnte, war, dass Björn sich auch noch selbst beglückwünschte.

Marcel wollte schon in den Mondeo steigen, aber Mama bemerkte meinen Blick und griff nach dem Autoschlüssel.

»Nimm du bitte mit Annika den Polo, Marcel. Jannis und ich fahren den Hänger nach Hause.«

Sie stieg neben mir ein und schlängelte sich zwischen den geparkten Transportern hindurch zur Ausfahrt.

Wir waren schon fast auf der Bundesstraße, als sie anfing: »Jannis …«

»Nein.«

Eine Minute oder zwei blieb es still, dann kam wieder: »Jannis …«

»Nein.«

Sie sog die Luft ein. Es war mir egal, ob sie wütend wurde, traurig oder sonst irgendwas. Was sie sich heute geleistet hatte, war echt das Letzte. Sie hatte sich mit Björn verbündet, und zwar nicht nur gegen mich, sondern auch gegen Dari. Ich hatte ihr nichts zu sagen.

Eine Weile ließ sie mich in Ruhe. Erst hinter Buddenwalde fing sie noch mal an, und dieses Mal redete sie so schnell, dass ich ihr nicht ins Wort fallen konnte.

»Jannis, du hast recht. Das ging heute zu weit. Dari ist ein Ausnahmetalent, aber sie braucht mehr Zeit.«

Ich biss mir auf die Lippe, weil mir Tränen in die Augen schossen. Verdammt, damit hatte ich nicht gerechnet. Ich hatte es auf einen Megastreit angelegt, später irgendwann, wenn Dari sicher in ihrer Box stand und ich meiner Wut endlich freie Bahn lassen konnte. Aber dass sie mir recht gab, verstärkte meine Hilflosigkeit irgendwie noch. So eine Scheiße.

»Tolle Erkenntnis. Davon kann sie sich auch nichts kaufen«, presste ich hervor.

Mama legte ihre Hand auf mein Knie. Ich war schwer versucht, sie wegzuschieben, tat es dann aber doch nicht.

»Du hast recht. Es tut mir leid, Jannis. Wir lassen Dari jetzt mal zur Ruhe kommen, dann sehen wir weiter. Okay?«

Ich wusste nicht, was ich antworten sollte, weil ich überhaupt nichts mehr wusste. Wenn ich nicht aufpasste, wurde ich noch ganz selbstmitleidig und wünschte mir, dass ich nie hierher an die Küste gekommen wäre, sondern noch immer in Berlin leben und mit Dari bei Björn trainieren könnte.

Die Vorstellung setzte mich wieder aufs richtige Gleis. Alles war besser, als weiter mit diesem verlogenen Arsch unter einem Dach zu wohnen. War ja eigentlich klar gewesen, dass so ein Neuanfang nicht ohne Komplikationen abging – es hatte bisher auch alles fast zu reibungslos geklappt. Aber dass ausgerechnet Dari unter diesem ganzen Hickhack zu leiden hatte, ließ das Stimmungsbarometer wieder Richtung Wut ausschlagen. Gut so. Ich konnte mir keine Schwäche erlauben.

Noch während der Mondeo auf dem Hof ausrollte, sprang ich aus dem Auto. Marcel und Annika waren schon da und kamen mir entgegen. Anscheinend war Annika noch immer sauer, weil sie mich nicht mal richtig anschaute, sondern gleich anfing, den Sattelschrank auszuräumen. Gerade war mir das egal, darum würde ich mich später kümmern. Für meine Entschuldigung brauchte ich kein Publikum und entschuldigen musste ich mich wohl. Auch wenn sie wirklich keine Ahnung hatte.

Mama und Marcel öffneten die Klappe. Durch die Luke kletterte ich zu Dari in den Hänger. Sofort nahm sie den Kopf hoch. Offenbar hatte sie sich ein bisschen erholt, denn sie zitterte nicht mehr so stark. Das war wenigstens etwas, gleichzeitig schien sie jetzt wieder mehr Kraft für Panik zu haben.

Leise redete ich auf sie ein, strich ihr über den Hals, aber davon ließ sie sich heute nicht beruhigen. Kein Wunder, es war ja auch kein normaler Tag gewesen. Trotzdem musste sie jetzt von dem Hänger runter. Ich machte den Strick los.

»Seid ihr so weit?«, fragte ich Mama und spähte an Dari vorbei. Sie drückte sich an die Wand, als hätte sie Angst, ich könnte sie berühren.

»Moment«, antwortete Mama. Sie verteilte mit Marcel Stroh auf der Rampe, dann richtete sie sich auf und nickte mir zu. »Los geht's.«

Aber gar nichts ging. Ich drückte Dari vorsichtig gegen das Buggelenk, doch sie stemmte sich mit allen vieren gegen die Bewegung. Wieder warf sie den Kopf hoch. Der plötzliche Ruck brannte in meiner Handfläche, aber ich hatte den Strick sicher.

Langsam fuhr ich ihr über den Hals. Das konnte gar nicht sein, dass sie jetzt anfing rumzuzicken, Dari hatte sich immer brav verladen lassen. Noch einmal setzte ich an, sie rückwärtszurichten, aber sie rührte sich nicht vom Fleck.

»Was ist los?«, hörte ich Mamas Stimme.

»Keine Ahnung. Sie will sich nicht runterführen lassen.«

»Warte mal«, mischte Marcel sich ein, aber ich wollte gar nicht wissen, worauf.

»Du hältst dich da raus. Heute kommst du garantiert nicht mehr in ihre Nähe.«

Wahrscheinlich gab ihm Mama eine ähnlich lautende Anweisung, weil ich nichts mehr von ihm hörte.

In den nächsten zwanzig Minuten mühten wir uns ab, Dari von dem Hänger zu bekommen, aber weder gute Worte noch nachdrückliche Hilfen brachten etwas. Wir probierten es mit Äpfeln und Müsli, schoben zu zweit, ließen sie ausruhen und fingen von vorn an. Nichts half.

Mittlerweile war mir der Schweiß ausgebrochen. Ich zog den Reißverschluss meiner Kapuzenjacke auf und schlüpfte aus den Ärmeln. In dem Moment quietschte Dari auf. Sie drängte sich von mir weg und warf den Kopf mit einem solchen Ruck hoch, dass der Panikhaken aufging und ich mit dem losen Strick in der Hand dastand. Ich konnte bloß »Vorsicht!« rufen, als ich schon Mamas erstickten Schrei hörte. Dari war so schnell die Rampe runter, dass ich Sekunden später nur noch ihren Hintern in der Dämmerung verschwinden sah.

»Scheiße!«

Neben mir stöhnte Mama, die sich gerade mit Fridas Hilfe aufrappelte. Wo kam die denn plötzlich her?

»Alles okay, Mama? Ist dir was passiert?«

Ich musterte sie. Sie konnte stehen, das immerhin, aber sie hatte Augen und Mund zusammengekniffen und hielt sich das Knie.

»Ist nichts Schlimmes«, behauptete sie. »Macht, dass ihr Dari hinterherkommt. Wenn sie irgendwo hängen bleibt …«

Den Rest musste sie nicht sagen. Frida und ich halfen ihr, sich auf die Rampe zu setzen, dann sprinteten wir Marcel und Annika nach, die schon Daris Verfolgung aufgenommen hatten. Das heißt, ich sprintete, Frida war gar nicht hinter mir, als ich fragte: »Was machst du hier?«

Verblüfft blieb ich stehen und schaute mich um, aber da tauchte sie auch schon auf Liv auf. Liv trug nur ein Halfter.

»Los, komm, da vorne warten die anderen«, wies sie mich an, und weil es ja nichts brachte, ihr zu sagen, wessen Pferd gerade weggelaufen war, rannte ich neben ihr her.

»Was macht ihr hier?«, wiederholte ich meine Frage, auch wenn ich mir die Puste besser hätte sparen sollen.

Sie warf mir einen schnellen Seitenblick zu. »Ich war mit Liv spazieren und hab einen Schlenker über den Carlshof gemacht. Hatte kein gutes Gefühl heute.«

Den Rest, den sie sicher auch noch zu sagen hatte, behielt sie für sich. Mir war selber klar, dass ihr Gefühl sie nicht getäuscht hatte.

Am unteren Ende des Springplatzes holten wir die anderen ein. Sie suchten mit den Handytaschenlampen den Boden ab.

Annika sah auf. »Sie war zu schnell. Wir haben sie aus den Augen verloren, und jetzt wissen wir nicht, wohin sie gelaufen ist.«

Von Marcel kassierte sie dafür einen genervten Blick, aber etwas Hilfreicheres hatte er auch nicht beizutragen. Ich war schon dabei, mein eigenes Handy zu zücken, als Frida meinte: »Hat doch keinen Sinn bei diesen Lichtverhältnissen. Selbst wenn ihr Hufspuren findet, können die von einer Menge anderer Pferde sein. Wir müssen uns aufteilen.«

Annika wirkte nicht gerade glücklich, aber Frida nahm ihren Protest vorweg. Sie zeigte nach rechts. »Ich reite Richtung Wald, den Weg kennt keiner von euch gut. Annika, du nimmst dir mit Jannis am besten die Straße ins Dorf vor, die Gegend dürfte dir ja von unseren Ausritten noch was sagen. Marcel, halt dich links auf dem Wirtschaftsweg an den Koppeln. Wenn wir Glück haben, ist sie da lang und kommt in einem Bogen zum Hof zurück.«

Marcel war schon weg – ja, Frida hatte was Autoritäres, da muckte nicht mal er –, aber ich drehte mich noch mal um und machte ein paar Schritte rückwärts, damit Annika aufschließen konnte.

Sie stand weiter da wie festgewachsen und rief Frida hinterher: »Willst du wirklich allein gehen? In zwanzig Minuten ist es dunkel.«

Frida war bestimmt genauso überrascht wie ich, so schnell, wie sie sich umguckte, aber sie winkte nur ab. »Keine Sorge, ich hab ja Liv. Den Weg sind wir schon tausendmal langgeritten.«

Dann waren ihre Umrisse in der Dämmerung verschwunden und ich hörte nur noch Livs Hufschlag.

Annikas Einwand war berechtigt. Nach zweihundert Metern sah ich kaum noch, wohin Liv die Hufe setzte. Lange konnte ich nicht mehr reiten, traben schon gar nicht. Liv trug mich zwischen Weißdornhecken dahin und raschelte durch Kastanienlaub, bevor wir wieder auf offenes Feld kamen und ich mehr erkennen konnte. Aber das half mir auch nichts. So wie Dari davongerast war, konnte sie mittlerweile auf halbem Weg nach Polen sein.

Das Spektakel, das sie eben auf dem Hof veranstaltet hatte, zeigte eines sehr deutlich: Der Tag war eine Katastrophe gewesen. Hatte sie sich verletzt? Dann war es noch wichtiger, sie schnell zu finden. Schreckensbilder einer röchelnden Dari, die hoffnungslos verheddert im Gestrüpp lag, wechselten sich in meinem Kopf mit gebrochenen Vorderbeinen und blutenden Fleischwunden ab. Wohin war sie gerannt? Wie weit hatte die Angst sie getrieben?

Mir ging die Puste aus. Ich parierte Liv zum Schritt durch und versuchte, wieder zu Atem zu kommen. Bis in die Ohren konnte ich meinen Puls fühlen, aber ich bezweifelte, dass das nur vom flotten Trab kam. Ich holte mein Handy raus und schaltete die Taschenlampe ein, machte sie aber gleich wieder aus. Das brachte doch nichts. Wenn ich Dari finden wollte, dann nur mit Ruhe. Und mit Liv.

»Hilf mir, ja?« Meine rechte Hand glitt an ihrer Wirbelsäule hinauf bis zu der Stelle, wo sie es besonders gernhatte, wenn sie gekrault wurde. »Wir müssen Dari finden.«

In der Dämmerung konnte ich nur ihr weißes linkes Ohr sehen, wie es sich zu mir drehte, dann wieder lauschend nach vorn aufstellte. Sie schnaubte und schritt weiter aus. Waren wir also auf dem richtigen Weg?

Ich nahm die Schultern zurück, atmete tief ein und lauschte. Die Nacht kam und brachte ihre Geräusche mit, das Flüstern des Windes im Strandgras, das sich am Tag nie so geheimnisvoll anhörte. Ein Rascheln hier, ein Knistern dort. Die gleichmäßigen Flügelschläge der Kraniche über uns und ihre trompetenden Rufe, erst einer, dann viele, als sie zur Landung in ihrem Nachtquartier ansetzten. Und wie immer die Brandung, die die Leute an der Küste begleitete wie ein zweiter Herzschlag, meist unbemerkt, aber umso lauter in Momenten der Stille.

Und dann das Wiehern.

Angst hatte ich bisher nicht gehabt, wozu auch? Das war meine Gegend, ich kannte hier jeden Stein. Aber jetzt krampfte sich alles in mir zusammen. Ein Pferd wieherte nicht. Nicht allein in fremder Umgebung. Kein Pferd wollte Aufmerksamkeit auf sich ziehen. Aber da war es wieder – Daris Wiehern.

Sie rief um Hilfe.

Es war so leise, ich konnte kaum die Richtung ausmachen, aus der es kam. Aber Liv konnte es. Ihr Kopf flog hoch und wandte sich halb nach links, ihre Ohren waren auf den Westwald gerichtet. Im nächsten Moment frischte der Wind auf und riss Lücken in die Wolkendecke, sodass der Halbmond den Pfad vor uns beleuchtete. Wir trabten los, und als Liv an der Kreuzung nicht den Weg zum Gut nahm, sondern sich nach links hielt, wusste ich, dass wir auf der richtigen Spur waren.

Der Untergrund wurde sandig. Wieder war der Mond verschwunden, und die Kiefern ragten dunkel neben uns auf, aber der Pfad war so hell, dass wir ihm auch in der Dunkelheit folgen konnten.

Liv blieb stehen. Sie lauschte und witterte, und für einen Moment schien sie zu zögern, aber dann kam eine Bö vom Meer her, und da hörte ich es auch.

Ein Prusten diesmal, scharf, fast kämpferisch. Es klang nah, aber das Rauschen der Wellen nur dreißig Meter hinter den Bäumen verunsicherte mich. Ich traute mich nicht, mit der Taschenlampe zu leuchten, weil ich Angst hatte, Dari damit zu blenden und noch mehr aufzuregen, aber da tauchte der Mond hinter einer Wolke hervor, und ich sah ihre Silhouette.

Mein erster Impuls war, auf den Boden zu springen und loszurennen, zu Dari, doch ich zwang mich, einen weiten Bogen zu reiten, damit sie uns kommen sah. Liv schnaubte sanft, aber Dari beachtete sie nicht, sie wieherte auch nicht mehr. Sie hatte ihre ganze Aufmerksamkeit darauf gerichtet, sich zu befreien.

Als wir näher kamen, erkannte ich, was passiert war. Langsam glitt ich von Livs Rücken.

So eine Scheiße.

Dari war halb den Steilhang hinuntergerutscht und stemmte die Vorderbeine in den Boden. Ihr Körper war aufs Äußerste gespannt und hing in einem Geflecht aus Wurzeln, das der Wind und die Brandung freigelegt hatten. Sie versuchte, den Hang hinaufzuklettern, aber es sah aus, als würden ihre Hinterbeine keinen Halt finden.

Was mich stehen bleiben ließ, war ihre Ausstrahlung. Der Mond beschien sie, und da war keine Panik mehr in ihrer Haltung, nur noch Wille und Trotz. Auf meinem Rücken prickelte die Gänsehaut.

Als sie einen Moment still hielt, sprach ich sie an. »Dari.«

Ihre Ohren flogen zu mir herum.

»Dari«, sagte ich wieder.

Langsam wandte sie den Kopf, und ich fing ihren Blick auf, und in dem Moment kapierte ich, warum Jannis sich im Parcours auf sie verließ. Von Angst war keine Spur mehr zu sehen, Dari war eine Kämpferin. Irgendwann spürte ich Livs Wärme. Sie blieb neben mir stehen und brummelte leise.

Das schien Dari neue Kraft zu geben. Mit einem Ächzen stemmte sie sich in den Boden, aber dann gab es ein ohrenbetäubendes Krachen. Daris Vorderbeine rutschten ab, unter ihr musste die Wurzel abgebrochen sein, die sie gehalten hatte. Sie schrie auf, dann war sie verschwunden. Ich hörte, wie sie mit einem schauderhaften Poltern gegen den Felsen prallte, weiterschlitterte, am Fuß des Abhangs Gestrüpp zerknickte und liegen blieb.

Das Halfter. Das war alles, was ich in der Sekunde denken konnte, die ich bis zur Abbruchkante brauchte. Wenn sie mit dem Halfter an einer Wurzel oder in einem Spalt hängen geblieben war, hatte sie sich das Genick gebrochen.

»Bitte nicht, bitte nicht«, bettelte ich, als ich mich hinkniete und in die Tiefe schaute. Ich sah Jannis' Gesicht vor mir, wenn ich ihm sagen musste, dass seine Stute zerschmettert am Fuß der Steilküste lag, aber dann verschwand das Bild, und ich erkannte, was fünf Meter unter mir passierte.

Daris Halfter hatte sich nirgends verhakt. Dari lebte. Sie hob den Kopf, erst zaghaft, dann kam sie mit einem Ruck hoch, schüttelte sich und drehte sich mit einem Keuchen auf der Hinterhand um.

Und dann legte sie los. Ich sprang auf und sah ihr nach. In meinem ganzen Leben hatte ich ein Pferd nicht so laufen sehen. Sie galoppierte mit weiten Sprüngen am Wasser entlang, schimmernd im Mondlicht, so schnell, dass ihre Hufe kaum mehr den Boden zu berühren schienen.

Wir hatten vier Kilometer, um sie einzuholen. Vier Kilometer bis zur Landspitze.

Ich drehte meinen Kopf zu Liv. »Bereit?«

Sie machte einen Schritt auf mich zu.

Von einem Baumstumpf schwang ich mich auf ihren Rücken und atmete tief durch. Ich musste überlegen, aber die Gedanken in meinem Kopf spielten Pingpong. Liv stand wie eine Statue, und ihre Wärme unter mir gab mir die Klarheit, die ich brauchte. Wenn ich zwischen den Kiefern hindurch zum Pfad ritt und den nächsten Strandaufgang nahm, war Dari über alle Berge. Wenn ich aber irgendeine Chance haben wollte, sie mit Liv einzuholen, musste ich schneller zum Strand hinunter. Und der schnelle Weg war der direkte.

»Was meinst du, Mädchen?«

Liv schnaubte.

Okay. Liv war trittsicher und hatte eine starke Hinterhand. Ich traute uns das zu. Als ich sie ein Stück nach rechts lenkte, wo zwischen zwei toten Baumstämmen eine kleine Kuhle ausgewaschen war, ging sie vorwärts, ohne zu zögern. Damit war es entschieden.

Ich griff in ihre Mähne und trieb sie in gerader Linie auf die Kuhle zu. Der Hang war steil, aber bei Weitem nicht so wie der Abschnitt, an dem Dari hinuntergefallen war. Es war machbar. Liv meinte das auch. Sie tastete sich mit den Vorderbeinen in die Einbuchtung hinein, dann nahm sie das Gewicht auf die Hinterhand und ein paar Sekunden später hatte sie mich sicher den Hang hinuntergetragen.

Wir hatten kaum Zeit für ein Lob. Noch während ich sie kraulte, galoppierten wir los, dicht am Wasser entlang, wo der Sand fest war. Ich hatte keine Ahnung, wie viel Vorsprung Dari hatte, ich konnte einfach nur hoffen, dass sie langsamer wurde. So voller Panik, wie sie losgeprescht war, wurde sie sicher schnell müde, denn anders als Liv war sie lange Galoppstrecken nicht gewohnt.

Mein Galoppmonster dagegen kam gerade in Fahrt. Geschmeidig trug sie mich über den Strand, und ich versuchte einfach nur, sie nicht zu stören.

Nach ein paar Minuten merkte ich, wie meine eigene Panik abebbte und der Ruhe Platz machte. Mir war warm, der Galopp war anstrengend, aber die Nacht war unfassbar schön. Die Wolken hatten sich verzogen und gaben den Sternenhimmel frei und außer der Brandung, Livs Atem und dem Geräusch ihrer Hufe auf dem Sand war nichts zu hören. Ich wusste, wenn ich Dari heil nach Hause bringen wollte, dann brauchte ich diese Ruhe.

Und plötzlich tauchte sie vor uns auf. Es war, wie ich mir gedacht hatte: Das Wahnsinnstempo nach ihrem Sturz hatte sie nicht lange durchgehalten. Selbst aus der Entfernung konnte ich sehen, dass ihre Sprünge jetzt gefasster waren, ihre Anspannung nachgelassen hatte. Sie rannte nicht mehr, weil ihr die Panik im Nacken saß wie ein Rudel Wölfe, sondern weil sie es konnte. Es kam mir vor, als wüsste sie einfach nicht, warum sie stehen bleiben sollte.

Also mussten wir ihr einen Grund geben.

Ich kannte den Strand, ich wusste, wie tief das Meer an jeder Stelle war. Und ich wusste, welcher Priel seicht genug war, um hindurchzureiten. Mit dem allergeringsten Druck meines Schenkels lenkte ich Liv nach links ins Wasser. Dari galoppierte auf die Klippen zu und der Strand machte hier einen Bogen. Mit ein bisschen Glück konnten wir ihr den Weg abschneiden.

Liv schien zu verstehen, was ich von ihr wollte, denn sie hielt nicht direkt auf Dari zu, sondern versuchte, vor sie zu kommen. Es dauerte nicht lange, bis Dari uns bemerkte. Sofort wurde sie langsamer. Wieder ein Vorteil für uns.

Für Liv wurde es anstrengend, das spürte ich. Trotzdem hielt sie das Tempo. Unser Abstand zu Dari verkleinerte sich. Sie schien nicht recht zu wissen, was sie von unserer Aktion halten sollte, und dass sie uns so viel Aufmerksamkeit schenkte, wertete ich als gutes Zeichen. Wäre sie immer noch panisch gewesen, hätten wir sie nie erreicht.

Liv legte auf den letzten Metern noch einmal zu, dann hatten wir den Priel durchquert und wieder trockenen Sand unter den Hufen. Wir atmeten beide schwer, als wir uns Dari zuwandten, die uns entgegengaloppierte. Natürlich hätte sie ausweichen können, aber anscheinend war Liv der Grund, langsamer zu werden. Sie fiel in Trab und blieb dann stehen. Ihre Ohren waren in unsere Richtung gedreht. Wachsam beobachtete sie uns.

So standen wir eine Weile. Irgendwann atmete Dari aus. Ihr Kopf senkte sich, sie schnupperte am Sand und dann schnaubte sie.

Einen Moment lang musste ich die Augen schließen.

Den Rest erledigte Liv. Ich ritt sie an, und dann ließ ich sie tun, was sie für richtig hielt. Keine Minute später standen die beiden Stuten Nase an Nase und noch eine Minute später stupste Dari mich an. Ich strich ihr über den Hals, mehr zu meiner eigenen Beruhigung als zu ihrer, und streichelte sie zwischen den Augen.

Und dann hakte ich Livs Strick in Daris Halfter ein, sie drehte sich um und wir machten uns auf den Heimweg.

Es war so verflucht kalt.

Was hatte mich nur geritten, im T-Shirt nach Dari zu suchen? Meine Jacke lag im Hänger, verdammt! Ich hätte mich nur danach zu bücken brauchen. Außerdem wäre eine ordentliche Taschenlampe sinnvoll gewesen. Mein Handy hatte nämlich mittlerweile keinen Saft mehr, und Annikas Taschenlampe hatten wir vorsichtshalber ausgemacht, um ihren Akku zu schonen. Wenigstens kam hin und wieder der Mond raus.

»Es hat keinen Sinn«, meinte Annika kurz vor der Landstraße. »Lass uns umkehren. Wir sind jetzt seit fast einer Stunde unterwegs. Ich glaube einfach nicht, dass sie hier lang ist.«

»Und wenn doch? Wenn sie auf die Straße rennt …«

»Jannis.« Annika blieb stehen.

Ich ging noch ein paar Schritte weiter, dann drehte ich mich um. »Was?«

»Das bringt so nichts. Wir müssen zurück. Wir brauchen Lampen und mehr Leute und du brauchst was zum Anziehen. Deine Zähne klappern.«

»Gar nicht«, protestierte ich durch verkrampfte Kiefer, aber ich wusste selber, dass diese Aktion nach meiner kaum ausgeheilten Erkältung fahrlässig war.

Im Mondlicht konnte ich sehen, wie Annika die Augen verdrehte. »Ich ruf jetzt die anderen an. Vielleicht haben sie Dari gefunden.«

Ich wollte einwerfen, dass das gefährlich war, dass der Klingelton im schlimmsten Fall Dari erschrecken konnte, aber jetzt brachte ich wirklich nichts mehr raus.

Annika war sowieso schneller. »Hallo, Marcel«, sagte sie Sekunden später, »gibt's was Neues?« Und nach einer Pause: »Bei uns auch nicht. Wir kehren um … Ja, okay. Tschüs.«

Gleich darauf informierte sie mich, dass Frida nicht ans Telefon ging. Dann diktierte ich ihr die Nummer meiner Mutter, aber auch die wusste nichts Neues.

Ich ließ mir von Annika das Handy geben. »W-w-wie geht's dir?«

»Jannis? Alles okay?« Mama klang natürlich sofort alarmiert.

»Ist n-nur kalt. Was macht dein Knie?«

Nach einem Moment antwortete sie: »Hab es bloß geprellt, glaube ich. Hör mal, Jannis, ihr kommt jetzt zurück, und falls auch Frida Dari nicht gefunden hat, rufen wir bei den Benekes an. Die helfen uns bestimmt bei der Suche. Ein paar Einsteller sind auch noch da, ein Dutzend Leute kriegen wir bestimmt zusammen. Aber du musst dich aufwärmen. Verstanden?«

»Ich seh eh schon die L-Lichter. Fünf M-M-Minuten, okay?«

»Okay. Und, Jannis?«

»Ja?«

»Wir finden sie.«

Ich nickte nur, auch wenn sie das nicht sehen konnte, und gab Annika das Handy zurück.

Die letzten paar Hundert Meter zogen sich endlos. Mittlerweile war ich wahrscheinlich blau wie ein Schlumpf, aber immer, wenn ich versuchte, schneller zu laufen, schüttelte mich wieder der Husten. Annika hatte meine Hand genommen und so schlichen wir auf den Hof zu. Zwei Minuten später legte ich doch einen Sprint hin. Da war sie. Dari! Vorn am Stall war sie im Schein der Außenbeleuchtung aufgetaucht. Ich stolperte, und in dem Moment hätte ich nicht sagen können, ob meine Knie wegen der Kälte nachgaben oder doch vor Erleichterung.

Immerhin brachte mich das Straucheln wieder zur Vernunft. Ich ging langsam weiter, um sie nicht zu erschrecken. Jetzt, wo ich näher kam, konnte ich sehen, dass Frida sie führte. War sie also tatsächlich Richtung Strand gerannt?

Mama nahm die beiden in Empfang, mich hatte sie noch gar nicht bemerkt. Sie entlastete ihr linkes Knie ein wenig, aber dafür hatte ich gerade keinen Kopf. Daris Fell war stumpf von getrocknetem Schweiß, ihr Schweif verfilzt, aber sie war auf den Beinen. Das war alles, was zählte.

Und dann tickte sie aus. Ich war gerade um sie herum in den Lichtkegel der Hofbeleuchtung getreten, da stieg sie halb, wich vor mir zurück, als würde ich mit einem Messer auf sie losgehen, und zog Frida am Strick mit sich. Ihr Wiehern klang wie ein Kreischen.

Was dann passierte, kriege ich nicht mehr ganz zusammen – zu dritt, dann zu viert versuchten wir, sie zu beruhigen, doch je mehr wir auf sie einredeten, desto mehr regte sie sich auf.

Irgendwann sagte Frida scharf: »Jannis! Verschwinde!« Mir hing wahrscheinlich der Mund offen, als ich sie ansah, aber sie machte nur eine Geste mit dem Kopf und zischte: »Na los!«

Ich war so verdattert, dass ich tat, was sie sagte. Rückwärts, ohne dass ich Dari aus den Augen ließ, ohne dass sie mich aus den Augen ließ, ging ich um die Stallecke, drei, vier Schritte weiter, dann stieg ich ins Rindenmulchbeet, lehnte mich an die Wand und sank langsam in die Knie. Vom Hof hörte ich Fridas Singsang und Daris Stampfen, dann wurde beides leiser, seltener, bis Dari erschöpft seufzte. Frida lobte sie, dann bat Mama Frida, Dari ein bisschen zu führen. Ein ruhiger Vierklang entfernte sich Richtung Dressurplatz.

Stöhnend legte ich den Kopf in den Nacken. Ich brauchte wirklich keinen Pferdeflüsterer, der mir übersetzte, was da gerade abgegangen war: Mein Pferd hatte Angst vor mir. Ich biss mir auf die Lippe. Nach diesem beschissenen Tag war das der Tiefschlag. Da konnte ich so hektisch Luft holen, wie ich wollte, ich spürte schon, dass mir die Tränen übers Gesicht liefen.

Wütend presste ich mir die Handballen auf die Augen. Vielen Dank, Björn. Und vielen Dank, Marcel. Was hatten sie mit Dari angestellt? Machte sie mich verantwortlich, dass ich sie nicht davor bewahrt hatte? Quatsch, ermahnte ich mich, so tickten Pferde nicht. Auch wenn es sich genau so anfühlte.

Wann hatte diese ganze Kacke angefangen? In Langendorf, klar, aber da hatte ich noch alles im Griff gehabt. Es war doch eigentlich gut gelaufen, bis … bis … Bilder ploppten in meiner Erinnerung auf, Bilder von Bobbycars und Planen und Regenschirmen. Und ich sah rot. Keine Sekunde später war ich auf den Beinen.

Gerade kam Frida von ihrer Hofrunde mit Dari zurück. Ich hörte Annika und Marcel in der Stallgasse reden, dann Schritte, die sich entfernten, und wartete, bis sich die Stalltür geschlossen hatte. Langsam zählte ich bis zwanzig, dann zog ich die Tür wieder auf.

»Frida.« Meine Stimme klang fremd in meinen Ohren. Eisig.

Mama und Annika drehten sich zu mir um, ich sah, dass Mama die Stirn runzelte. Frida streckte den Kopf aus Daris Box.

»Was ist?«

»Kannst du mal kommen?«

Sie zog die Augenbrauen hoch, bequemte sich aber zu mir.

Sehr sorgfältig schloss ich hinter ihr die Stalltür.

Ich drehte mich um und fragte: »Wo ist Liv?«

Sie sah mich an, als wäre ich nicht mehr ganz dicht. »Drüben am Anbindebalken.«

Ich griff mir ihren Arm und zog sie mit. Sie roch nach Salz und Schweiß.

»Au! Spinnst du? Das tut weh!« Frida wehrte sich, aber damit wurde ich gerade noch fertig. »Jannis! Hast du sie noch alle?«

Ich zerrte sie über den Innenhof zum Putzplatz, obwohl sie die Füße in den Boden stemmte und sich von mir losreißen wollte. Das war Frida. Ein anderes Mädchen hätte vielleicht geweint oder mich beschimpft, aber sie sträubte sich wie ein Wildpony.

Nicht dass es ihr was half.

Am Anbindebalken ließ ich sie los. Liv machte erschrocken einen Schritt zur Seite. »Du reitest jetzt nach Hause. Und dann lässt du dich nie wieder hier blicken.«

Ich glaube, sie war gerade im Begriff gewesen, mir eine reinzuhauen, aber jetzt erstarrte sie und schaute mich unter schlappen Locken hervor an. Ihr Ärger verpuffte, ich konnte zusehen, wie er Verwirrung Platz machte.

Langsam strich sie sich die Haare aus dem Gesicht und verschränkte die Arme. »Weil?«

»Weil mit dir alles angefangen hat!«, brüllte ich. »Weil du aus meinem Pferd ein Nervenbündel gemacht hast! Seit wir dieses beschissene Gelassenheitstraining machen, wird alles immer noch schlimmer!«

Sie schluckte. Leise sagte sie: »Du Arsch«, drehte sich zu Liv um und zog sich auf ihren Rücken. Dann trabte sie einfach davon, und ich konnte sehen, wo ich blieb mit meiner Wut.

Frida

Die Tage ohne Dari und Jannis waren seltsam – ich hatte genug zu tun, das schon, schließlich standen die Herbstferien vor der Tür und bis dahin mussten die Ponys wieder top laufen. Ich trainierte jeden Tag mit ihnen, und trotzdem fühlte es sich an, als würde ich meine Arbeit nicht erledigen. Dari hätte meine Aufgabe sein sollen, aber das war ja vorbei.

Doch so leicht konnte ich die Sache nicht abhaken. Immer wieder ging ich in Gedanken die Gelassenheitsübungen durch. Von Anfang an hatte Dari super mitgemacht, war motiviert gewesen und voller Vertrauen. Wann hatten die Probleme angefangen? Mit der Plane, vor der sie so lange Angst gehabt hatte? War sie der Auslöser gewesen? Hätte ich da eine Pause einlegen sollen? Aber am Ende war es ja gut gelaufen – ich wäre niemals auf die Idee gekommen, dass wir sie mit einer neuen Lektion überfordern könnten. Ich erinnerte mich an keinen Hinweis darauf, dass Dari das Training geschadet hatte. Und doch musste ich etwas übersehen haben. Oder?

Wenigstens hatte ich nach dem Ende meines Dari-Projektes wieder mehr Zeit für Liv und Juniper. Manchmal ertappte ich mich dabei, dass ich mir Aufgaben für Dari überlegte, und die machte ich dann einfach mit meinen Pferden.

Einmal blieb Mama stehen, als sie mich mit Juniper auf einem Flatterbandparcours arbeiten sah, und guckte eine Weile zu.

»Du hast ganz schön was gelernt da drüben«, meinte sie, als ich

Juniper noch ein bisschen spielen ließ und zu ihr an den Zaun kam.

»Ich?« Der Gedanke war mir noch nicht gekommen, aber sie nickte.

»Klar.« Sie zog mir die Mütze tiefer über die Ohren. »Du glaubst doch nicht, dass das nur in eine Richtung geht, oder? Wir lernen von jedem Pferd, mit dem wir arbeiten. Und Dari hat dir eine Menge beigebracht.«

Ich musste lächeln. Die Idee gefiel mir. Plötzlich wirkten die letzten Wochen nicht mehr wie vertane Zeit. Vielleicht hatte ich Fehler gemacht bei Dari, aber das konnte ich nur rausfinden, indem ich mit anderen Pferden weiterarbeitete. Dann würde ich hoffentlich irgendwann besser verstehen, was bei ihr so falsch gelaufen war.

Mit Jannis redete ich nicht. Erst war ich wütend und dann ganz schön verletzt, und auch wenn ich verstehen konnte, dass es gerade schwer für ihn war, erwartete ich zumindest ein Dankeschön, immerhin hatte ich ihm Dari zurückgebracht. Aber er wollte noch nicht mal wissen, was an dem Abend passiert war. Er entschuldigte sich auch nicht. Nach ein paar Tagen kapierte ich endlich, warum. Er fühlte sich im Recht. Das machte mich wieder neu wütend.

»Ich weiß wirklich nicht, warum er glaubt, dass ich wochenlang meine Nachmittage opfere, um sein Pferd gaga zu machen!«, beschwerte ich mich bei Linh, als sie zur Tür reinkam. »Der Typ ist so arrogant und beschränkt und herablassend und … und …«

»… arrogant?« Sie drückte mir einen Becher in die Hand, setzte sich auf ihr Bett und lehnte sich mit ihrer Tasse gegen die Wand. »Vielleicht denkt er eher, dass du es aus Versehen gemacht hast«, meinte sie schulterzuckend.

Sprachlos starrte ich sie an. Ich wusste nicht, was ich schlimmer finden sollte: dass Jannis glaubte, ich wäre bösartig, oder dass er mich für unfähig hielt. Unschlüssig trank ich einen Schluck.

»Uaah. Ist das Chai?« Das milchige Zeug hätte mich gleich stutzig machen sollen. Gewürze gehörten ins Essen, nicht in den Tee.

Linh nickte. »Ja. Das beruhigt. Und glaub mir, du musst echt was für deine Ausgeglichenheit tun.«

»Ich? Ich bin total im Gleichgewicht, danke auch.«

In dem Moment, in dem ich es sagte, kam ich mir selber bescheuert vor und musste grinsen. Linh lachte und klopfte neben sich auf die Matratze. Vorsichtig, damit ich nichts verschüttete, kroch ich neben sie. Eine Weile schwiegen wir vor uns hin.

»Es tut mir einfach leid um Dari«, sagte ich irgendwann. »Ich hab noch nie ein Pferd gesehen, das solche Angst hatte. Vor Jannis! Das begreife ich immer noch nicht.«

»Max meint auch, dass Jannis total geschockt war.«

Ich unterdrückte ein Schnauben. War ja klar, dass Linh das Ganze mit Max durchgekaut hatte.

Linh drehte sich zu mir. »Du, Frida? Kann ich dich was fragen?«

Ich stöhnte. »Oh Gott, was kommt jetzt?«

»Bist du dir wirklich, wirklich sicher, dass du mit Dari nichts falsch gemacht hast?«

Uff. Das war ein starkes Stück. Ich holte tief Luft. Es wäre jetzt ziemlich einfach gewesen, mich aufzuregen und Linh alles Mögliche an den Kopf zu werfen, aber das hätte ich feige gefunden. Ein bisschen so wie von Jannis, der mir die Schuld an allem in die Schuhe schob.

»Nein«, sagte ich deswegen ehrlich. »Sicher bin ich mir nicht.« Ich sah Linh in die Augen. »Bis vor zwei Wochen hätte ich geschworen, dass das Training richtig war für Dari. Aber jetzt weiß ich es nicht mehr.«

Linh verzog den Mund, wie immer, wenn ihr etwas naheging, und umarmte mich.

»He, Vorsicht! Ich setze dein Bett unter Chai!«

Sie lachte in meine Schulter, dann ließ sie mich los. »Frida, ich bin mir sicher, dass du alles richtig gemacht hast. Wollte ich nur mal erwähnt haben.«

Ich hatte es ja schon geahnt, aber jetzt war es offiziell: Ich hatte die beste beste Freundin der Welt.

Linh legte den Kopf schief. »Kommt da noch was? Ja? Nein? 'n paar Tränchen wegblinzeln?« Sie grinste. »Musst nichts sagen, ich seh's dir an. Dann können wir ja jetzt Max anrufen.«

Das stoppte den Merci-dass-es-dich-gibt-Jingle in meinem Kopf. »Bitte was?«

Sie platzierte ihr Handy zwischen uns. »Ach, der will auch helfen. Aber er weiß eben nicht, ob er mit dir reden darf.«

»Weil Jannis sonst sauer wird?«

»Das würde er riskieren. Er will ihm halt nicht in den Rücken fallen. Aber dass du Jannis' Darstellung nicht völlig abstreitest, macht es leichter für ihn.«

»Hä? Muss man nicht verstehen, oder?«

Linhs Zeigefinger schwebte über dem Display. »Na ja, dadurch, dass du Jannis zum Teil recht gibst, ist es nicht mehr Verbünden mit dem Feind.«

»Nach der Logik dürftest du gar nicht mit Jannis reden.«

»Und? Hab ich das?« Linh sah mich mit hochgezogenen Augenbrauen an.

Ich überlegte. Es stimmte, Linh hatte die ganze Woche kein

Wort mit Jannis gewechselt. Noch während meine Mundwinkel anfingen, sich nach oben zu biegen, wählte Linh Max' Nummer aus und rief ihn an.

»Hallo, Süße. Alles gut?«, meldete er sich so schnell, dass ich das Gefühl hatte, er hatte vor dem Telefon gesessen und auf ihren Anruf gewartet.

»Alles gut. Du bist auf Lautsprecher, Frida sitzt neben mir.«

»Hi, Frida, du alte Pferdeschinderin.« Sein Grinsen war klar und deutlich zu hören, aber witzig fand ich es trotzdem nicht.

»Du mich auch, Max.« Er lachte, aber als ich fragte: »Wie geht's Dari?«, wurde er still.

»Schwer zu sagen«, fing er dann an. »Jannis erzählt nicht viel. Es klang nur so, als würden sie mit ihr trainieren. Was das heißt, weiß ich aber auch nicht.«

Ich nickte erleichtert. Wenigstens war Dari gut genug drauf, dass sie mit ihr arbeiten konnten.

»Jedenfalls … Frida, so geht das nicht weiter. Ich will, dass du mir hilfst, Dari wieder auf Kurs zu bringen. Immerhin hast du ganz schön was angerichtet.«

»Entschuldigung?«

»Max«, ging Linh mahnend dazwischen.

»Na ja. Zumindest ist es nicht auszuschließen, dass du was damit zu tun hast. Und deswegen erzählst du mir jetzt, was passiert ist. Aus Jannis krieg ich ja nichts raus.«

Ich hatte wirklich keine Ahnung, wie Max von Berlin aus irgendetwas unternehmen wollte, was Dari half, noch dazu, wo er sich null mit Pferden auskannte, aber ich berichtete ihm alles, was in den letzten Wochen geschehen war. Ich erklärte ihm, wie das Gelassenheitstraining funktionierte, warum ich mit Jannis ausgeritten war und wieso ich es so rätselhaft fand, dass Dari nach den ersten Erfolgen solche Rückschritte gemacht hatte.

Als ich fertig war, kam von Max eine Weile nichts. Ich wollte gerade Linh fragen, ob sie die Mathehausaufgabe schon gemacht hatte, da meinte er: »Sie hat also Angst vor Dingen bekommen, an die sie sich vorher gewöhnt hatte?«

»Ja. Hab ich doch gesagt.«

»Wie kann so was passieren?«

»Das weiß ich auch nicht genau. Ich würde behaupten, nur durch ein traumatisches Erlebnis. Na ja, eher viele.«

»Und die hatte sie nicht im Training?«

»Ganz sicher nicht. Außerdem hat sie auch plötzlich Angst vor alltäglichen Dingen.« An der ganzen Sache hatte Omi das ja am seltsamsten gefunden.

»Also hat jemand nachgeholfen.«

Ich lachte trocken. »Max, bitte. Wer soll denn so was machen? Wer verdirbt absichtlich ein Pferd?«

»Kommt darauf an, was sich derjenige davon verspricht.« Linh schaute mich herausfordernd an. »Annika ist jedenfalls froh, dass Jannis dich vom Hof geworfen hat. Die war von Anfang an eifersüchtig auf dich. Weißt du doch selber.«

Eigentlich war ich ja diejenige, die Reitern wie Annika böse Absichten unterstellte, aber jetzt konnte ich nur schnauben. »Ach bitte, da fehlt ihr doch die kriminelle Energie. Und diese Eifersuchtskiste … Echt, das wäre so bescheuert, weil Jannis und ich allerhöchstens befreundet sind … waren.«

Das folgende Schweigen machte mir klar, dass Annika bei Linh und Max nicht aus dem Rennen war. Einen Moment lang überlegte ich.

»Nein. Nein, Leute, wirklich, das glaube ich nicht. Für euch klingt das vielleicht einfach, ein Pferd zu quälen, aber wenn man seit Jahren reitet und dann davorsteht und das Pferd schlagen soll … so abgebrüht kann Annika gar nicht sein.«

Linh beließ es dabei, aber ich sah ihr an, dass das Thema noch nicht erledigt war.

Nachdenken war harte Arbeit. Und es kostete Zeit, aber die hatte ich neuerdings ja reichlich. Jedenfalls saß ich jetzt schon seit einer Stunde vor dem Rechner und versuchte, mich so genau wie möglich an die letzten vier Wochen zu erinnern. Ich musste herausfinden, wann Frida auf dem Carlshof gewesen war und an welchen Tagen sich Dari seltsam verhalten hatte. Daris Panik war nicht von heute auf morgen gekommen, das hatte ich kapiert. Die Situation hatte sich hochgeschaukelt, und im Nachhinein glaubte ich sogar, dass sie neulich in der Halle gar nicht vor Mamas klingelndem Handy, sondern vor der Abschwitzdecke gescheut hatte.

Eines sah ich mittlerweile ein: Frida hatte wahrscheinlich nichts mit Daris Veränderung zu tun. Zwar hätte ich liebend gern Beweise dafür gefunden, weil ich mich ihr gegenüber so mies verhalten hatte, aber ich konnte einfach keinen Zusammenhang zwischen dem Training und Daris Aussetzern herstellen. Und ehrlich gesagt kam mir der Gedanke bei genauer Betrachtung auch ziemlich unwahrscheinlich vor.

Was aber vor allem dagegensprach, war, dass es Dari in der Woche, seit Frida nicht mehr zu uns kam, nicht besser gegangen war. Im Gegenteil, wir hatten immer neue Tiefpunkte erreicht: Neuerdings stand sie morgens gerne mal schweißgebadet in der Box. Wie Frida dafür verantwortlich sein sollte, wusste ich beim besten Willen nicht.

Aber einen Schuldigen musste es doch geben, oder? Wenn es

nach mir gegangen wäre, hätte ich auch schon einen gehabt: Marcel. Allein die Vorstellung, wie dieser Brutalo auf Dari saß, machte mich irre. Leider fand ich aber nur Hinweise, die ihn entlasteten. Vor allem ließ sich Dari von ihm anfassen, immerhin ritt er sie fast jeden Tag. Trotzdem hatte ich mir angeguckt, wann er auf dem Hof gewesen war und wann unterwegs auf Turnieren. Und da war es dann vorbei mit Marcel als Verdächtigem. Durch das Fahrtenbuch unseres Kombis konnte ich nämlich leicht nachvollziehen, dass er meistens unterwegs gewesen war, wenn sich Dari besonders auffällig verhalten hatte.

Ich hämmerte mit der Faust auf den Schreibtisch.

»Au. Scheiße.«

Als es klopfte, drehte ich mich zur Tür.

Mama streckte den Kopf herein. »Jannis? Alles in Ordnung?«

Ich rieb mir die Handkante und nickte. »Ich bin okay. Es ergibt nur alles überhaupt keinen Sinn.«

»Wegen Dari?« Mama ließ die Klinke los und kam auf mich zu. Sie legte mir die Hand in den Nacken. »Ich weiß. Aber wir können nicht mehr tun, als ihr wieder Sicherheit zu vermitteln.«

»Und wie machen wir das?« Ich schaute sie an und stutzte. »Wie siehst du überhaupt aus?«

Mama strich sich über den Kopf. Sie hatte die Angewohnheit, sich die Haare zu zerzausen, wenn sie sich aufregte. Außerdem war sie knallrot.

Sie seufzte und setzte sich mir gegenüber aufs Bett. Als sie ihr verletztes Knie ausstreckte, verzog sie das Gesicht. »Ich hatte gerade eine Diskussion mit Marcel. Er meint, er hätte den Auftrag von Björn, mit Dari weiterzutrainieren wie gehabt, damit sie für den Rest der Saison so gut geht wie in Breese, aber das habe ich ihm verboten. Wenn ich noch mal sehe, dass er sie so hart anpackt, hat er zum letzten Mal auf ihr gesessen, Björns Meinung hin oder her.«

Ich ließ den Kopf in den Nacken fallen. Von einem Silberstreif am Horizont hätte ich vielleicht noch nicht gesprochen, aber ein winziger Funke war zu sehen. »Warum kann sich Björn nicht einfach aus unserem Leben raushalten?«

Mama antwortete nicht, doch als ich sie ansah, wischte sie sich über die Augen und räusperte sich. »Das wird er irgendwann, Jannis. Aber was anderes: Hast du die Wäsche schon gemacht? Ich habe morgen einen Termin bei der Bank und wollte das blaue Top anziehen.«

»Mist.« Ich verzog das Gesicht. »Hab ich total vergessen. Das meiste ist schon in der Trommel. Ich wollte mein grünes Shirt mitwaschen, aber das hab ich nicht gefunden. Und dann hab ich nicht mehr dran gedacht. Sorry.«

»Kein Problem. Ich finde schon was.« Sie stand auf und ging zur Tür, dann drehte sie sich noch mal um. »Ach, eins noch: Annika hat für diese Woche schon die zweite Springstunde abgesagt. Ist irgendwas passiert?«

Ich drehte mich halb zum Schreibtisch und griff nach einem Stift. »Passiert? Na ja. Ich hab Schluss gemacht.«

»Oje. Das tut mir leid, Jannis. Willst du drüber reden?«

Ähm, nein?

Nein, das wollte ich wirklich nicht. Ich wollte nicht über das Gespräch zwischen Annika und Marcel reden, das ich mitbekommen hatte.

»Ein Gutes hat die Sache«, hatte Annika gesagt. »Wenigstens kommt Frida nicht mehr jeden Tag vorbei und verbreitet Unruhe.

Vielleicht musste Dari mal so richtig austicken, damit Jannis die Augen aufmacht. Jetzt könnt ihr endlich ungestört trainieren.«

Marcel hatte ihr zugestimmt, aber das interessierte mich schon nicht mehr. Wie eifersüchtig musste man sein, dass man ein Pferd so fertig sehen wollte wie Dari? Annika stritt es gar nicht ab, im Gegenteil, sie erzählte irgendeine abgedrehte Geschichte, dass Frida Dari nur als Mittel zum Zweck gesehen hatte, und wie froh sie wäre, dass nun alles besser werden konnte. Aber da täuschte sie sich.

Ich sah Mama an. »Ist schon okay. Es hat eben nicht gepasst mit uns.«

Einen Moment lang betrachtete sie mich noch mit ihrem Mutterlaserblick, dann nickte sie. »In Ordnung.« Sie kam noch einmal zu mir und drückte mich. »Essen dauert heute ein bisschen länger. Ich hab Lasagne gemacht.«

So kindisch es klingt: Damit endete der Tag wenigstens noch versöhnlich.

»News, News, News!«, hechelte Linh aufgeregt ins Handy, bevor ich etwas zur Begrüßung sagen konnte. »Du *glaubst* nicht, was passiert ist.«

»Linh, es ist gerade ganz schlecht. Die ersten Kinder kommen gleich und Luise ist noch nicht da. Mach's kurz.«

»Zwischen Jannis und Annika ist Schluss«, frohlockte sie.

Das schockte mich dann doch so sehr, dass ich stehen blieb. »Du hast zwei Minuten.«

Linh erzählte mir, was sie von Esther gehört hatte, die ihre Infos wiederum von Lilja hatte. Diese Quelle war glaubwürdig genug, um mir in den folgenden hundertzwanzig Sekunden die Hitze in die Wangen zu treiben. Was für ein kompletter Quatsch! Wenn die Zeit jemals ungünstig gewesen war für unsere Feriengäste, dann jetzt.

Und da bog auch schon der Bus in die Auffahrt.

»Linh … Linh … Linh! Ich muss auflegen. Ich melde mich, sobald es geht.«

Sie plapperte noch, als ich das Gespräch beendete.

Den ganzen Nachmittag und dann den Abend über war ich mit den Reitkindern so beschäftigt, dass ich nichts weiter im Kopf hatte als Ponyzuteilung, Putzeinführung, Zimmerverteilung und Essensausgabe. Als ich irgendwann im Bett lag und endlich über die Neuigkeiten nachdenken konnte, war es schon nach elf.

Jannis hatte sich also von Annika getrennt. Und die hatte wieder nichts Besseres zu tun gehabt, als mir die Schuld dafür zu geben. Wie ich das angestellt haben sollte, war mir ein Rätsel, weil ich seit einer Woche nicht mit Jannis redete und den Carlshof höchstens von der Straße aus zu Gesicht bekam. Von Dari ganz zu schweigen. Vielleicht sollte ich mal recherchieren. Konnte ja sein, dass ich nach neuesten wissenschaftlichen Untersuchungen auch für das Bienensterben und die Erderwärmung verantwortlich war.

Grummelnd warf ich mich auf die andere Seite. Mit Dari schien es ja nicht besser zu werden. Wenn es Annika gewesen wäre, die ihr solche Angst eingejagt hatte, dann hätte Dari sich in den letzten Tagen doch ein wenig beruhigen müssen. Welchen Grund hätte Annika denn haben sollen weiterzumachen? Das Ziel, mich zu vergraulen, hätte sie ja schon erreicht. Wobei das alles immer noch weit hergeholt war, da konnten Linh und Max behaupten, was sie wollten. Aber wenn nicht Annika, was steckte dann hinter Daris Verhalten?

Stöhnend rieb ich mir übers Gesicht. Zum wievielten Mal dachte ich jetzt darüber nach?

Doch mal angenommen, wir hatten es hier wirklich mit Tierquälerei zu tun. Konnte jemand Dari absichtlich verdorben haben? Nur wann? Es war ja meistens jemand auf dem Hof. Klar, so ein Reitstall ließ sich nicht abriegeln, auf das Gelände kam man ohne Probleme und wahrscheinlich sogar ungesehen. Aber ein Pferd so in Panik zu versetzen, dass es traumatisiert war, machte Lärm. Das vermutete ich jedenfalls – Dari hätte doch bestimmt gewiehert und die anderen Pferde auch. Gut, das Wohnhaus war vielleicht zu weit weg, aber hätten die Pfleger nichts mitbekommen? Marcel? Ihre Wohnungen lagen hinter der Reithalle – hätten sie den Radau aus dem Stall nicht hören müssen?

Genervt drehte ich mich auf den Bauch und zog mir das Kissen über den Kopf. Wem machte ich etwas vor? Ich wusste gar nichts. Ich wusste nicht, ob Dari nachts oder tagsüber angegriffen worden war, ob in der Box oder auf der Koppel. Ich wusste ja nicht mal, ob es überhaupt einen Angreifer gab.

Super. Jetzt hatte ich mich so in Rage gedacht, dass ich Schlaf für die nächste Stunde vergessen konnte. Ich seufzte und legte mich wieder auf den Rücken. Gab es überhaupt irgendwas, was bei der ganzen Sache sicher war?

Mit einem Ruck setzte ich mich auf. Ja. Ja, das gab es. Sicher war, dass es Dari schlecht ging. Und wenn ich herausfinden wollte, warum, musste ich zu ihr.

Zugegeben, es war eine Schwachsinnsidee. Mitten in der Nacht, bei ekligem Nieselregen und gefühlten zehn Grad minus, fuhr ich zum Carlshof, wo ich unerwünscht war und sie mich verdächtigten, ein teures Sportpferd turnieruntauglich gemacht zu haben. Wenn sie mich dabei erwischten, wie ich heimlich zu Dari schlich, konnte ich gleich ein Geständnis unterschreiben. Kam man für so was ins Gefängnis? Vielleicht war es ja ganz gut, dass ich erst im Mai strafmündig wurde.

Mit der Heimlichkeit war es allerdings schnell vorbei. Ich fuhr links um den Stall herum auf den Hof, und als ich aufgebrachte Stimmen hörte, konnte ich vor der Kurve gerade noch bremsen. Hatte ich den Täter auf frischer Tat ertappt? Waren da sogar mehrere Leute beteiligt?

Im nächsten Moment erkannte ich Evas Stimme.

»Wer soll das denn gewesen sein? Und was wollte er?«

»Keine Ahnung!« Das war Jannis. Hui, der war vielleicht in Fahrt. »Ich hab ihn bei irgendwas überrascht und dann ist er abgehauen. Das ist doch der Beweis! Es liegt nicht an Dari! Sie ist nicht durchgeknallt, sie wird manipuliert!«

»Kein Mensch manipuliert hier irgendwen. Dari war überfordert, und es tut mir leid, dass ich das zu spät bemerkt habe. Aber jetzt tun wir was dagegen.«

»Ja, aber es hilft nichts! Es geht ihr immer nur noch schlechter. Ich sag's dir, da ist irgendein Verrückter unterwegs, der sie fertigmacht!«

»Jannis, Schluss jetzt.« Interessant. Jannis wurde hitzig, wenn er wütend war, das kannte ich ja aus eigener Erfahrung. Eva dagegen klang eiskalt. »Ich will von dem Unsinn nichts mehr hören. Vielleicht müssen wir einfach die Möglichkeit ins Auge fassen, dass Dari nicht das richtige Pferd ist für dich. Oder du nicht der richtige Reiter.«

Der Satz fühlte sich an wie eine Ohrfeige, selbst für mich. Ich hielt den Atem an.

»Nicht dein Ernst, oder?« Jannis' Stimme klang rau.

»Doch, das ist mein Ernst. Du siehst bei diesem Pferd keine Grenzen mehr. Ich weiß nicht, was ich noch tun soll. Seit Wochen macht Dari nur Ärger und du hast nichts anderes mehr im Kopf. Sie wird immer gefährlicher. Ich will nicht, dass dir was passiert.«

»Mir –«

»Ende der Diskussion. Du machst jetzt das Licht aus und schließt ab und danach kommst du ins Haus, ist das klar?« Anscheinend nickte Jannis, denn Eva sagte: »Okay. Dann gute Nacht.«

Unter Evas Sohlen knirschte Kies, als sie sich umdrehte und wegging. Ich lauschte auf Jannis, und Sekunden später hörte ich einen dumpfen Schlag, dann ein Stöhnen und ein unterdrücktes »Fuck!«. Falls ich vorgehabt hatte, Jannis zu sagen, dass ich mich hier versteckte, war die Sache entschieden. Bei seiner blendenden Laune blieb ich mal schön, wo ich war.

Ich hatte den Gedanken gerade zu Ende gedacht, als mein Vorderreifen von dem Kiesel abrutschte, auf dem er zu stehen gekommen war. Das schabende Geräusch von Gummi auf Stein hallte durch die Nacht. Ich hatte nicht einmal Zeit, die Schultern hochzuziehen und meine Augen zusammenzukneifen, da streckte Jannis schon den Kopf um die Ecke. Wir starrten uns an.

So gut er in der Schule sein Pokerface beherrschte, jetzt konnte ich in der Außenbeleuchtung genau sehen, was mit ihm los war. Den ersten Schrecken hatte er bald überwunden, die Verwirrung dauerte schon ein bisschen länger. Dann kam das Misstrauen, aber das wurde so schnell von der altbekannten herablassenden Wut verdrängt, dass ich mich fast freute.

»Was willst du hier?«

Ich suchte nach einer möglichst sinnvollen, umfassenden Antwort, aber dann kratzte ich eben die paar Wörter zusammen, die ich zu fassen bekam. »Dasselbe wie du. Diesen Verrückten finden.«

»Hast du jemanden gesehen? Ist er dir entgegengekommen?« Jannis zog mich vom Rad und spähte angespannt über meine Schulter in die Dunkelheit.

»Nee. Ich hab niemanden gesehen. Was ist denn überhaupt passiert?«

Er ließ meinen Arm los. Ich konnte fühlen, wie er ausatmete. Einen Moment lang sah er mich an, dann nahm er mein Rad und lehnte es gegen die Wand. »Komm mit.«

»Hausverbot ist aufgehoben?«

Im Gehen drehte er sich noch mal zu mir um und grinste schmal. »Für den Moment.«

Mit verschränkten Armen blieb ich stehen und tippte mit der Fußspitze auf den Boden.

Er ließ den Kopf fallen und schnaufte. Dann riss er sich doch zusammen. »Okay. Entschuldigung. Du bist wahrscheinlich nicht schuld daran, dass Dari steilgeht. Oder nicht nur.«

Ich wartete, ob noch was kam, aber das schien alles an Zugeständnis zu sein, wozu er bereit war. »Besser wird's also nicht, oder wie?«

»Ach Mann, Frida, ich weiß doch auch nicht, was los ist!« Er raufte sich tatsächlich die Haare. Ich hatte immer gedacht, das wäre nur so eine Redensart. »Das Gelassenheitstraining oder die Turniere oder … keine Ahnung.« Er ließ die Hände sinken und guckte mich fast bittend an. »Aber ich glaube, ich brauche dich, wenn ich rausfinden will, wieso es ihr so schlecht geht.«

Bleib cool, Frida, bleib cool, er hat noch einiges abzubü…

Bevor mein Stolz eingreifen konnte, war ich schon auf ihn zugerannt und ihm um den Hals gefallen. Ich freute mich eben! Klar war Jannis arrogant und selbstgerecht, aber endlich konnten wir uns wieder um Dari kümmern.

Ich grinste, als er mich entgeistert anstarrte, und klopfte ihm auf den Rücken. »Dann lass uns loslegen.«

Er klappte den Mund auf, um etwas zu sagen, aber dann überlegte er es sich wohl anders, denn er machte einfach nur die Tür zur Stallgasse auf und setzte sich auf den Strohballen, der für den nächsten Morgen bereitlag. Die leisen nächtlichen Geräusche der Pferde umfingen mich, ihr Atem, das Rascheln, als eines aufstand, sanftes Schnauben. Sofort fühlte ich mich ruhig. Ich kletterte neben Jannis und er zog einen Schlafsack über unsere Beine.

»Also, was ist passiert?«

Jannis schloss für einen Moment die Augen und rieb sich die Stirn. »Wir hatten jetzt ein paar richtig miese Tage. Zweimal hab ich mitbekommen, dass Dari morgens schweißgebadet in der Box stand.« Er presste die Lippen aufeinander. »Sie hat sich in die hinterste Ecke gedrängt und war klatschnass. Das kam mir nicht gerade wie eine Spätwirkung des Gelassenheitstrainings vor.«

Was er nicht sagte. Ich sparte mir einen Kommentar.

»Es hat eher so ausgesehen, als ob …« Er suchte kurz meinen Blick. »Kannst du dir vorstellen, dass jemand so was absichtlich macht?«

Ich antwortete nicht gleich. Es war dieselbe Frage, die Linh, Max und ich uns gestern gestellt hatten und die mir seitdem nicht aus dem Kopf ging. Aber in Linhs Zimmer oder vorhin in meinem Bett war das ferne Theorie gewesen. Hier im Stall, mit dem Duft von Heu und Pferden in der Nase, war alles so friedlich, dass mir sogar der Gedanke unmöglich schien. Trotzdem wusste ich natürlich, wie schlecht Menschen Pferde behandeln konnten.

Ich seufzte. »Wir haben uns so was auch schon gedacht.«

Jannis runzelte die Stirn. »Wir?«

»Ja, Linh, Max und ich … äh …« Ich wusste gar nicht, ob Max mit Jannis über unser Telefonat geredet hatte. Seinem Gesichtsausdruck nach zu urteilen, nicht.

Jetzt schien ihm aber eine Idee zu kommen. »Ach so … deswegen …«

Als er das nicht weiter ausführte, sondern nur vor sich hin starrte, machte ich: »Hm?«

Er schreckte aus seinen Gedanken auf und sah mich an. »Max kommt morgen und bleibt die Ferien über.«

»Echt? Hat Linh gar nichts von erzählt. Die wird sich freuen!«

»Ja, war ziemlich spontan. Eigentlich wollte er zu seinem Vater nach Köln fahren, das war schon ewig geplant. Aber vorgestern war er irgendwie komisch und hat was davon gefaselt, dass er mal nach dem Rechten schauen müsste … Also glaubt ihr, irgendjemand jagt Dari mit Absicht Angst ein?«

Ich kämpfte eine Weile mit mir, aber ich musste es sagen. »Die anderen glauben, dass … hm, dass Annika … was damit zu tun haben könnte.«

Hoppla, da fühlte sich aber jemand ertappt! Jannis' Ohren und Wangen fingen Feuer. Ich verkniff mir ein Grinsen.

Er kratzte sich im Nacken. »Wirklich? Wie … äh … wie kommt ihr darauf?«

»*Ich* komme da gar nicht drauf, das haben sich Linh und Max zusammengereimt. Annika und ich sind vielleicht nicht die dicksten Freundinnen, aber das traue ich ihr nicht zu. Dafür kenne ich sie zu lang.«

»Ehrlich?« Täuschte ich mich oder sah sein Lächeln ziemlich dankbar aus? »Linh kennt sie doch auch schon ewig.«

Ich zuckte mit den Schultern. »Stimmt schon. Aber … na ja … Linh kann ein bisschen melodramatisch sein.«

»Ist mir noch gar nicht aufgefallen.« Jannis grinste, dann wurde er nachdenklich. »Vorhin hab ich jemanden an Daris Box gesehen, einen Schatten. Mehr konnte ich nicht erkennen, die Größe nicht und auch nicht, ob es ein Mann oder eine Frau war. Statt ruhig zu bleiben, bin ich Idiot gleich aufgesprungen. Mit Dari war alles okay, aber natürlich war er weg, bevor ich auch nur in die Nähe der vorderen Tür gekommen bin.« Er machte eine Pause. »Deswegen hatte ich gehofft, dass dir jemand über den Weg gelaufen ist.« Als ich den Kopf schüttelte, meinte er: »Meine Mutter denkt, ich habe das geträumt.«

Wenn er von mir das Gegenteil bestätigt haben wollte, konnte ich ihm nicht helfen. Stattdessen fragte ich: »Wieso warst du überhaupt im Stall, mitten in der Nacht?«

Er räusperte sich. »Ich schlafe seit Mittwoch hier.«

Ich spürte, wie sich meine Augenbrauen Richtung Haaransatz bewegten. »Und Eva hat da nichts dagegen?«

Jannis lachte trocken auf. »Ich war ja nicht so geisteskrank, es ihr auf die Nase zu binden. Morgens lag ich immer rechtzeitig im Bett. Aber vorhin dachte ich eben, ich hätte endlich eine Spur.«

In dem Moment strahlte so viel Enttäuschung und Ratlosigkeit von ihm ab, dass ich seine Schulter drücken musste. Ich war zum Carlshof gefahren, um bei Dari zu sitzen und zu versuchen, aus ihrem Verhalten schlau zu werden. Ich hatte vorgehabt, es allein zu tun. Aber dass ich Jannis getroffen hatte, änderte alles.

Ab morgen waren wir zu viert. Uns würde etwas einfallen, um Dari zu helfen.

Max saß mir gegenüber am Küchentisch und rührte alle fünf Minuten in Zeitlupentempo in seinem Kaffee. Während der letzten halben Stunde hatte ich genau ein Mal die Energie aufgebracht, ihn anzusehen, ließ den Kopf aber gleich wieder sinken, weil seine graue Gesichtsfarbe nichts zur Verbesserung meines Gesamtzustandes beitrug. Der Gedanke, dass ich vermutlich ebenfalls aussah wie durchgekaut und ausgespuckt, baute mich nicht gerade auf.

Die letzten drei Nächte hatten Max und ich uns im Stall um die Ohren geschlagen, um den »Dari-Quäler«, wie Frida ihn nannte, zu überführen. Bisher war er nicht aufgetaucht, was einerseits gute Nachrichten waren, weil Dari eine Verschnaufpause kriegte. Es war in den letzten Tagen nicht mehr vorgekommen, dass ich sie morgens patschnass in der Box fand. Das änderte zwar nichts daran, dass sie in Panik ausbrach, wenn ich ihr zu nahe kam, aber wenigstens konnten Mama und Marcel mit ihr arbeiten. Ich fühlte mich mies deswegen, doch ich brachte es nicht mehr über mich, Dari und Marcel beim Training zuzugucken. Wenigstens lenkte mich unsere Dari-Rettungsmission ein bisschen von den tiefschwarzen Gedanken ab, die mich überkamen, weil sie ihn bei sich duldete und mich nicht.

Dass sich der Dari-Quäler nicht blicken ließ, bedeutete andererseits noch ein paar Nachtschichten für Max und mich. Im Gegensatz zu mir letzte Woche erlaubten wir uns nicht den Luxus zu schlafen, sondern hielten uns gegenseitig wach, um den Typen auf keinen Fall zu verpassen.

Als es neben mir an die Scheibe pochte, zuckte ich zusammen. Linh grinste herein und winkte uns fröhlich zu. Meine Augen wanderten weiter, vorbei an einem Max, der von einer Sekunde auf die andere deutlich rosiger aussah, bis zur Terrassentür, an der Frida schon darauf wartete, dass wir öffneten. Max brauchte einen Moment, um sich von Linhs Anblick loszureißen, dann kapierte er, was angesagt war, griff hinter sich und machte die Tür auf.

»Guten Morgen.«

Linh ließ Max gar nicht zu Wort kommen, sondern stürzte sich auf seinen Mund. Sie küsste ihn so ausgiebig, dass ich in der Zwischenzeit Frida einen Tee einschenken und sie über die zugegebenermaßen spärlichen Ereignisse der Nacht informieren konnte. Bevor wir aus Verlegenheit noch übers Wetter reden mussten, klopfte Frida energisch auf die Tischplatte und verlangte die Aufmerksamkeit der beiden Lovebirds.

Max folgte ihrer Aufforderung grinsend und sagte: »Guten Morgen, Frida.«

»Guten Morgen, Max. Ihr seht scheiße aus. Deswegen habe ich beschlossen, dass es jetzt reicht mit eurem Machogetue und Linh und ich die nächste Nachtwache übernehmen. Okay, Linh?«

Linh nickte nur, doch Max blies die Backen auf. »Vielen Dank fürs Kompliment, aber mit Machogetue hat das überhaupt nichts zu tun. Wir wollten nett sein und euch die Ferien nicht versauen. Aber wenn Linh unbedingt meint, eine Nachtschicht übernehmen zu müssen«, seine Mundwinkel zuckten, »leiste ich ihr gern Gesellschaft. Jannis hat wirklich eine Pause verdient.«

Ich schüttelte nur den Kopf und lehnte mich zurück.

Wie erwartet widersprach Frida. »Auf keinen Fall. Haben wir ja gerade gesehen, wie viel ihr beiden von der Umgebung mitkriegt, wenn man euch nicht im Auge behält. Konzentriert euch mal.«

Linh grinste sie breit an. »Ich habe alles mitbekommen, was Jannis erzählt hat.«

»Ah ja?« Max guckte irritiert, aber Linh zwinkerte ihm nur zu.

»Keine Sorge, meine Ohren beanspruchen höchstens zehn Prozent meiner Aufmerksamkeit, der Rest ist bei dir.« Sie beugte sich schon wieder zu ihm hinüber.

Frida ließ den Kopf auf die verschränkten Arme fallen und seufzte abgrundtief. »Bitte, Jannis, mach ihr einen Cappuccino. Vielleicht lenkt sie der fünf Minuten lang ab.«

Als folgsamer Pferdeflüstererazubi (Wieso kommandierte sie mich jetzt auch im normalen Leben herum?) stand ich schon an der Maschine, als die Haustür ins Schloss fiel und Mama in der Küchentür auftauchte.

»Na, aufgewacht?« Sie grinste, dann winkte sie Frida und Linh zu. »Hallo, Mädels, das trifft sich ja gut, dass ihr auch da seid. Jannis, ich habe ganz vergessen zu erzählen, dass heute ein Reporter von der Lokalzeitung vorbeikommt. Er will den Hof porträtieren. Er meint, wir kriegen eine ganze Seite!«

Sie wirkte ziemlich aufgekratzt, auch wenn mir nicht klar war, was sie sich von einem Artikel in der »Ostsee-Presse« versprach, aber dann wurden ihre Augen schmal, und sie sah zwischen Max und mir hin und her.

»Viel Schlaf habt ihr nicht erwischt, oder?«, fragte sie laut über das Rattern des Mahlwerks hinweg. »Was treibt ihr denn die ganze Nacht? Habt ihr gezockt? Sag jetzt bitte nicht, dass ich dir die Playstation wegnehmen muss.«

»Quatsch. Wir … also … wir haben uns einfach nur lang über Dari unterhalten. Was wir noch machen können und so.« Ich setzte meinen treuherzigsten Blick auf, den ich für besonders brenzlige Situationen reservierte, aber diesmal war er gar nicht nötig. Was die aktuelle Dari-Lage betraf, plagte Mama das schlechte Gewissen. Ihren Auftritt von Freitagabend fand sie selber nicht mehr allzu prickelnd.

»Ach, Schatz …« Zum Glück erinnerte sie sich daran, dass andere Leute anwesend waren. »Ich kann dich ja verstehen, aber ihr müsst trotzdem schlafen. Max, wenn du völlig übernächtigt nach Hause kommst, lässt deine Mutter dich bestimmt nicht mehr herfahren.«

Ich stellte einen Cappuccinobecher vor Linh auf den Tisch und hielt Mama einen zweiten hin. »Heute Nacht wird ordentlich geschlafen, versprochen.«

Als ich Fridas zufriedenen Gesichtsausdruck sah, musste ich mir auf die Lippe beißen, um nicht zu lachen.

»Das will ich hoffen.« Mama nahm den Becher und setzte sich hin. »Trotzdem brauche ich euch später. Euch auch, wenn ihr Zeit habt, Mädels.«

Sie guckte Frida und Linh an, die beide erstaunlich eifrig nickten. Mit ihrer freien Hand griff sie nach einem Beutel, den sie an die Stuhllehne gehängt hatte, und schüttelte ein paar grüne Stoffknäuel heraus.

»Sind das …« Ich schnappte mir eins von den Teilen und faltete es auf. Tatsächlich war es ein Vereins-T-Shirt mit dem neuen Carlshof-Logo. »Wow, die sind super geworden.«

Mama nickte, während der Rest ebenfalls nach einem Shirt griff und das Design lobte.

»Ich liebe die Farbe!« Linh war ganz begeistert. »Was ist das? Limonengrün?«

»Maigrün.« Mama sah mich an. »Ist das okay? Ich dachte, weil es doch …«

… meine Glücksfarbe war? Ich lächelte. Unsere alten Vereins-T-Shirts in Berlin waren schmutzig gelb gewesen, Björns eigenwillige Anspielung auf seinen Namen Sander. Die hatte ich dort schon widerwillig angezogen und lieber meine grünen Shirts und Hoodies getragen. Und ob das okay war, wenn die Farbe hier an der Küste Teil unseres Neuanfangs wurde.

Linh bekam gar nichts von Mamas und meinem stummen Austausch mit. »Und der Schnitt ist schön, nicht so labbrig wie andere Vereinsshirts.«

»Du kannst gern eins haben.« Lächelnd richtete sich Mama wieder an Linh. »Ich hatte nämlich gehofft, dass ihr heute damit auf dem Hof rumlauft, wenn der Reporter kommt, und ihm vielleicht eine kleine Führung gebt. So als Userstimmen.«

Linh lachte höflich, der Rest grinste, doch ich merkte, wie Frida mit sich kämpfte.

Ich stupste sie an. »Du musst keine Werbung für uns machen. Wir übernehmen das zu dritt.«

Es war fast lustig zu sehen, wie Frida zwischen Erleichterung, Trotz und Scham schwankte, aber Mama reagierte schnell.

Sie legte ihr eine Hand auf den Arm. »Entschuldige, Frida, es war dumm von mir zu fragen.«

»Kein Problem.« Frida winkte ab. »Ich kann ja im Hintergrund aufpassen, dass alles glattläuft. Vielleicht finde ich irgendwo ein paar Pferdeäpfel, die ich wegschaffen kann.«

Am Ende war Frida dann aber gar nicht dabei, als der Reporter auftauchte. Sie musste auf dem Gut für Kristin einspringen und Reitunterricht geben, weil weder Luise noch Theo zu Hause waren.

Der Termin mit dem Zeitungsmenschen war ein voller Erfolg. Wegen der Ferien ging es am Nachmittag richtig rund, die Reitstunden waren ausgebucht und die Leute ziemlich entspannt. Nach einem Interview in ihrem Büro übergab Mama Herrn Lorenzen an Linh, Max und mich, und wir führten ihn auf der Anlage herum. Der Mann war nicht unbedingt ein Pferdenarr, aber vom Solarium, von den Maßen der Reithalle, Details zum Bodenbelag und dem einen oder anderen Hinweis auf die Erfolge unserer Pferde ließ er sich beeindrucken.

Auf dem Wall zwischen den Reitplätzen, von wo aus man wahrscheinlich den idyllischsten Blick auf den Hof hatte und Herr Lorenzen Bilder schoss wie verrückt, beendete ich den Rundgang. »Haben Sie noch Fragen? Ich vermute, Sie möchten zum Abschluss mit meiner Mutter sprechen.«

Er wischte sich mit einem Stofftaschentuch über die hohe Stirn. »Nein, nein, Frau Maibach und ich haben im Büro schon alles geklärt. Vielen Dank für eure Zeit, es ist dufte, dass es hier in der Gegend so ein fabelhaftes neues Freizeitangebot für junge Menschen gibt.«

Am Ausgang bestand er darauf, noch einmal Fotos von uns »jungen Menschen« zu machen, auch wenn ich Angst hatte, dass ich vor unterdrücktem Lachen einen knallroten Kopf kriegte. Anders als ich erledigten Linh und Max ihren Job hochprofessionell und gaben in den identischen Shirts und ihren geliehenen Stiefeln zwei ziemlich passable Reiter ab. Dass keiner von ihnen jemals auf einem Pferd gesessen hatte, war eine andere Geschichte.

Lächelnd und winkend verabschiedeten wir Herrn Lorenzen, aber kaum war er mit seinem Golf um die Kurve verschwunden, gab es kein Halten mehr.

»Ganz fabelhaft, euer Freizeitangebot hier.«

»Und so dufte für junge Menschen.«

»Sehr beeindruckend, das muss ich sagen. Sehr beeindruckend.«

Lachend stolperten und wankten wir durch den Innenhof. Linh musste ein paarmal stehen bleiben und die Hände auf die Knie stützen, weil sie keine Luft mehr bekam.

Max schlug mir auf die Schulter. »Da ist Schmerzensgeld fällig, Alter. Morgen hab ich vom Lachen bestimmt so einen Muskelkater, dass ich nicht aufrecht gehen kann.«

Linh streckte den Zeigefinger hoch. »Ich … auch … nicht«, japste sie.

»Kommt nicht mir damit. Da kann sich Mama was überlegen.« Suchend sah ich mich um. »Kamil, weißt du, wo meine Mutter ist?«

Er deutete mit dem Daumen über die Schulter. »Wollte dein Pferd von Koppel holen.«

Ach ja. Das dämpfte meine Laune für einen Moment. Seit Neuestem ließ Dari auch Tadeusz und Kamil nicht mehr an sich heran, und vorgestern war sie sogar ausgerastet, als Florian nur an ihrer Box vorbeigegangen war.

Dankend nickte ich ihm zu. Dann holte ich tief Luft, setzte ein Lächeln auf und drehte mich um. »Was ist? Kommt ihr?«

Vielleicht lag es am Schlafmangel, vielleicht auch nur an dieser verfahrenen Situation. Jedenfalls vergaß ich in diesem Moment die wichtigste Regel in einem Pferdestall. Ohne achtzugeben, bogen wir rempelnd und lachend um die Stallecke und prallten fast mit Mama und Dari zusammen. Die nächste Sekunde dehnte sich endlos. Wie in Zeitlupe riss Dari die Augen auf, bis fast nur noch das Weiße zu sehen war. Sie stieg auf die Hinterbeine, warf sich herum und preschte los. Mama hatte gar keine Wahl, sie musste den Führstrick loslassen.

Auch wenn es mich alles an Willen kostete, was ich aufbringen konnte, blieb ich, wo ich war. Ich wusste ja, welche Wirkung ich auf Dari hatte. Mama, Linh und sogar Max rannten ihr hinterher. In weitem Abstand folgte ich ihnen.

Dari galoppierte zwischen dem Zaun des Springplatzes und der dahinterliegenden Hecke entlang, wurde aber am unteren Ende des Platzes langsamer. Selbst von hier aus konnte ich sehen, wie schwer sie atmete, aber mir kam es so vor, als schien Mamas Anblick sie ein bisschen zu beruhigen. Vielleicht wünschte ich es mir aber auch nur, denn kaum waren Linh und Max bei meiner Mutter angelangt, wieherte Dari schrill und wendete. Sie rannte direkt auf die Koppel zu, und als ich schon dachte, sie würde über den Zaun springen, war sie mit einem Satz auf dem Wall mit den Tribünen und galoppierte unter den Bäumen Richtung Wirtschaftsweg.

Erinnerungsfetzen vom Abend nach dem Turnier in Breese jagten sich in meinem Kopf, als ich hinter mir Hufklappern hörte und herumfuhr. Annika kam mit Taipeh auf mich zu.

Mit ein paar schnellen Schritten war ich bei ihr, zog ihr den Strick aus der Hand und deutete Richtung Koppeln. »Annika, bitte, du musst uns helfen. Dari ist erschrocken und läuft Richtung Straße.«

Den letzten Satz hatte ich noch nicht mal beendet, als sie schon losgerannt war. Ich konnte erkennen, dass Mama mit Linh und Max diskutierte und sie schließlich auf dem Springplatz stehen blieben, während Mama Dari folgte. Mit Taipeh am Strick ging ich zu den beiden. Sie kamen mir entgegen.

»Was war los?«, rief ich, als sie in Hörweite waren.

Max zuckte mit den Schultern, aber Linh meinte: »Deine Mutter glaubt, dass Dari vor uns erschrocken ist. Deswegen sollen wir hierbleiben.«

Ich zog mein Handy aus der Tasche, tippte »Frida, bitte komm so schnell wie möglich«, schickte die Nachricht los und fragte mich im nächsten Moment, was in mich gefahren war. Vielleicht spielte es aber auch keine Rolle mehr, denn dass mein Pferd völlig außer Kontrolle war, musste ja jetzt dem letzten Deppen klar sein.

Wahrscheinlich sahen wir völlig bescheuert aus, wie wir da auf dem Springplatz standen und auf den Wirtschaftsweg starrten. Wie drei grüne Orgelpfeifen. Taipeh konnte unsere Stimmung erst nicht einordnen, aber als die Minuten vergingen und wir uns immer noch nicht rührten, wurde ihm langweilig. Ich führte ihn an den Grünstreifen am Rand des Platzes und ließ ihn grasen.

Als dann endlich Hufklappern zu hören war, schienen Stunden verstrichen zu sein. Ich ging mit Taipeh wieder Richtung Mitte des Platzes, um Dari auf keinen Fall noch mal zu erschrecken. Ihr Schritt klang ein wenig eilig, aber taktrein, wahrscheinlich hatte sie sich also nicht verletzt.

Schließlich kamen sie in Sicht, Annika mit Dari am Strick und ein Stück dahinter Mama. Als ich Max' Hand auf meiner Schulter fühlte, wollte ich lieber nicht wissen, was sich gerade in meinem Gesicht abspielte.

Dari nahm den Kopf hoch und ließ uns nicht aus den Augen, aber sie ging brav an uns vorbei. Anscheinend waren wir weit genug weg. Für mich fühlte es sich an wie ein ganzer Kontinent.

Gegen halb neun hockten wir vollgestopft mit Max' selbst gemachter Pizza in Jannis' Zimmer und hielten Krisensitzung. Genauer gesagt schwiegen wir uns an. Jannis hatte seit zehn Minuten seinen Kopf in den Armen vergraben und keinen Ton von sich gegeben.

Irgendwann sah er auf und holte tief Luft. »Sagt ihr, was wir jetzt machen. Ich weiß gar nichts mehr.«

Linh antwortete wie aus der Pistole geschossen. »Eigentlich sind wir doch jetzt einen Schritt weiter. Zwei sogar.«

»Und zwar?« Jannis wirkte wenig hoffnungsvoll.

»Annika ist nicht der Dari-Quäler«, zählte Max auf, »und wir drei haben vorhin irgendwas getan, was ihr Angst gemacht hat.«

Ich lehnte den Kopf an die Wand und starrte an die Decke. »Erzählt mir noch mal, was passiert ist.«

Linh kniff die Augen zu. So konnte sie sich besser konzentrieren. »Als der Reporter weg war, sind wir lachend um die Ecke, und da waren Eva und Dari. Dari hat uns gesehen, ist erschrocken und Richtung Springplatz gerannt.«

»Sie ist also erst erschrocken, als ihr schon um die Ecke wart? Nicht, weil ihr so laut wart?«

Jannis nickte. »So hat es Mama jedenfalls beschrieben.«

»Und dann?«

»Dann bin ich stehen geblieben und die anderen sind Dari hinterher. Sie wurde an der Koppel auch langsamer, aber als Linh und Max meine Mutter erreicht haben, ist sie wieder ausgetickt.«

Max verzog das Gesicht. »Ich sehe immer noch keinen Zusammenhang. Da sind wir ja um keine Ecke gebogen, sondern direkt auf sie zu. Strengt euch mal mehr an, ich hab doch keine Ahnung, wovor ein Pferd Angst kriegt.«

Jannis blickte nur kurz auf und Linh zwirbelte eine Strähne in ihrem Nacken. Das konnte eine Weile dauern, bis die aus ihrer Grübelblase rauskam. Dachte ich.

»Es ging nicht drum, was wir gemacht haben«, sagte sie im nächsten Moment langsam. »Sondern darum, was wir anhatten.«

Wir starrten sie an.

»Die T-Shirts«, krächzte ich.

»Gut kombiniert, Sherlock.« Max klang bewundernd.

Nach einer Schrecksekunde sprang Jannis auf. »Kann das sein, Frida? Kann es sein, dass sie vor der Farbe Angst hat?«

Ich war so verblüfft, dass ich erst den Kopf schütteln musste, um einen klaren Gedanken fassen zu können. »Na ja, Pferde erkennen Farben. Wenn sie mit eurem Maigrün schlechte Erfahrungen gemacht hat, kann sie es als Bedrohung abgespeichert haben.«

Jannis klatschte sich gegen die Stirn. »An dem Samstag, als wir aus Breese zurückgekommen sind und sie beim Ausladen solche Zicken gemacht hat … weißt du noch?« Ich nickte nur. Wie hätte ich das denn vergessen sollen? »Mir war so warm, irgendwann hab ich meine Jacke ausgezogen und ich hatte ein grünes Shirt drunter. Deswegen ist sie so ausgeflippt!«

Er sah beinahe glücklich aus. Endlich, endlich ging etwas voran. Das war doch eine echte Spur, oder?

»Immer mit der Ruhe, Leute«, dämpfte Linh unsere Begeisterung. »Die Frage ist doch immer noch, wer Dari dazu gebracht hat, sich vor der Farbe zu fürchten.«

Jannis sah sie fast genervt an, aber natürlich hatte sie recht. Wieder wurden wir still. Zwischendrin stand Max auf, ging aus dem Zimmer und kam mit Getränken und Gläsern zurück.

»Vielleicht haben wir die ganze Zeit was übersehen«, begann er, als er sich eingeschenkt hatte. Er guckte mich an. »Wir dachten, dass Annika dich vom Hof ekeln wollte«, Jannis und ich warfen uns einen Blick zu, schauten aber gleich wieder weg, »dass es also gar nicht um Dari selber ging, sondern dass sie nur zufällig das Pferd war, mit dem du gearbeitet hast. Aber was, wenn was anderes dahintersteckt? Was, wenn jemand wirklich gezielt Dari schaden will?«

Jannis zuckte mit den Schultern. »Wer wäre so scheiße drauf?«

»Das ist nicht die Frage. Hat jemand was davon, dass Dari am Rad dreht?«

»Kein Mensch. Marcel darf sie halt jetzt reiten, aber der jammert ja nur deswegen.«

Max sog scharf die Luft ein. »Du bist manchmal so ein Vollpfosten. Wieso sagst du das nicht gleich?«

»Hörst du mir zu, oder was? Der will Dari gar nicht reiten.«

Das stimmte. Ich hatte mitbekommen, dass er sich darüber beschwerte, wie viel zusätzliche Arbeit er mit Dari hatte. Das wollte ich sagen, doch Linh war schneller.

»Aber in Breese hat er doch den ersten Platz mit ihr gemacht, oder? Hätte er das mit euren Berittpferden auch geschafft?«

Jannis und ich guckten uns an. Langsam schüttelte Jannis den Kopf. »Nicht in der Konkurrenz.«

»Dann hätte er Dari verdorben, um Jannis aus dem Spiel zu nehmen und Dari selber reiten zu können, nur für bessere Platzierungen?«, setzte ich Linhs Gedanken fort. »Ist doch krank.«

Jannis lachte bitter auf. »Entspricht doch genau deinem Bild von Turnierreitern.«

Angewidert sah ich ihn an. »Sag mal … Du willst hier jetzt keine Grundsatzdiskussion, oder?«

»Reißt euch bitte zusammen«, ermahnte uns Linh, und Max fügte grinsend hinzu: »Genau. Konzentriert euch mal.«

Dafür erntete er zwei scharfe Blicke. Trotzdem gaben wir Ruhe.

Jannis verschränkte die Arme. »Nee, wirklich. Marcel hängt da nicht mit drin. Es ist naheliegend, okay, aber ich hab das überprüft.«

»Wie, überprüft? Hattest du den Verdacht schon?«

Er sah mich an. »Ja, ich hab schon drüber nachgedacht.«

»Warum hast du denn nichts gesagt?«, wollte ich wissen, aber er winkte nur ab.

»Ich hab überlegt, ob es bei Daris besonders schlimmen Aussetzern irgendein Muster gibt. Gibt es auch.«

»Uuuund?«, fragte Linh ungeduldig. Sie konnte es echt nicht leiden, wenn sich jemand alles aus der Nase ziehen ließ.

»Na ja, sie waren meistens an Turnierwochenenden oder nach Marcels freien Tagen. Da ist er oft über Nacht weg. Damit war er raus.«

Linh seufzte. »Schade. Der Idiot hätte richtig gut in die Fieslingrolle gepasst.«

Ja, schade. So standen wir wieder am Anfang. Wir hatten bisher gerade mal zwei Verdächtige gehabt und keiner von beiden konnte es gewesen sein.

Ich zog meine Beine an, legte meine Arme auf den Knien ab und stützte das Kinn auf. »Tja, Linh, das heißt dann wohl Nachtwache für uns.«

Linh brummte zustimmend, aber Jannis fragte: »Wie wollt ihr

das denn überhaupt anstellen? Eure Eltern lassen euch doch sicher nicht hier übernachten.«

Linh und ich grinsten uns an, dann sagte ich: »Ach, das klappt schon. Und wenn nicht, gibt es ja noch den ältesten Trick überhaupt: Linh schläft offiziell bei mir und ich bei ihr. Auf die Idee kommt keiner, dass wir uns ganz woanders rumtreiben.«

Jannis' Blick wurde starr. Nach ein paar Sekunden sprang er auf und zeigte auf mich. »Du bist ein Genie, Frida.«

»Äh … eigentlich hab ich das von Luise und Theo«, wehrte ich ab, aber Jannis war schon aus der Tür.

Zehn Minuten später beugten sich Linh und Max über sein Handy, während Jannis und ich mit einem Fahrtenbuch und einem Turnierkalender dasaßen.

»Jeder, der den Mondeo benutzt, muss die gefahrene Strecke, das Ziel und den Kilometerstand hier eintragen«, hatte Jannis erklärt und auf das Fahrtenbuch gedeutet. »Das hat irgendwelche steuerlichen Gründe, was weiß ich. Ist auch egal. Jedenfalls nimmt Marcel den Mondeo, wenn er auf Turniere fährt, und er tankt ihn danach auch immer voll.«

So weit konnten wir ihm folgen, aber Linhs und Max' ratlosen Gesichtern nach zu urteilen, wussten auch sie nicht, worauf Jannis hinauswollte.

»Du meintest vorhin doch, du hättest Marcels Turnierfahrten abgeglichen«, warf Max ein.

»Ja, schon, aber nur das Datum. Und bei allen Turnieren seit Ende September konnte ich einen Tag finden, an dem Dari besonders gestresst war.«

»Weswegen du denkst, dass Marcel Dari nicht verdorben haben kann«, fasste Linh ungeduldig zusammen.

Jannis nickte. »Ich dachte es. Aber eben ist mir etwas eingefallen. Mama hat sich vor ein paar Tagen darüber beschwert, dass Marcel seit Wochen so hohe Tankrechnungen einreicht. Er ist also ungewöhnlich viel gefahren in der letzten Zeit. Nur, wohin, frage ich mich.«

Er sah in die Runde und auf einmal fiel der Groschen.

»Du meinst, auf den Carlshof? Er ist von den Turnieren heimlich zurückgekommen und hat Dari gequält?« Mir wurde ganz schlecht bei so viel Hinterhältigkeit.

Jannis nickte mir zu. »Und wegen der Turniere hätte er das perfekte Alibi gehabt. Er musste nur die doppelte Entfernung eintragen, damit der Kilometerstand wieder stimmte.«

Max zückte sein Handy. »Dann sagt mir mal, wo der Gute so unterwegs war.«

Seitdem glichen wir Marcels Einträge und die wirklichen Entfernungen zwischen dem Carlshof und dem Turnierort ab. Beim ersten Treffer hatten wir noch gejubelt, aber mittlerweile hatten wir bei allen Turnieren, die Marcel seit Beginn des Gelassenheitstrainings gegangen war, falsche Kilometerangaben gefunden und wurden immer stiller. Die arme Dari. Drei ihrer Aussetzer waren nach seinen freien Tagen passiert. Da steckte richtig System dahinter.

»Das Schwein.« Jannis pfefferte das Fahrtenbuch in eine Ecke und fuhr sich so heftig durch die Haare, dass sie in alle Richtungen abstanden.

Max beugte sich vor und klopfte ihm aufmunternd auf die Schulter. »Jetzt haben wir ihn, Mann.«

Linh war ein bisschen blass um die Nase. »Ich will euch nicht deprimieren, aber damit uns das jemand glaubt, brauchen wir mehr. Marcel könnte alles Mögliche behaupten, dass er sich verfahren hat oder so. Brauchst gar nicht so böse zu gucken, Frida. Als Beweis reicht das alles noch nicht.«

Es war manchmal nicht leicht, mit jemandem befreundet zu sein, der Logik über alles andere stellte, aber ich tat mein Bestes. Stöhnend schlug ich also vor: »Dann lass uns mal unsere Schlafsäcke holen. Wir müssen ihn auf frischer Tat ertappen.«

»Ich habe eine bessere Idee.« Linh grinste durchtrieben.

»Und die wäre?«

Das Grinsen wurde breiter. »Wir brechen ein.«

»Das ist ja voll hübsch hier.«

Frida warf Linh einen ungläubigen Blick zu, als die sich neugierig umschaute. Dabei stimmte es: Unsere Angestellten waren ganz gut untergebracht. Hinter der Reithalle, abgetrennt durch Sträucher und einen kleinen Garten, standen drei Blockhütten, die sich je zwei Leute teilten. Dazu gab es einen gemeinsamen Grillplatz und aus irgendeinem Grund sogar eine Tischtennisplatte aus Beton. Das Ganze sah fast aus wie eine Ferienanlage. Im Moment waren nur zwei der Hütten belegt, eine von Tadeusz und Kamil, die andere von Marcel.

Jetzt während der Fütterungszeit war normalerweise niemand hier. Marcel gab eine frühe Einzelstunde, sodass wir ungefähr dreißig Minuten Zeit hatten, uns in seiner Wohnung umzusehen.

»Also dann, legt los«, brummte Frida, die sich mit Linhs Einbruchsplan noch immer nicht recht angefreundet hatte. »Wenn es unbedingt sein muss«, murmelte sie leiser und platzierte sich hinter einem Strauch mit langen grünen Blättern, von wo aus sie den Übergang zum Hof im Auge behalten konnte. Sie war nicht scharf darauf, mit uns einzusteigen, deswegen hatte sie sich freiwillig zum Schmierestehen gemeldet.

Linh winkte ihr zu und folgte mir zusammen mit Max um Marcels Hütte herum. Mama hatte zu allen Unterkünften einen Zweitschlüssel, sodass von »Einbrechen« eigentlich kaum die Rede sein konnte. Erwischt werden wollte ich trotzdem nicht, denn wahrscheinlich würde Mama die Aktion nicht als Kontrollbesuch gelten lassen.

Mit einem letzten Rundumblick schloss ich die Haustür auf, dann die Wohnungstür, die auf der linken Seite vom Flur abging.

»Äh … Bist du sicher, dass das die richtige ist?« Max wirkte skeptisch, als wir uns in dem Apartment umguckten.

Linh lachte. »Dann kann ich mich ja auf ein Chaoszimmer einstellen, wenn ich dich in Berlin besuche, was? Stell dir vor, es soll Leute geben, die aufräumen.«

Max überhörte diese Behauptung und begann freudestrahlend, mögliche Besuchstermine aufzuzählen. Insgeheim gab ich ihm recht. Marcel hatte sein Bett gemacht, alle Klamotten in den Schrank geräumt, seine Schuhe geordnet unter der Garderobe aufgestellt. Selbst seine Jacken hingen auf Kleiderbügeln statt einfach am Haken wie bei normalen Menschen. In den Regalen lag kaum persönlicher Kram, ein Laptop, ein paar Zeitschriften, sonst nichts. Ich war fast erleichtert, als ich die benutzte Tasse in der Spüle entdeckte, sonst wären mir Zweifel gekommen, ob er nicht doch gegenüber wohnte.

Max und Linh turtelten immer noch.

»Hey«, zischte ich, obwohl es keinen Grund gab, leise zu reden. »Helft ihr mir jetzt suchen, oder was?«

Das war immerhin ein Vorteil an Marcels Ordnungswahn: Lang konnte es nicht dauern rauszufinden, ob es hier irgendwelche Beweise gab. In Max' Zimmer hätten wir wahrscheinlich bis Mitternacht gebraucht, da lag Linh ganz richtig mit ihrer Vermutung.

Die beiden setzten einen Gesichtsausdruck auf, der wahrscheinlich cool und abgebrüht wirken sollte, in dieser Doppelausführung aber eher unfreiwillig komisch aussah. Ich verkniff mir ein Grinsen und wies Linh die Regale und den kleinen Schreibtisch und Max den Kleiderschrank und die Küchenzeile zu. Ich nahm mir Bad und Flur vor.

Im Bad gab es wenig Auffälliges. Zahnbürste, Duschgel, Rasierzeug, Handtücher und Klopapier – damit konnte man ja rechnen. Der Hängeschrank war schon interessanter, aber ich wusste nicht, welchen Schaden er mit mehreren Pinzetten, Anti-Mitesser-Nasen-Strips, Nagelhautentferner (Was sollte man denn da entfernen?) und Zahnaufhellungsstreifen anrichten wollte.

Der große Garderobenschrank im Flur war bis unter die Decke vollgestopft mit Reitklamotten, Stiefeln, Kappen und Zubehör. Ich musste mir einen Stuhl holen, um in die oberen Fächer gucken zu können, aber der Rollenkoffer, der Rucksack und ein paar Schachteln waren leer. Marcel hatte eine riesige Sporensammlung, doch ansonsten fand ich auch hier nichts, was wir gebrauchen konnten.

Was war eigentlich mit seinem Auto? Daran hatten wir noch gar nicht gedacht. Vielleicht lagerte er ja irgendwelche Utensilien in seinem Kofferraum? Hatte er den Schlüssel vielleicht …?

»Jannis.« Linhs Stimme klang seltsam.

Ich streckte den Kopf durch die Tür in den Wohnraum.

Max wandte sich zu mir und hielt mir ein Shirt entgegen. Es war grün.

Ich zuckte mit den Schultern. »Ja und? Ein Vereins-T-Shirt, hat ihm bestimmt Mama gegeben. Das kennt ihr doch, hattet ihr erst gestern an.«

Ohne ein Wort drehte Max das Shirt um und zeigte mir den Rücken. Oh. Das Carlshof-Logo fehlte. Er hielt es so, dass er den

Aufdruck vorn lesen konnte. »›Maibach GmbH.‹ Hat dich nicht mal dein Onkel gesponsert?«

»Macht er immer noch«, murmelte ich. Langsam ging ich ein paar Schritte auf Max zu. Was war hier los?

Max schnaubte. »Ich will Marcel ja nicht zu nahetreten, aber er hat seltsame Angewohnheiten. Riech mal.«

Er hielt mir das Shirt unter die Nase, und ja, es war eindeutig getragen. Ratlos sah ich zwischen Max und Linh hin und her, als mein Handy vibrierte.

»Frida?«

»Raus da, und zwar schnell«, flüsterte sie aus dem Lautsprecher. »Und nicht über den Vordereingang!«

»Was …?« Aber sie hatte schon aufgelegt. Max und Linh sahen mich an. »Wir müssen verschwinden.«

»Das Fenster?«

Linh schüttelte den Kopf. »Nein, dann merkt er, dass wir hier waren.« Sie stand schon an der Tür. »Na los, Jannis, mach die andere Wohnung auf!«

Ich war auf dem Flur, als mich ein Geräusch erstarren ließ. Jemand steckte von außen einen Schlüssel ins Schloss.

»Hi, Marcel«, hörte ich im nächsten Moment Frida sagen.

»Was machst du hier?«, brummte Marcel direkt vor der Tür.

Ein Rempler holte mich aus meinem Schock. Linh zeigte hektisch auf die zweite Wohnungstür.

»Dir auch einen wunderschönen guten Morgen«, ätzte Frida. »Hast du drüben im Stall Jannis gesehen?«

Als ich endlich den richtigen Schlüssel gefunden hatte, sperrte ich auf. Linh schlüpfte durch die Tür, aber Max war noch mal zurück in Marcels Wohnung.

»He«, flüsterte ich.

Gleichzeitig sagte Marcel: »Seh ich aus wie sein Babysitter, oder was?«

Mit dem T-Shirt in der Hand tauchte Max wieder auf.

»Nein, aber ich war gerade am Haus, und da macht niemand auf«, improvisierte Frida draußen.

Max vergewisserte sich mit einem letzten Blick, dass wir die Wohnung verließen, wie sie gewesen war, dann schob er sich an mir vorbei. »Hab die Schranktür offen gelassen.«

»Die werden halt noch pennen.« Marcel verlor hörbar die Geduld.

Ich zeigte Max einen Vogel und schloss Marcels Wohnungstür ab.

»Und jetzt verzieh dich. Ich weiß nicht, warum sich Jannis wieder mit dir abgibt, aber hier hast du nichts verloren.« Anscheinend fiel Frida jetzt nichts mehr ein, denn nach einer kleinen Pause knurrte Marcel: »Worauf wartest du? Hau ab!«

Im selben Augenblick, als das Schloss am Eingang klickte, drückte ich die Tür der leeren Wohnung hinter mir zu. Wir hielten die Luft an.

Im Gang waren Schritte zu hören und leises Fluchen. »Verdammter Scheißdreck, immer diese Anfänger … So eine Kacke!« Dann warf Marcel die Wohnungstür hinter sich zu.

Ich hielt mich am Rahmen fest, während wir alle drei aufatmeten. Als es hinter uns an die Scheibe klopfte, fuhren wir gleichzeitig herum.

Frida stand draußen und winkte wie wild. Mit ein paar Schritten war Linh bei ihr und machte das Fenster auf.

»Los, raus da. Lasst uns verschwinden. Er muss sich umziehen, wir haben ungefähr drei Minuten.«

»Aber …«, wollte ich protestieren, doch Frida nahm meinen Einwand vorweg: »Das Fenster lehnen wir an, das kannst du später zumachen, wenn Marcel wieder beschäftigt ist. Komm jetzt, Jannis.«

Linh war schon draußen, Max folgte ihr. Dann schwang ich mich auf das Fensterbrett und ließ mich auf die andere Seite fallen. »Über die Terrasse wäre es leichter gegangen.«

»Stell dich nicht so an«, meckerte Frida, während sie mir mit dem Fenster half. »Was, wenn er in dem Moment rausguckt? Habt ihr was gefunden?«

»Später«, bügelte ich sie ab, und ihr scharfer Blick zeigte mir, dass sie genau verstand, warum.

Geduckt schlichen wir an der Hüttenwand entlang und folgten den beiden anderen über die Wiese. An der Hecke übernahm ich die Führung und schlängelte mich zwischen Haselsträuchern und Rhododendren hindurch in unseren Garten.

»Hat er was mitgekriegt?«, fragte ich Max, der als Letzter unter den Zweigen auftauchte.

Er schüttelte den Kopf. »Kann noch kommen, aber gesehen hat er uns nicht, glaube ich. Hier.« Er drückte mir das Shirt in die Hand und grinste. »Deine Trophäe.«

So unlustig die Lage eigentlich war, ich musste lachen. Linh fing an zu kichern und schlang den Arm um Frida. »Beim nächsten Mal kommst du mit. Einbrechen ist ein Megaspaß.«

Fridas Augen blitzten, doch sie blieb ganz ernst. »Ist klar. Aber jetzt schlage ich vor, wir gehen erst mal rein. Ihr braucht Frühstück.«

Es wurde viel besser als Frühstück. Mama erwartete uns schon in der Küche und begrüßte mich mit feuchten Augen und einem lauten »Alles Gute, mein Schatz«. Ich hatte ihr und Max gesagt, dass ich keine Lust hatte, meinen Geburtstag zu feiern, solange es Dari schlecht ging, und dass sie niemandem davon erzählen sollten, aber meine Ansichten zählten offensichtlich nicht.

Jedenfalls stimmten Frida und Linh jetzt begeistert »Wie schön, dass du geboren bist« an, Mama drückte mich an sich und Max grinste über beide Ohren.

»Danke, danke«, beendete ich nach ein paar Minuten die Glückwünsche und Umarmungen. Ich wartete darauf, dass Mama fragte, wo wir uns vor dem Frühstück rumgetrieben hatten, aber anscheinend hatte Max ihr eine glaubhafte Lüge aufgetischt.

In der Zwischenzeit hatte Mama einen Geburtstagsbrunch vom Feinsten aufgefahren. Erst als ich einen großen Korb mit Franzbrötchen entdeckte, kapierte ich, wo Mamas kulinarischer Übermut plötzlich herkam.

Ich zeigte auf die Teilchen. »Sind die von Luise?«

Frida nickte. »Mit vielen Grüßen und Glückwünschen.«

»Und die sind von mir.« Linh zeigte auf ein Backblech. »Eiermuffins. Extra für dich sogar mit Schinken.«

»Pferdeschinken?«, fragte ich sie grinsend.

Linh und Frida lachten, während Mama und Max mich irritiert anguckten. Nachdem ich den beiden von unserem ersten Gespräch im Schulbus erzählt hatte, fragte ich Linh: »Was machen deine Eltern eigentlich wirklich?«

»Sie sind Mathematiker an der Uni in Buddenwalde.« Sie schob sich einen Löffel Obstsalat in den Mund, während der Rest loslachte.

»Kommt das oft vor?«

»Was?« Sie sah mich an.

»Na, dass jemand wissen will, ob deine Mutter Thaimassage macht.«

Sie nickte. »Schon. Aber der Klassiker ist das Restaurant.«

»Chinesisch wahrscheinlich«, meinte Max.

Mama prustete in ihren Milchschaum.

Es wurde eine ziemlich fröhliche Mahlzeit.

Als ich wieder auf die Uhr guckte, war fast eine Stunde vergangen. Mama verabschiedete sich irgendwann Richtung Stall. Kaum hatte sie die Tür hinter sich zugemacht, sprang ich auf und zog das T-Shirt aus dem Ärmel meiner Stalljacke, wo ich es vor Mamas neugierigen Blicken versteckt hatte.

Ich zeigte es Frida. »Das haben wir gefunden. Eins von meinen alten T-Shirts, es war in Marcels Schrank. Keine Ahnung, wo er es herhat, es ist nicht mal gewaschen.«

»Komm bloß nicht näher mit dem stinkenden Teil, ich esse noch«, wehrte Max ab.

Ich ignorierte ihn, hängte das Shirt über Mamas Stuhllehne und setzte mich wieder. »Anscheinend hat er Dari damit vor der Farbe Angst gemacht.« Mein Blick fiel auf Frida. »Was ist denn mit dir los?«

Sie war kreidebleich, sodass ihre Sommersprossen viel dunkler wirkten als sonst. Aus riesigen Augen starrte sie mich an. »Ich glaube, da steckt noch was anderes dahinter.« Sie schluckte. »Das T-Shirt riecht nach dir, Jannis. Wahrscheinlich hat er es dazu benutzt, Dari beizubringen, sich vor deinem Geruch zu fürchten.«

Die Vorstellung war niederschmetternd. Selbst Max hörte kurz auf zu kauen. Ein paar Minuten sagte keiner von uns was, Linh machte sich noch einen Kaffee, Max aß sein drittes Franzbrötchen, über Fridas Gesicht zogen die Gedanken wie Gewitterschauer.

»Weißt du, was ich nicht verstehe?«, fragte ich sie irgendwann.

»Hm?«

»Wenn Marcel sie geschlagen hat und wer weiß, was noch alles, kapiere ich nicht, warum sie vor mir Angst hat, aber vor ihm nicht.«

Frida nickte leicht. »Darüber denke ich auch die ganze Zeit nach. Aber ich glaube, sie hat Angst. Sie hat vor ihm viel mehr Angst als vor dir, deswegen zeigt sie sie nicht.«

»Sondern macht, was er will?«

Sie zuckte mit den Schultern. »Ja. Weil sie Angst hat, dass er sie sonst noch mehr schlägt.«

Linh stieß die Luft aus. »Das ist so krank.«

Max griff nach ihrer Hand.

»Jannis, du kannst Dari nicht länger hierlassen. Sie muss weg«, sagte Frida leise. Ich konnte sehen, wie schwer es ihr fiel.

Aber es war nichts im Vergleich dazu, wie schwer es mir fiel, ihr zu antworten. Eine ganze Weile starrte ich an die Decke. Was waren die Alternativen? Ich konnte Mama von unserem Verdacht erzählen, doch was würde dann passieren? Falls sie Marcel zur Rede stellte, würde er alles abstreiten, und selbst wenn sie mir glaubte, durfte sie ihn wahrscheinlich nicht einfach ohne Beweise rauswerfen. Solange Dari auf dem Carlshof war, hatte Marcel immer Gelegenheit, wieder auf sie loszugehen, wir konnten schließlich nicht ewig im Stall auf der Lauer liegen.

»Was schlägst du vor?« Selbst in meinen Ohren klang meine Stimme wacklig.

»Wir bringen sie aufs Gut«, antwortete sie leise. »Da ist sie in Sicherheit und hat erst mal Ruhe. Und wir können überlegen, was wir gegen Marcel unternehmen.«

Max, der jetzt doch mit dem Rest seines Franzbrötchens kämpfte, schüttelte den Kopf. »Aber warnst du ihn damit nicht? Wenn ihr Dari wegschafft, ist Marcel klar, dass ihr einen Verdacht habt. Bis jetzt glaubt er ja noch, dass ihr das Gelassenheitstraining für die Ursache von Daris Problemen haltet. Er wird schön die Füße stillhalten, wenn er merkt, dass sich das geändert hat.«

»Genau«, schaltete sich Linh ein. »Die Frage ist doch: Was will Marcel jetzt noch? Du darfst Dari nicht mehr reiten, dafür geht er Turniere mit ihr, so weit hatte er Erfolg. Kann er noch mehr erreichen?«

»Ganz ehrlich, Linh, ich weiß nicht, was in diesem kranken Hirn vorgeht. Dari ist das beste Pferd, das er je unter dem Sattel hatte, da bin ich mir sicher. Aber sonst? Keine Ahnung, was er sich davon verspricht, sie halb in den Wahnsinn zu treiben.«

»Wir müssen diese Sache beenden.« Frida stand auf. »Und deswegen stellen wir Marcel eine Falle. Aber dafür brauchen wir einen Lockvogel.«

Frida

Hey!«

Ich tat so, als hätte ich nichts gehört, und wischte weiter angestrengt auf meinem Smartphone herum.

»FRIDA!«

Wenn ich nicht gewusst hätte, dass er nur auf wütend machte, wäre ich wahrscheinlich echt erschrocken.

Langsam drehte ich mich um. »Was ist los, Jannis?«

Er stürmte heran. Sein Handy hielt er mit ausgestrecktem Arm vor sich. »Du! Du bist los!«

Ich bemühte mich um einen angemessen verwirrten Gesichtsausdruck. »Was hab ich denn jetzt schon wieder gemacht?«

»Komm mir bloß nicht so.« Jannis blieb so dicht vor mir stehen, dass sein Gesicht in meinem Blickfeld verschwamm. »Du hast hier zum letzten Mal Schaden angerichtet. Hau ab!«

Er packte mich am Oberarm und schleifte mich zum Ausgang. Es tat ganz schön weh, er war fast noch ein bisschen grober als beim ersten Mal, als er mich rausgeworfen hatte.

Das half mir dabei zurückzubrüllen: »Sag mal, geht's noch? Wieso schmeißt du mich denn jetzt raus?« Ich riss mich los und stellte mich ihm mit geballten Fäusten gegenüber.

Aus dem Augenwinkel sah ich, dass wir mittlerweile Zuschauer hatten. Annika und ihre Clique tuschelten hinter vorgehaltener Hand, zwei Frauen guckten alarmiert und Marcel lehnte im Durchgang zur Reithalle.

»Weil du wahnsinnig bist!« Jannis kam immer mehr in Fahrt. »Weißt du, wen ich gerade am Telefon hatte? Meinen Vater! Und weißt du, warum? Er nimmt mir Dari weg!«

Die dramatische Pause war ziemlich beeindruckend. Jetzt folgte der Köder.

»Morgen kommt er und gibt mir eine letzte Chance. Schon mal was von Claus Maaßberg gehört? Der will Dari kaufen. Er hat einen Riesenstall in Brandenburg und Geld wie Heu! Wenn ich Dari morgen nicht im Griff habe, ist sie weg!« Jannis zeigte mit dem Finger auf mich und sagte etwas leiser (aber doch so laut, dass man ihn auf dem ganzen Hof hörte): »Alles wegen dir! Das ist alles nur deine Schuld.«

Wir starrten uns an. Er machte das verdammt gut, das musste ich ihm lassen. Fast hätte ich ihm selber geglaubt, dass er mich gerade auf die Osterinseln wünschte. Ich ließ die Schultern sinken und biss mir auf die Lippe.

»Du bist so gemein«, sagte ich gerade so leise, dass mich unser Publikum noch verstehen konnte. »Ich wollte dir doch immer nur helfen.«

Damit drehte ich mich um und tat so, als würde ich mit den Tränen kämpfen. Die letzten drei Schritte zu meinem Rad rannte ich. Dann stieg ich auf und trat so fest in die Pedale, wie ich nur konnte.

Mein Handy klingelte, als ich schon fast am Gut angekommen war. Ich bremste und nahm den Anruf an.

»Jetzt steh ich da wie der letzte Arsch.« Jannis lachte. »Vielen Dank auch.«

Ich grinste. »War's überzeugend?«

»Denke schon.« Jannis holte hörbar Luft. »Meinst du, dass Marcel uns das abkauft?«

Ich überlegte einen Moment. »Ich weiß es nicht. Aber ehrgeizig genug ist er, also hoffen wir's.«

»Bleibt's bei halb neun?«

»Wie besprochen.«

Jannis zögerte einen Moment. »Frida? Danke.«

Ich lächelte, als ich auflegte.

Wir hatten hin und her überlegt, wer wann welches Pferd vom Gut zum Carlshof und zurück bringen sollte. Das Problem war, dass sich Dari nicht von Jannis anfassen ließ, also konnte er sie im Dunkeln unmöglich heil zum Gut führen. Ehrlich gesagt hatte ich Zweifel, ob ich das schaffen würde, so nervös, wie sie in letzter Zeit war, aber ich musste eben das Vertrauen in sie aufbringen, das ich von ihr erwartete.

Auf Eldenau hatten wir eine Box für sie hergerichtet. Ich hatte Liv in die daneben gestellt, damit Dari in der ungewohnten Umgebung wenigstens ein Pferd kannte. Dari vom Carlshof wegzubringen, war riskant, und ich hoffte einfach nur, dass sie nicht ausrastete.

Lange hatte ich gegrübelt, ob ich Mama einweihen sollte. Wenn Dari in Panik geriet, konnte sie wenigstens eingreifen. Aber natürlich hätte sie haarklein wissen wollen, was wir vorhatten, und das konnte ich ihr unmöglich sagen. Trotzdem nagte das schlechte Gewissen an mir, bis ich beschloss, Luise um Hilfe zu bitten, sobald Dari bei uns im Stall stand. Wenn es sich um einen Notfall handelte, würde sie schon mitspielen. Hoffte ich. Theo wäre die sichere Wahl gewesen, aber so wie Dari im Moment auf Männer reagierte, schied er aus. Außerdem hätte er sich wahrscheinlich lieber mit auf die Lauer gelegt, als den Pferdesitter zu spielen.

Beim Abendessen stellte sich dann heraus, dass er sowieso nicht zu Hause gewesen wäre, sondern mit seinen Kumpels in der Stadt verabredet war. Luise wollte mit Simon einen Film gucken. Ich grinste in mich hinein. Das konnten sie ja auch ganz hervorragend im Stall, während sie auf Dari aufpassten.

»Und du?« Mama lächelte mich an und strich mir eine Strähne aus dem Gesicht. Ehrlich, langsam musste sie doch wissen, dass das hoffnungslos war. »Hast du auch was Schönes vor heute Abend?«

»Mhmm«, brummte ich um einen Bissen Käsebrot herum, den ich gerade im Mund hatte. Ich kaute und schluckte. »Jannis hat mich zu einem Spieleabend eingeladen. Linh kommt auch.«

Zum Detektivspielen. Ich biss mir auf die Zunge, um ernst zu bleiben.

»Du hängst ja neuerdings nur noch mit dem rum.« Theo sah mich prüfend an. »Läuft da was?«

»Oh Mann, Theo.« Ich schüttelte den Kopf, während der Rest der Familie lachte, schmunzelte oder hüstelte.

»Hab ich doch von Anfang an gesagt«, warf Luise ein. »Der ist aber auch echt süß.«

»Du, wenn er dein Typ ist, mach ruhig«, schlug ich ihr kalt vor, bevor ich mich wieder an Theo richtete. »Nein, da läuft nichts, der dreht nur bald durch, weil sein bester Freund Max aus Berlin über die Ferien da ist. Und der ist mit Linh zusammen. Kannst dir ja vielleicht vorstellen, dass er sich vorkommt wie das fünfte Rad am Wagen.«

Gut, das war nicht mal alles gelogen. Aber diese Wahrheitsdehnungen fielen mir erschreckend leicht, langsam sollte ich sie wieder einschränken. Meine moralischen Überlegungen wurden von Luises nächstem Kommentar in den Hintergrund gedrängt.

»Ui, ein Doppeldate.« Sie grinste mich an.

Das war wirklich nicht mehr als einen genervten Blick wert. Mittlerweile freute ich mich fast darauf, ihr den Abend zu verderben.

Ich sah Mama an. »Kannst du mich bitte nie mehr fragen, was ich vorhabe? Meine Geschwister sind leider zu unreif für die Antwort.«

Sie streichelte meine Wange. »Lass dich nicht ärgern. Viel Spaß, und bitte grüß Eva, ja? Und um halb elf bist du zu Hause.«

»Ähm …« Ich sah erst sie, dann Papa bittend an. »Eigentlich wollte ich übernachten.«

Theo prustete, griff in seine Hosentasche und knallte ein Kondom vor mir auf den Tisch. »Für alle Fälle«, meinte er mit einem breiten Grinsen.

»Theo«, mahnte Papa noch gespielt entrüstet, aber dann lachte er sich genauso schlapp wie die anderen.

Manchmal fragte ich mich, was ich in meinem früheren Leben verbrochen hatte, dass ich als jüngstes Kind in diese Familie geboren worden war.

Als Verstärkung hatte ich Linh nach Eldenau beordert, was sich als gute Idee herausstellte, denn so konnten wir Liv mit zum Carlshof nehmen. In ihrer Gesellschaft ließ sich Dari ohne Mucken nach Eldenau bringen. Jannis stand ein Stück abseits und beobachtete unsere Aktion, während Max schon vor Marcels Wohnung Position bezogen hatte.

In ihrer Gästebox bei uns auf dem Gut verhielt sich Dari eher neugierig als alarmiert. Zwar holte sie sich von Liv immer wieder Rückendeckung, aber nach ein paar Minuten knusperte sie sogar schon an den Mohrrüben in der Krippe herum. Die ganz große Katastrophe schien also nicht einzutreten.

Dann wurde es Zeit, Luise an Bord zu holen. Als ich sie anrief, maulte sie zwar, kam dann aber doch mit Simon in den Stall. An der Tür hielt ich die beiden auf und erklärte ihnen, was wir heute Nacht vorhatten und welche Rolle sie dabei spielen sollten.

Im Lauf meiner Ausführungen wurde Luises Gesicht immer finsterer, bis sie mich irgendwann unterbrach: »Du hast einen Knall, oder? Du glaubst doch nicht im Ernst, dass ich dich das machen lasse.«

Damit hatte ich jetzt nicht gerechnet. »Äh … wieso?«

»Weil es gefährlich ist! Wenn ihr recht habt, und Marcel hat Dari absichtlich verdorben, weißt du, was dann für ihn auf dem Spiel steht? Der kann nicht zulassen, dass ihr ihm seine Karriere versaut. Vielleicht geht er sogar ins Gefängnis!«

Linh stellte sich demonstrativ neben mich. »Was soll er denn schon machen, wenn wir ihn schnappen? Er kann uns ja schlecht alle vier mit der Mistgabel aufspießen.«

Das Bild war unschön, und wir sahen Linh teils angewidert, teils amüsiert an, aber so schnell ließ sich Luise nicht von ihrer Predigt abbringen.

»Es reicht, wenn er einen von euch aufspießt! Und lass mich raten, Frida, du bist doch bestimmt die, die ihm auflauert, oder? Warum macht das nicht dein feiner Jannis? Es ist sein Pferd!«

»Pscht, sei leiser! Du regst Dari noch auf. Mann, ich wusste es doch, ich hätte Theo fragen sollen.«

Die Masche zog immer. Mürrisch verschränkte Luise die Arme und hörte mir weiter zu.

»Jannis und ich haben das besprochen, was denkst du denn? Die Wahrscheinlichkeit ist einfach am größten, dass Marcel mir was erzählt. Jannis ist ja quasi sein Chef, da gibt er doch nichts zu.«

»Klingt logisch«, schaltete sich Simon ein.

»Halt du dich bloß da raus«, fuhr Luise ihn an, aber er ließ sich von ihrem Ton gar nicht irritieren.

Grinsend nahm er sie in den Arm. »Lass sie mal. Die Kinder machen das schon. Was, Frida?« Er boxte mir gegen die Schulter, bevor seine Stimme ganz rauchig wurde. »Außerdem finde ich die Idee eigentlich ziemlich … reizvoll, du und ich im Heu. Ist doch ganz kuschlig hier.«

Seufzend ließ ich den Kopf fallen. »Oh nee, ne? Was ist denn heute Abend mit allen los?«

Als ich wieder aufsah, kratzte sich Linh die Nase, und Luise bemühte sich um ein strenges Gesicht.

»Ich find's nicht gut, Frida, okay? Ich will, dass du dich alle zwei Stunden meldest, ist das klar? Sonst komme ich und hole dich.«

Genervt nickte ich. So war das nicht geplant gewesen, aber Luise schien ihren Beschützerinstinkt entdeckt zu haben.

Einen Moment sah sie mich noch an. Schließlich sagte sie: »Dann macht, dass ihr verschwindet. Wir kümmern uns um die Stute.«

Wir verabschiedeten uns von Dari und holten Conni vom Paddock. Keine Viertelstunde später stand er wohlbehalten in Daris Box und mümmelte an seiner Extraportion Heu.

»Meinst du, er fällt darauf rein?«

Jannis und ich begutachteten Conni im Schein unserer Handylampen. Er war ein Friese und natürlich viel massiger als eine Oldenburger Stute. Außerdem war seine Mähne ungefähr einen halben Meter lang, was schon einen ganz schönen Unterschied zu Daris verzogener Mähne ausmachte, selbst in diesem Zwielicht.

Ich zuckte mit den Schultern. »Conni ist halt der einzige Rappe, den wir haben.«

Jannis klang skeptisch. »Vielleicht hätten wir auf die Farbe pfeifen und lieber eine dunkelbraune Stute nehmen sollen.«

Vielleicht, vielleicht. Ich hatte wirklich keine Lust, das Ganze noch mal durchzukauen. Die Diskussion hatten wir zur Genüge geführt, aber unsere Warmblutstuten waren alle zu hell und die auf dem Carlshof standen in Boxen, an denen Marcel auf dem Weg zu Dari wahrscheinlich vorbeikam. Da war die Gefahr groß, dass er es bemerkte, wenn eine fehlte.

»Ist jetzt zu spät, noch was zu ändern«, sagte ich deswegen, strich Conni ein letztes Mal über die Nase und verzog mich in die leere Nachbarbox. »Und jetzt los, auf die Plätze.«

Jannis warf mir einen genervten Blick zu, verschwand aber.

Und dann begann die Warterei. Wir hatten keine Ahnung, ob Marcel aufkreuzen würde, und wenn ja, wann. In der Nacht, als Jannis den Schatten gesehen hatte, war es schon nach Mitternacht gewesen. Da blieben ja nur noch drei Stunden.

Ich seufzte und versuchte, es mir auf dem Heuhaufen bequem zu machen, den wir in Daris Nachbarbox geschoben hatten. Wobei, allzu bequem durfte es auch nicht werden, ich musste ja wach bleiben. Eine Weile vertrieb ich mir die Zeit damit, ein paar neue Ideen zu den Reitstunden für die Ferienkinder zu notieren, dann recherchierte ich zu meinem Englisch-Referat über Grubenponys. Zwischendrin schrieb ich die gewünschte Nachricht an Luise. Eigentlich hätte ich Zeit gehabt zu gucken, was der Rest unserer Klasse die Ferien über so getrieben hatte, aber für Instagram fehlten mir die Nerven. Stattdessen versuchte ich, die Geräusche, die aus den Boxen kamen, dem jeweiligen Pferd zuzuordnen, doch das war schwieriger als gedacht. Außerdem machte es mich schläfrig, so angestrengt in die Dunkelheit zu lauschen. Alles war friedlich, das Schnauben und Kauen und Rascheln und das Prusten, wenn Conni ans Gitter zwischen unseren Boxen kam und mit seinen schimmernden Augen herüberguckte. Als ich mich dabei ertappte, wie ich mich tiefer ins Heu kuschelte, stand ich schleunigst auf und machte ein paar Dehnübungen.

Aus Verzweiflung hatte ich gerade begonnen, den Speicher meines Handys aufzuräumen, als Linhs Nachricht kam: »Er ist unterwegs.«

Sofort war ich hellwach. Aus der Sattelkammer hörte ich drei vorsichtige Schritte. Ich kauerte mich hinter die Boxentür und hielt das Telefon bereit.

Keine Ahnung, wie lange Marcel von seiner Wohnung bis in den Stall brauchte, aber es fühlte sich an wie eine Ewigkeit. Dann schob sich am vorderen Ende der Stallgasse die Tür zum Hof auf. Marcels Sohlen machten auf dem Betonboden fast kein Geräusch, sechs, sieben Schritte, dann nichts mehr.

War er stehen geblieben? Hatte er bemerkt, dass wir auf ihn warteten? Aber wie konnte das sein? Die Pferde verhielten sich völlig ruhig, sie hatten ihm sicher nicht verraten, dass wir hier waren.

Mein Herzschlag dröhnte in meinen Ohren. Ich musste mich beruhigen, schnell, sonst könnte er neben mir husten, und ich würde es nicht mitkriegen. Ich richtete all meine Konzentration darauf, in die Dunkelheit zu lauschen. Warum bewegte er sich nicht?

Dann ein leises Quietschen und fast im selben Moment langsame Schritte. Eine Sekunde später kapierte ich, wo Marcel gewesen war: in der Futterkammer. Was hatte er vor? Ich wusste, ich durfte nicht aufstehen und meinen Kopf aus der Box strecken, aber es fiel mir sehr schwer.

Ein paar Schritte, Pause, wieder Schritte, Pause.

Endlich kapierte ich es: Er blieb vor jeder Box stehen und fütterte die Pferde mit Leckerlis. Konnte das sein? Warum? Glaubte er, dass er sie damit besänftigte und sie nicht genauso Angst vor ihm bekamen wie Dari? Wenn ich darüber nachdachte, schien es zu funktionieren. Keines der anderen Pferde hatte je besonders nervös auf ihn reagiert. Besonders vertrauensvoll allerdings auch nicht, aber das lag wohl einfach daran, dass er keine Ahnung hatte, wie man mit Pferden richtig umging.

Ganz schön hinterhältig. Ich war so von Marcels eiskalter Planung fasziniert, dass ich fast den Moment verpasst hätte, als der Lichtschein seiner Taschenlampe vor Daris Box aufflackerte.

Ich hielt mein Handy hoch und drückte auf Aufnahme.

Marcel schob den Riegel an der Tür zurück und öffnete die Box. »So, du dummes Vieh, ein letztes Mal noch, und dann lass uns hoffen, dass der Spuk ein Ende hat. Wenn der Hosenscheißer morgen nicht mir dir klarkommt …« Er hob den Arm. In der Hand hielt er ein aufgerolltes Seil oder eine Longe, genau konnte ich es nicht sagen. Dann richtete er den Strahl der Taschenlampe direkt auf Connis Kopf. Conni wich geblendet zurück, aber Marcel senkte den Arm und zischte: »Was zum Henker …?!«

Er erholte sich rasch von seiner Verwirrung. Schneller, als ich reagieren konnte, schwenkte er den Strahl der Taschenlampe herum, und ich stand da wie im Scheinwerferlicht. Schützend hielt ich mir eine Hand vor die Augen. Der Plan war nicht gewesen davonzulaufen, aber so oder so hätte ich keine Chance dazu gehabt, ich sah nämlich gar nichts.

Mit drei Schritten war Marcel bei mir und baute sich vor mir auf. »Du schon wieder. Hat Jannis dir nicht Hausverbot erteilt?«

Der hatte Nerven! Wenigstens hatte er die Taschenlampe auf den Boden gelegt, sodass ich jetzt mit meinem Part beginnen konnte. »Ja, und das ist morgen ganz schnell wieder vorbei. Ich hab alles auf Video!«

Ich tat so, als wollte ich mir das Handy in die Hosentasche stecken, stellte mich aber absichtlich ungeschickt an, sodass Marcel um mich herumgreifen und es mir abnehmen konnte.

»He, du Blödmann, gib das her!« Ich rempelte ihn an, aber er hielt mich mit einer Hand auf Abstand.

»Wollen wir doch mal sehen …«, meinte er.

Ich zappelte ein bisschen, schaute ihm aber dabei zu, wie er den Videoordner aufrief und den letzten Film löschte.

»Lass mich los! Du Tierquäler! Ich wusste es doch, dass was faul ist mit dir!« Jetzt wehrte ich mich mit ein bisschen mehr Nachdruck, sodass Marcel das Handy ins Heu fallen ließ und mich mit beiden Händen festhielt. »Warte nur, bis ich Jannis das erzählt habe! Die werfen dich schneller raus, als du gucken kannst.«

Marcel lachte abfällig. »Klar.« Er griff härter zu. Meine Oberarme machten heute wirklich was mit. »Jetzt reg dich ab. Ich bring dich zu Eva, und dann sehen wir mal, was du ohne Beweise ausrichten kannst. Wo ist die Stute?«

Er zog mich mit sich auf die Stallgasse.

Zwischen zusammengebissenen Zähnen presste ich hervor: »In Sicherheit.«

»Auf dem Gut?«

Ich antwortete nicht, sondern starrte ihn nur an, so wütend ich konnte.

Wieder lachte er. »Du bist echt dämlich, Mädchen. Kein Mensch wird dir das abnehmen. Erst entführst du die Stute, und dann behauptest du, ich bin ein Tierquäler. Darauf muss man erst mal kommen.«

Ich musste mich ganz schön ins Zeug legen, damit er mich nicht zu schnell zur Tür zog. Wenigstens war ich so groß, dass er mich nicht tragen konnte, das hätte ich ihm sonst auch noch zugetraut. Vor allem aber musste ich das Gespräch am Laufen halten.

»Ich hab Dari doch nicht entführt!«, quiekte ich also. »Wer soll das denn glauben?«

»Jeder, der dich in den letzten Wochen mit Jannis gesehen hat.« Marcel atmete jetzt auch schwerer. Er drehte mich herum und presste mich mit dem Rücken gegen die Boxenwand. »Weiß ja jeder, dass du scharf bist auf ihn und er dich nicht mit dem Hintern ansieht. Für den geht das Reiten vor und dagegen wolltest du was unternehmen.«

Das tat jetzt langsam ganz schön weh. Ich musste schnellstens etwas Brauchbares aus ihm herausbekommen.

»Kompletter Blödsinn«, knurrte ich. »Ich hab mehr Zeit mit ihm verbracht als seine Freundin. Wenn das stimmen würde, was du behauptest, müsste ich doch so viel mit Dari arbeiten wie möglich und verhindern, dass Jannis mich rauswirft.«

Marcel grinste mir fett ins Gesicht. Das Licht der Taschenlampe, das ihn von unten anstrahlte, verzerrte sein Gesicht zu einer Fratze. »Hast dich halt im Maß verschätzt.«

Ich ächzte, als er mich fester gegen die Gitterstäbe drückte.

»Aber wie willst du erklären, dass Dari vor Männern Angst hat und vor mir nicht?«, japste ich. »Wie soll ich das hinbekommen haben? Sie ist deinetwegen so ein Nervenbündel! Ich hab doch genau gesehen, was du vorhattest! Wie lang verprügelst du sie schon, hm? Was hast du davon?«

Marcels Augen waren schmal geworden. Er schüttelte den Kopf.

»Du bist so naiv. Schau dir die Zossen doch an!« Mit einer Hand deutete er vage die Stallgasse hinunter. »Wenn ich aus diesem Drecksloch wegkommen und in einem richtigen Stall reiten will, dann brauche ich die Platzierungen mit der Stute! Aber weißt du, was?« Er lachte irre auf. »Es kommt alles noch viel besser. Morgen wird der gute Jannis auf ganzer Linie versagen, und wenn sie dann einen Reiter für ihr Springsternchen suchen, dann zeige ich ihnen mal, wozu es wirklich fähig ist. Der alte Maaßberg wird gar nicht anders können, als mich einzustellen. Und dann bin ich hier endlich raus.« Er zog mich von der Wand weg und wandte sich zur Tür. »Du kommst jetzt mit zu Eva.«

»Au!« Sein Griff war richtig brutal, und diesmal musste ich nicht so tun, als würde ich mich wehren. Ich trat ihm gegen das Schienbein und holte mit meiner freien Hand aus, um ihn zu kratzen, aber er fing die Bewegung ab und schüttelte mich grob.

In dem Moment ging das Licht an.

»Loslassen!«

Marcel fuhr herum. In der plötzlichen Helligkeit mussten wir beide blinzeln. Jannis stand mitten auf der Stallgasse, und wenn ich nicht gewusst hätte, dass seine Wut Marcel galt, hätte ich jetzt garantiert Angst bekommen. Statt mit Dari sollte ich besser mal mit ihm Gelassenheitstraining machen.

Marcel schien allerdings ziemlich unbeeindruckt von seinem zornigen Blick zu sein. »Jannis, gut, dass du da bist. Ich hab sie in der Box da erwischt. Sie hat deine –«, legte er mit seiner Story los, aber Jannis unterbrach ihn.

»Spar dir die Spucke.« Er hielt sein Handy hoch. »Ist alles im Kasten.«

Jannis

Man konnte richtig sehen, wie Marcel seine Möglichkeiten abwog. Er entschied sich dafür, Frida einen solchen Stoß mitzugeben, dass sie auf den Boden knallte und wütend aufschrie, und dann zu versuchen, sich mein Handy zu krallen. In der Zeit, die er brauchte, um die paar Schritte auf mich zu zu machen, hatte ich das Ding in der Innentasche meines Parkas verstaut, und hinter mir war die Tür aufgegangen.

Er hatte schon mit der Faust ausgeholt, als Linh mit schneidender Stimme sagte: »Lass es. Es steht vier gegen einen.«

Marcel erstarrte mitten in der Bewegung, scannte die Lage, drehte auf den Fersen um und rannte zum anderen Ausgang.

»Wir rufen die Polizei«, rief ihm Max hinterher. »So schnell bist du nicht.« Eine Sekunde später hielt er sich das Telefon ans Ohr.

Linh war schon bei Frida, die sich mit zusammengebissenen Zähnen das Handgelenk hielt. Ich ging neben ihr in die Hocke.

»Bist du okay?«

»Ist nur verstaucht, glaub ich.« Sie kniff die Augen zusammen und atmete scharf ein. »Sorry.«

»Oooaah, Frida!«, stöhnte Linh.

Ich lachte, strich Frida über die Schulter und stand auf.

»Was hast du vor?«, brachte sie heraus. »Der ist doch längst weg.«

»Wo soll er denn hin?«, fragte ich schon im Rennen.

Aber sie behielt recht. Im Hof war nichts mehr von ihm zu sehen, und als ich um die Ecke der Reithalle schlitterte, erkannte ich gerade noch seine Rücklichter, bevor er auf die Zufahrt abbog. Was er sich davon versprach abzuhauen, wusste ich nicht, alles, was er hatte, war ja noch in seiner Wohnung.

Fünf Sekunden später hatte ich Mama am Telefon.

»Jannis? Wo bist du?«, meldete sie sich aus dieser Grenzregion zwischen Schlaf und Panik.

Ich bemühte mich, ihr nicht allzu sehr ins Ohr zu keuchen. »Im Hof, reg dich nicht auf. Dein Bereiter macht sich gerade aus dem Staub. Wäre gut, wenn du in den Stall kommst.«

»Hast du schon wieder im …?« Sie ließ die Frage unvollendet, war ja klar, was sie sagen wollte. Sie schnaufte, dann hörte ich, wie sie sich aus dem Bett schwang. »Bin auf dem Weg.«

Eine halbe Stunde später zuckte das Blaulicht von zwei Streifenwagen und einem Polizeibus über die Stallwände. Im Hof wimmelte es von Leuten. Keine Ahnung, wie Max die Situation am Telefon geschildert hatte, die beiden Beamten, die meine Aussage aufnahmen, waren jedenfalls nicht begeistert, dass es sich nicht um eine kriminelle Bande, sondern »nur« einen Tierquäler und »nur« ein tierisches Opfer handelte. Mutmaßlichen Tierquäler, wie die Polizistin immer wieder betonte. Vorsorglich legte mir Mama die Hand auf den Arm, weil sie zu Recht befürchtete, dass es mit meiner Geduld nicht mehr weit her war.

»Eure Handys könnt ihr am Montag zurückhaben«, erklärte uns der ältere Polizist.

Max, der schräg hinter mir stand und meine Aussage immer wieder ergänzt hatte, stöhnte. »So lang kann es doch nicht dauern, ein Video auszulesen.«

Das brachte ihm einen strafenden Blick ein. »Sei froh, dass du es überhaupt wiederbekommst. Deine Geschichte war dermaßen abenteuerlich, dass du Glück hast, wenn du deswegen keinen Ärger kriegst. Alles, was wir bisher haben, ist ein Reiter, der ein bisschen grob mit einem Pferd umgegangen ist.«

»Wie bitte?« Empört trat Mama einen Schritt vor. »Es besteht ein Unterschied zwischen wochenlanger Tierquälerei und grobem Anfassen. Herrn Gars' Verhalten war grausam und perfide. Wenn sich diese jungen Leute dagegen einsetzen, können Sie sie doch dafür nicht bestrafen.«

Die Polizistin warf ihren blonden Zopf über die Schulter und hob die Hand. »Frau Maibach, von Bestrafung ist ja auch gar nicht die Rede. Mein Kollege meint nur, dass es für eine Anzeige wegen Tierquälerei wahrscheinlich nicht reicht, noch dazu, weil die Videos der beiden Jungs nicht einmal das angeblich betroffene Pferd zeigen.«

»Was heißt da angeblich?«, unterbrach ich sie wütend.

Die Polizistin schaute mich an. »Bisher sehe ich nicht, wie dem Verdächtigen nachgewiesen werden könnte, dass er dein Pferd über längere Zeit misshandelt hat.«

»Aber Dari ist völlig traumatisiert! Wie soll das denn sonst passiert sein, wenn nicht durch dieses …« Mamas Hüsteln brachte mich ins Stocken. »… durch Herrn Gars?«

»Ist das Tier denn wertvoll?«, mischte sich der ältere Polizist wieder ein.

Ich fuhr mir schnaufend durch die Haare.

Mama sagte: »Die Stute ist ein talentiertes Springpferd, für das wir einen hohen fünfstelligen Betrag ausgegeben haben. Aber darum –«

»Dann könnten Sie eventuell Anzeige wegen Sachbeschädigung erstatten«, meinte der Polizist, ohne Mama ausreden zu lassen.

»Sachbeschädigung?«, riefen wir alle drei ungläubig.

Der Mann nickte. »Na ja, wenn die Stute durch das Verhalten Ihres Reiters –«

»Bereiters«, korrigierte Mama.

»… Ihres Bereiters an Wert verloren hat, ist das eventuell ein Straftatbestand.«

»Aber auch das wird sich schwer beweisen lassen«, ergänzte die Polizistin.

Ihr Kollege nickte, dann deutete er auf Frida, die auf einer Bank am Eingang der Reithalle saß und sich von Florian untersuchen ließ. »Was ist mit eurer Freundin? Sie könnte Anzeige wegen Körperverletzung erstatten.«

Das beunruhigte mich nun doch. »Wieso? Was hat sie denn? Ist es schlimm?«

Die Polizistin schüttelte den Kopf. »Nach dem, was der Arzt sagt, eher nicht. Trotzdem wurde sie von Herrn Gars gestoßen.«

Ich zeigte auf Florian. »Er ist Tierarzt.«

Mama räusperte sich, legte mir die Hände auf die Schultern und drehte mich Richtung Halle. »Ja. Jannis, Max, ihr geht jetzt mal rüber zu den Mädels, ihr Jungs seid ja hier fertig. Oder?« Fragend sah sie die beiden Beamten an.

Als sie nickten, gab sie mir einen kleinen Schubs. Ich guckte Max an und wir machten uns vom Acker. Ich wusste, wann Mama ein Gespräch für beendet erklärt hatte.

Frida saß mit grauem Gesicht auf der Bank und beobachtete Florian dabei, wie er ihr einen Verband anlegte. Max hockte sich neben Linh, die Frida seit Marcels Verschwinden nicht von der Seite gewichen war, und ich zwängte mich neben Florian.

»Tut's sehr weh?«, fragte ich. »Musst du ins Krankenhaus?«

»Es geht.« Frida sah mich an. »Und ins Krankenhaus gehe ich ganz sicher nicht, fang du nicht auch noch an.« Sie deutete über ihre rechte Schulter auf Max. »Deinen Kumpel konnte ich ja gerade noch davon abhalten, den Rettungswagen zu rufen. Ein paar Tage Ruhe und mit meinem Handgelenk ist wieder alles in Ordnung. Kein Grund, so einen Aufstand zu machen.«

»Du hast mich schon gehört, oder, Frida?«, fragte Florian. »Wenn es schlimmer wird, musst du das röntgen lassen. Und ich hab was gut bei dir, weil ich bei deinen Eltern ein Wort für dich einlege.«

Frida verdrehte die Augen, nickte dann aber. »Ja. Danke.«

»Was machst du eigentlich hier?«, fragte ich, als mir auffiel, dass Max Florian kaum angerufen haben konnte.

Während er in aller Ruhe seine Tasche packte, sagte er: »Deine Mutter hat mir Bescheid gegeben.«

Hinter ihm zuckte Linh zusammen und guckte ihn scharf an, bevor ihr Blick ganz glasig wurde. Was hatte die denn?

Florian sah mich an. »Eva dachte, Dari könnte was passiert sein. Aber dein Wunderpferd ist ja noch nicht mal hier. Da musste ich mich eben um dieses Wundermädchen kümmern.«

Er grinste, drehte sich zu Frida und drückte ihre gesunde Schulter.

»Das war ganz schön gefährlich, was ihr da gemacht habt, aber auch sehr mutig. Jetzt kann Dari nichts mehr passieren.« Er stand auf und wollte schon gehen, dann wandte er sich noch einmal zu uns um. »Ihr kriegt Dari schon wieder hin.«

Er hörte sich sehr viel zuversichtlicher an, als ich mich fühlte, aber die Wärme in seiner Stimme lockte sogar bei Frida ein wackliges Lächeln hervor.

Gespielt streng deutete er auf sie. »Du passt auf deinen Arm auf, ist das klar?«

Seufzend lehnte Frida ihren Kopf an die Reithallenwand. »Jaha.«

»Wie lange?«

Frida verzog den Mund. »Zehn Tage Schiene, dann noch mal drei Wochen kein Sport.«

Florian nickte und ging Richtung Stall davon. Ich sah Frida an. Das also trieb sie um. Wegen vier Wochen Reitverbot wäre ich auch blass geworden.

»Tut mir leid«, sagte ich ehrlich.

Frida schloss die Augen und atmete tief ein. »Wünsch mir lieber, dass ich das Treffen mit meinen Eltern überlebe.«

Und da hörte ich es auch schon: »Frida? Frida!«

Frida kniff einen Moment die Augen zusammen, dann rief sie: »Hier, Mama!«

Kristin und Robert tauchten unter dem Torbogen auf. Sie stürzten auf Frida zu und umarmten sie abwechselnd, Kristin redete dabei ununterbrochen auf sie ein. Es sah nicht aus, als wäre Frida in unmittelbarer Lebensgefahr, also standen Linh, Max und ich auf und verzogen uns.

Ohne ein Wort zu sagen, lehnten wir uns gegen den Paddockzaun und starrten in die Nacht. Langsam kroch mir die Kälte in die Knochen, aber in meinem Kopf ging es zu wie auf dem Alexanderplatz an Heiligabend. Viel Schlaf würde ich auch in dieser Nacht nicht erwischen.

»Und jetzt?«, fragte Max irgendwann.

Ich dachte daran, dass wir seit heute keinen Bereiter und keinen Reittrainer mehr hatten. Ich dachte an Dari, die auf Eldenau stand und mich nicht an sich heranließ. Und dann dachte ich an Björn, der wahrscheinlich nichts lieber tun würde, als sie mir gleich morgen wegzunehmen.

Von der Euphorie von vorhin, dass Marcel tatsächlich auf unsere Geschichte reingefallen war und wir ihn endlich überführt hatten, war nichts mehr übrig. Seit Mama und ich hier oben unser neues Leben begonnen hatten, waren wir mit allen Schwierigkeiten fertiggeworden, aber jetzt sah es zum ersten Mal so aus, als könnte uns der Carlshof über den Kopf wachsen.

Ich ließ die Stirn auf meine Arme sinken. »Ich weiß es nicht.«

Frida

Der November kam und Dari blieb auf Eldenau. Jannis besuchte sie jeden Tag. Manchmal sah ich ihn nur aus der Ferne, wie er über den Hof zum Weidezaun stapfte. Dort stand er dann, bis sie mit den anderen Stuten auftauchte, und sah ihr eine Weile zu, bevor er wieder verschwand. Jedes Mal, wenn ich mit ihr trainierte – ganz vorsichtig, ruhig, damit sie wieder lernte, dass Menschen ihr nicht wehtun wollten –, war er da und beobachtete uns. Nie kam er so nah, dass er Dari alarmiert hätte, aber nach und nach verringerte er die Entfernung. Wenigstens das.

Auch sonst war Jannis jetzt viel bei uns. Fast kein Wochenende verging, ohne dass Mama ihn und Eva zum Essen einlud, aber oft traf ich ihn dann schon Stunden früher bei Luise in der Küche an, wenn sie mal wieder eine ihrer Backsessions veranstaltete, oder bekam mit, dass er mit Theo loszog. Manchmal, wenn er Eva nicht mit den Berittpferden helfen oder Reitstunden geben musste, erledigten wir zusammen Hausaufgaben. Er sah eigentlich immer müde aus, aber ich wusste nicht, ob es von der vielen Arbeit kam oder von den Sorgen, die er sich um Dari machte.

Eine Weile war nicht sicher gewesen, ob Jannis' Vater Dari wieder nach Berlin holen würde. Die Vorstellung schleppte Jannis mit sich herum wie einen tonnenschweren Rucksack. Er deutete es immer nur an, wenn Eva wieder mit seinem Vater gestritten hatte, aber irgendwann kam er fast fröhlich aufs Gut, druckste eine Weile herum und erzählte dann, dass Dari bleiben durfte.

»Björn meint, es ist sowieso unwahrscheinlich, dass aus ihr je wieder ein brauchbares Springpferd wird. Der Arsch.« Aber er grinste dabei.

Wenn ich es bis dahin noch nicht gewusst hatte, jetzt war es klar: Eine gute Schule als Reiter hatte Jannis nie gehabt, doch dass er Pferde überhaupt respektierte, war ein Wunder. Es gab noch einiges, was er lernen musste, aber ich glaubte, dass er es am besten mit Dari lernte.

Deswegen nahm ich Dari so oft wie möglich mit zu Orten, an denen sie schöne Erlebnisse mit Jannis gehabt hatte. Wir gingen am Strand spazieren, liefen durch den Wald, arbeiteten sogar wieder mit dem Bobbycar. Ganz langsam machte sie Fortschritte, ließ sich nach einer Weile von Mama und Luise longieren, irgendwann auch von Theo. Aber wenn Jannis nur einen Schritt näher kam, als sie es über die vergangenen Wochen einstudiert hatten, warf sie den Kopf hoch und wich zurück. Es tat weh, ihre Angst zu sehen und Jannis' Kummer.

An einem Freitagnachmittag ein paar Wochen nach den Herbstferien war ich in der Halle und spielte mit Dari Fußball. Nicht dass ich so was wie ein Experte gewesen wäre, aber für ein Pferd hatte sie echt Talent. Der erste Ballkontakt war noch ein bisschen schüchtern gewesen, doch mittlerweile schob Dari das große gelbe Ding mit dem Kopf oder den Beinen so geschickt vor sich her, dass ich kaum mehr rankam. Natürlich beschwerte ich mich lautstark, aber Dari hatte für mein Gejammer nie viel Verständnis.

Ich war dermaßen darauf konzentriert, ihr den Ball abzuluchsen, dass ich fast verpasst hätte, wie sich ihr linkes Ohr zum Tor drehte. Einen Moment später hielt sie an und hob den Kopf.

Ich drehte mich um und war ziemlich erstaunt, als ich Annika an der Bande stehen sah.

Sie winkte mir zu. »Hi, Frida.«

Besonders wohl fühlte sie sich nicht, so wie sie die Schultern hochgezogen hatte. Was war denn passiert? Ich ließ Dari allein weiterspielen und ging zu ihr.

»Hallo.« Ich schlüpfte durch die Bandentür und schnappte mir meine Jacke. »Alles klar?«

Annika guckte auf ihre Schuhspitzen und nickte. Dann sah sie hoch und deutete auf Dari. »Geht's ihr langsam besser?«

Deswegen war sie hier? Irgendwie konnte ich das nicht glauben.

Ich guckte mich nach Dari um. »Ja, sie macht Fortschritte. Marcel hat echt was angerichtet, aber sie ist härter im Nehmen, als sie aussieht.«

Wieder nickte Annika. »Jannis weiß bestimmt zu schätzen, dass du das für ihn tust. Und für Dari.«

Ich warf einen schnellen Blick auf die Tribüne. »Ja, ich glaube schon.«

Annika trat von einem Fuß auf den anderen. Ich wurde ungeduldig.

»Annika, spuck's aus, was ist los? Willst du wieder bei uns reiten oder warum druckst du so rum?«

Sie riss die Augen auf. »Nein! Nein … Ich … ich bleibe erst mal auf dem Carlshof, das passt schon. Aber …« Sie räusperte sich. Mittlerweile leuchteten ihre Ohren in einem grellen Pink. »Frida, ich wollte mich entschuldigen.«

Okay, das kam überraschend.

»Ich hab mich unmöglich benommen und dir richtig fieses Zeug an den Kopf geworfen. Tut mir leid. Wirklich.«

Das überrumpelte mich so, dass ich überhaupt nichts sagen konnte. Annikas Ohren wurden noch eine Spur pinker.

»Es war … Marcel hat mir diesen Schwachsinn eingeredet. Dass du hinter Jannis her wärst und ständig bei ihm rumhängen würdest und deine Arbeit mit Dari nur ein Vorwand wäre. Und als es ihr dann schlechter ging, da hat er sogar noch gesagt, es wäre deine Schuld. Ich weiß echt nicht, warum ich ihm das alles geglaubt hab.« Nach einer Pause sagte sie noch mal: »Tut mir leid.«

»Ist okay.«

»Wirklich?« Annika sah mich aus riesigen Augen an.

»Ja. Ich wusste nicht, dass er so Stimmung gemacht hat gegen mich, aber eigentlich hätte ich es mir denken können.«

Noch immer war ich fassungslos, wie hintertrieben der Kerl gewesen war. Hatte der abends in seinem Zimmer gesessen und seine Intrigen gesponnen? Wenn er nicht so viel Schaden angerichtet hätte, wäre ich fast beeindruckt gewesen.

Ich sah Annika an. »Ich find's gut, dass du da bist. Danke. Das hätte nicht jeder gemacht.«

Sie fing an zu lächeln und fiel mir um den Hals. »Danke. Ich bin froh, dass wir wieder Freundinnen sind.«

Dass wir jemals Freundinnen gewesen waren, war zwar neu für mich, aber auf dem Detail wollte ich jetzt auch nicht rumreiten. Ich drückte sie, dann machte ich mich los.

»Ich muss dann auch wieder«, sagte ich und zeigte mit dem Daumen auf Dari.

»Na klar. Bin schon weg. Viel Erfolg.« Sie winkte und drehte sich um, aber dann erstarrte sie mitten in der Bewegung. »Oh … hallo, Jannis.«

Ah. Es war mir schon so vorgekommen, als hätte sie gar nicht gewusst, dass er auf der Tribüne saß und Dari und mich beim Training beobachtete.

Er nickte ihr zu. »Hi.«

Annika winkte noch einmal, und dann war sie so schnell zum Tor hinaus, dass sie Staubwolken aufwirbelte. Langsam wandte ich den Kopf und sah Jannis an.

Er machte ein anerkennendes Gesicht. »Respekt.«

»Kann man so sagen.«

Hinter mir knallte der Ball gegen die Bande.

»Willst du nicht mal ins Haus kommen?«

Ich hatte fast eine Viertelstunde gebraucht, um Mama hier im Reiterstübchen zu finden. Mit verschränkten Armen lehnte ich mich an den Türstock und sah ihr zu, wie sie mit dem Mopp durch die Gegend wirbelte.

»Gleich. Am Freitag ist Vereinsversammlung, da dachte ich, ich mache hier gleich klar Schiff.« Sie bückte sich, um in der Ecke hinter dem großen Tisch zu wischen.

»Ja, und mittlerweile ist es halb neun. Lass das morgen Kamil erledigen. Und jetzt komm, das Essen wird kalt.«

Sie richtete sich so schnell auf, dass sie mit dem Hinterkopf an der Tischkante hängen blieb.

»Aua. Verdammt … Alles gut«, wehrte sie ab, als sie mein Gesicht sah, rieb sich aber weiter den Kopf. »*Du* hast gekocht? Ich dachte, wir kriegen heute wieder lecker Käsebrot.«

»Es sind Spaghetti mit Tomatensoße geworden. ›Das Geheimnis der Soße liegt im langen Köcheln‹, sagt Hilda.« Ich grinste. »Es ist also wahrscheinlich die beste Tomatensoße, die du je gegessen hast.«

Mama ließ den Mopp stehen und kam lächelnd auf mich zu. »Du hast gekocht. Das ist ja ein Ding.«

Ich zuckte mit den Schultern. »Es muss auch was Gutes haben, dass ich ständig bei den Benekes rumhänge. Irgendjemand ist bei denen immer am Kochen.«

Sie drückte mich kurz an sich und atmete tief aus. »Geh schon mal vor. Ich bin gleich da«, sagte sie dann und drehte mich zur Tür, aber ich schüttelte den Kopf.

»Auf keinen Fall. Wir machen jetzt das Licht aus und gehen gemeinsam.«

Schmunzelnd gab sie auf und zehn Minuten später saßen wir endlich am Tisch. Die Soße war wirklich superlecker.

»Das sind die besten Tomatenspaghetti aller Zeiten«, mümmelte Mama mit vollen Backen.

Ich bohrte meine Gabel in einen Klumpen Nudeln und hielt ihn hoch. »Würde mir nach zwölf Stunden im Stall wahrscheinlich auch so vorkommen.«

Seit Marcel weg war, ackerte Mama bis zum Umfallen. Ich nahm ihr ab, was ich konnte, aber neben der Schule blieb nicht so viel Zeit, wie ich gebraucht hätte. Mama musste die freie Bereiterstelle dringend neu besetzen, doch die paar Bewerbungen, die bisher eingegangen waren, hatten uns beide nicht überzeugt. Nach unserem letzten Reinfall waren wir wahrscheinlich dreimal so vorsichtig.

Wegen Marcel hatte die Polizei nichts unternommen. Darüber durfte ich nicht nachdenken, weil ich sonst die Wände hochging. Ich hatte gehofft, dass sie ihn, wenn schon nicht wegen Dari, wenigstens wegen Körperverletzung drankriegten, aber Frida hatte erzählt, dass sie ihr deswegen wenig Hoffnung gemacht hatten. Ihre Verletzung war wohl zu geringfügig gewesen. Das war natürlich gut so, die vier Wochen Reitverbot setzten Frida schon genug zu. Trotzdem war sie aus meiner Sicht ein bisschen zu erleichtert, dass es Marcel nicht an den Kragen ging. Aus irgendeinem dieser seltsamen Frida-Prinzipien heraus hätte sie es schlimm gefunden, wenn Marcel ihretwegen bestraft worden wäre und nicht wegen Dari, die so viel mehr unter ihm gelitten hatte. Das konnte sie in der Theorie betrachten, wie sie wollte, ganz praktisch wäre es für mich eine Riesengenugtuung gewesen, das Schwein überhaupt verurteilt zu sehen. Stattdessen hatte er vor ein paar Tagen kackdreist seine Sachen aus der Wohung geholt und arbeitete wahrscheinlich schon wieder als Bereiter, auf einem Gestüt in Niedersachsen oder sonst wo.

Mama hatte die erste Portion vernichtet und schaufelte sich den Teller noch mal mit einem Berg Pasta voll. »Wie war's in der Schule?«, fragte sie, während sie die zweite Kelle Soße darüberkippte.

Ich schob ihr die Schüssel mit dem Parmesan hin. »War okay. Frida hatte recht, wir haben einen Test in Bio geschrieben.«

Ich hatte gestern meine Hausaufgaben auf dem Gut gemacht und dank Fridas sicherem Gespür für unangekündigte Arbeiten ein bisschen sorgfältiger für Bio gelernt als sonst.

Eine Sekunde lang riss Mama den Blick von ihren Spaghetti los. »Dann lief's gut?«

Langsam drehte ich ein paar Nudeln um meine Gabel. »Mhm. Denke schon.«

Bei Frida war ich mir nicht sicher. Anfangs hatte ich ihre Prüfungsangst nicht ganz ernst genommen, aber mittlerweile glaubte ich ihr, wenn sie behauptete, sie hätte einen Test verhauen. In der letzten Woche hatte sie zwei Fünfen kassiert, obwohl wir sowohl für Mathe als auch für Französisch gemeinsam gelernt hatten. Und sie hatte den Stoff mindestens so gut drauf wie ich. Jedenfalls hoffte ich, dass Bio besser gelaufen war, nicht nur aus dem selbstsüchtigen Grund, dass sie weniger Zeit für Dari hätte, wenn ihre Eltern sie zu Nachhilfe verdonnerten.

Mama hatte kaum das Besteck weggelegt und sich den Bauch getätschelt, als ihr Handy klingelte.

»Claus Maaßberg«, meinte sie stirnrunzelnd, als sie einen Blick auf das Display warf. Sie nahm an. »Hallo, Claus, das ist ja eine Überraschung … Nein, kein Problem, du störst gar nicht … Hattest du erzählt, ja … Ach …«

Sie schaltete das Smartphone auf Lautsprecher.

»… Qualifikationen sind gut, aber da von dir kein Arbeitszeugnis vorliegt, dachte ich, ich höre mal, wie er sich bei dir gemacht hat«, erklärte Claus.

Das durfte nicht wahr sein. Marcel hatte sich tatsächlich im Maaßberg-Stall beworben! Hatten wir ihn mit unserem Trick auf die Idee gebracht?

Mama zögerte. »Claus, du weißt, dass das heikel ist, aber ich wünschte, mir hätte jemand einen Rat geben können, bevor ich ihn eingestellt habe.«

»Das klingt dramatisch.« Claus' Ton war von munter zu besorgt umgeschlagen.

»Reicht es dir, wenn ich sage, dass Jannis' Stute im Moment nicht geritten werden kann, weil Marcel sie so hart angepackt hat?« Mama rieb sich über die Stirn. Sie hatte mir erklärt, dass sie öffentlich nicht schlecht über Marcel reden durfte, weil ihm die Tierquälerei nicht nachgewiesen werden konnte. Er hätte sie sogar wegen Rufmord anzeigen können. Nach allem anderen überraschte mich das schon gar nicht mehr.

Claus schien zu überlegen. »Das … das tut mir wirklich leid, Eva. Sie ist so ein außergewöhnliches Pferd. Kriegt ihr sie wieder hin?«

Mama lächelte mich an. »Wir hoffen das Beste.«

Wir hofften auf Frida.

»Dann viel Erfolg. Und danke dir, Eva.« Er machte eine kleine

Pause. »Wäre es übertrieben, wenn ich den Namen Marcel Gars bei dem einen oder anderen Kollegen tadelnd erwähne?«

Mama und ich fingen gleichzeitig an zu grinsen. Natürlich hätten wir Marcel lieber im Knast gesehen, aber wenn das nicht möglich war, gab es vielleicht auch andere Wege, um zu verhindern, dass er weiter Schaden anrichtete.

»Du könntest damit einigen Pferden viel Leid ersparen. Danke dir, Claus.«

»Keine Ursache. Alles Gute für euch und eure Darina. Bis bald.«

Als er aufgelegt hatte, schlug Mama mit der flachen Hand auf den Tisch, dass das Geschirr nur so klirrte. »Yes! Rache ist Blutwurst.«

Ich verkniff mir ein Grinsen. »Mama, ernsthaft. So alt kannst du gar nicht sein, dass der Spruch mal angesagt war.«

Sie lachte, stand auf und drückte mir einen Kuss auf den Kopf. »Ich weiß nicht, wie's dir geht, aber ich könnte noch Nachtisch vertragen. Der Tag verlangt nach Schokoladeneis.«

Hallo«, sagte Jannis, als ich ihm und Eva die Tür aufmachte. Jedenfalls las ich das von seinen Lippen, verstehen konnte ich dank des Tohuwabohus in meinem Rücken nichts. Theo kurvte mit Basti im Rolli durch den Flur, was auf dem Steinboden einen Höllenlärm verursachte. Sie jagten Emma, die wie am Spieß kreischte und gerade um die Ecke Richtung Wohnzimmer verschwand. Papa rief irgendwas über den Flur in die Küche und dort redeten Mama, Luise, Hilda, Simon, Annelie und Florian durcheinander. Nur Heinrich saß wahrscheinlich still am Ofen und amüsierte sich über das Spektakel.

Gerade schepperte es und Luise warf fluchend einen Deckel auf einen Topf.

Ich verdrehte die Augen. Der ganz normale Wahnsinn im Hause Beneke.

Eva trat schmunzelnd auf mich zu, umarmte mich, wie sie es neuerdings immer tat, wenn sie mich sah, und machte sich auf in Richtung Küche. Dabei wich sie gerade noch rechtzeitig dem Rolliexpress aus, der in halsbrecherischer Geschwindigkeit auf den Gang einbog.

Jannis stand immer noch vor der Tür. Er zeigte nach links zum Stall. Ich nickte, schlüpfte in meine Stiefel, wühlte unter tausend anderen Mänteln meine Stalljacke hervor und zog die Tür hinter mir zu.

Ah. Himmlische Ruhe.

Jannis deutete aufs Haus. »Das ist ja selbst für eure Verhältnisse heftig.«

Ich schnaubte. »Kein Einspruch.«

Wir liefen am Offenstall vorbei Richtung Stutenweide.

»Max hat erzählt, du hast in Bio eine Zwei«, sagte Jannis mit einem schnellen Seitenblick.

Das verblüffte mich so, dass ich nur lachen konnte. »Na, der Buschfunk funktioniert ja.«

Jannis grinste. »Sogar ausgezeichnet.«

»Hättest mich auch fragen können.«

Meinen scharfen Blick schüttelte er einfach ab.

»Ich wollte eben nicht unnötig in der Wunde stochern.« Sein Grinsen wurde breiter. »Aber mit einer Zwei besteht da natürlich gar keine Gefahr.«

Ich versetzte ihm einen Stoß, dass er drei Schritte zur Seite stolperte.

»Hey! Wofür war das?« Er rieb sich den Oberarm, als hätte ich ihm ernsthaft was getan. Drama-King.

»Ich gehe immer offen und ehrlich mit meinen Niederlagen um.«

Mittlerweile waren wir am Weidezaun angekommen. Sein Grinsen verblasste. »Du schon, ja.«

Schweigend kletterten wir auf das oberste Brett. Ich hätte so gern etwas zu sagen gewusst, dass er Geduld haben musste, dass alles wieder werden würde wie früher. Aber er hatte seit Wochen Geduld, und trotzdem sah es nicht aus, als würde jemals wieder etwas wie früher sein.

Fröstelnd zog ich mir den Schal enger um den Hals. Zum ersten Mal seit Tagen spitzte heute die Sonne hin und wieder durch den

Dunst, aber es war Ende November, und viel Wärme brachte sie nicht. Wir saßen da, beide in Gedanken, bis mir auffiel, dass die Weide sich in ein Märchenland verwandelt hatte. Der Nebel stieg aus dem Gras auf und die schrägen Sonnenstrahlen brachten ihn zum Leuchten. Er hing in Bahnen zwischen den kahlen Ästen der Eichen und Kastanien und ließ die Feuchtigkeit auf den Zweigen glitzern wie Lichterketten an Weihnachten.

Jannis sah auf, aber ihn interessierte der Nebel wohl weniger, denn er blickte den Stuten entgegen, die von der Senke heraufgaloppiert waren und den Boden erbeben ließen.

Ein Stück von uns entfernt fielen sie in Trab, dann Schritt, schließlich blieben sie stehen. Wilma und Molly betrachteten uns kurz und witterten in unsere Richtung, aber dann senkten sie den Kopf und begannen zu grasen, und der Rest der Herde machte es ihnen nach. Es war so friedlich, dass meine Schultern ein Stück nach unten sanken.

Eine Weile sahen wir ihnen beim Grasen zu, wie sich die Kleingruppen immer wieder versicherten, dass ihre Freundinnen noch da waren, wie sie sich die Widerriste und Kruppen kraulten. Oder besser, ich sah zu, denn Jannis löste seinen Blick nicht von Dari. Sie stand mit Filomena am weitesten von uns entfernt, aber jeder Schritt brachte sie näher zum Zaun.

Ein plötzlicher Windstoß blies mir die Haare ins Gesicht, und ich strich sie mir aus der Stirn, als Dari den Kopf hob. Ich machte meinen Blick weich, aber genau wie Jannis ließ ich sie nicht aus den Augen. Nach langen, langen Momenten schnaubte sie. Dann machte sie einen Schritt von Filomena weg, noch einen, schließlich ging sie zwischen den anderen Stuten hindurch, immer weiter. Und dann löste sie sich von der Herde und kam auf uns zu.

Neben mir sog Jannis scharf die Luft ein. Ich hatte das Gefühl, das Brett unter mir würde vibrieren, so greifbar war seine Anspannung. Mit langen Schritten kam Dari näher. Ihr Kopf nickte, ihr pechschwarzes Fell glänzte im milden Sonnenlicht. Sie war wunderschön.

Jannis' Finger krallten sich in das Holz des Zauns, dass die Knöchel weiß hervorstanden. Er hatte Angst, das begriff ich. Angst vor einer neuen Niederlage.

Dari blieb nicht stehen. Sie stockte nicht, sondern schritt gelassen weiter und richtete ihre Ohren auf uns. Auf mich.

Jannis schluckte schwer.

Und dann, nach einem ganz kurzen Zögern, änderte sie die Richtung und machte die letzten Schritte auf Jannis zu. Als hätte sie nie etwas anderes getan, legte sie ihren Kopf in seinen Schoß.

Sein Atem klang wie ein Ächzen. Er hob die Hand, und einen Moment lang hing sie nur in der Luft, als wüsste er nicht, was er damit anfangen sollte. Dann legte er seine Finger zwischen ihre Augen und begann, ihre Stirn zu streicheln. Sie seufzte, als ihre Lider schwer wurden.

Der Augenblick war wie eine Ewigkeit. Mein Rücken prickelte, und irgendwann merkte ich, dass mir die Tränen vom Kinn tropften. Aber wir saßen nur still da und Jannis streichelte Dari und sie schmiegte ihren Kopf an seine Hand.

Viel später rutschte Jannis vom Zaun, ließ seine Finger durch Daris Mähne und über ihren Hals und zurück zu ihrem Kopf gleiten. Sie schnaubte in seine Handflächen.

Als er etwas sagte, klang seine Stimme heiser.

»Und jetzt?« Langsam löste Jannis seinen Blick von Dari und sah mich an.

Ich spürte, dass sich endlich das Lächeln auf meinem Gesicht breitmachte, das seit Wochen auf diesen Moment gewartet hatte.

»Was wohl?« Ich zuckte mit den Schultern. »Wir fangen wieder neu an.«

Theresa Czerny ließ schon als ganz kleines Mädchen keine Gelegenheit aus, in die Nähe eines Pferdes zu kommen. Richtig reiten lernen durfte sie aber erst mit zwölf, also überbrückte sie die Zeit damit, jedes Pferdebuch zu lesen, das ihr in die Finger fiel. Inzwischen ist sie schon eine Weile erwachsen und kann in den Reitstall, wann immer sie will – und das Beste ist: Sie darf jetzt sogar Pferdebücher schreiben!

Natürlich magellan©

Wir pflanzen Bäume
Für unsere Umwelt
www.magellanverlag.de

Gedruckt auf FSC®-Papier
Lösungsmittelfreier Klebstoff
Drucklack auf Wasserbasis
Hergestellt in Deutschland

2. Auflage 2018

Umschlaggestaltung: Christian Keller unter Verwendung
von Motiven von iStock / Lara_Uhryn / anttoniu / Extezy / subjob / yod67
ISBN 978-3-7348-5038-7

www.magellanverlag.de